S. A. S.

RENDEZ-VOUS A BORIS GLEB

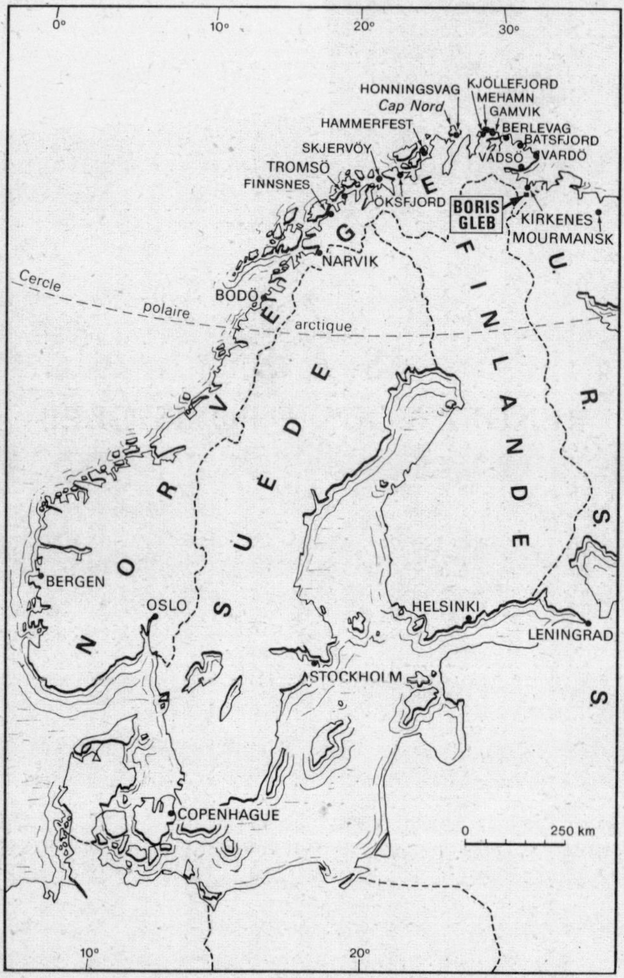
0°
10°
20°
30°
HONNINGSVAG
Cap Nord
KJÖLLEFJORD
MEHAMN
GAMVIK
HAMMERFEST
BERLEVAG
BATSFJORD
SKJERVÖY
VADSÖ
VARDÖ
TROMSÖ
FINNSNES
ÖKSFJORD
BORIS GLEB
KIRKENES
MOURMANSK
NARVIK
Cercle polaire arctique
BODÖ
NORVÈGE
SUÈDE
FINLANDE
U.R.S.S.
BERGEN
OSLO
HELSINKI
LENINGRAD
STOCKHOLM
COPENHAGUE
0
250 km
10°
20°

DU MÊME AUTEUR

CHEZ LE MÊME ÉDITEUR

N° 1 S.A.S. À ISTANBUL
N° 2 S.A.S. CONTRE C.I.A.
N° 3 S.A.S. OPÉRATION APOCALYPSE
N° 4 SAMBA POUR S.A.S.
N° 5 S.A.S. RENDEZ-VOUS À SAN FRANCISCO
N° 6 S.A.S. DOSSIER KENNEDY
N° 7 S.A.S. BROIE DU NOIR
N° 8 S.A.S. CARAÏBES
N° 9 S.A.S. À L'OUEST DE JÉRUSALEM
N° 10 S.A.S. L'OR DE LA RIVIÈRE KWAI
N° 11 S.A.S. MAGIE NOIRE À NEW YORK
N° 12 S.A.S. LES TROIS VEUVES DE HONG-KONG
N° 13 S.A.S. L'ABOMINABLE SIRÈNE
N° 14 S.A.S. LES PENDUS DE BAGDAD
N° 15 S.A.S. LA PANTHÈRE D'HOLLYWOOD
N° 16 S.A.S. ESCALE À PAGO-PAGO
N° 17 S.A.S. AMOK À BALI
N° 18 S.A.S. QUE VIVA GUEVARA
N° 19 S.A.S. CYCLONE À L'ONU
N° 20 S.A.S. MISSION À SAIGON
N° 21 S.A.S. LE BAL DE LA COMTESSE ADLER
N° 22 S.A.S. LES PARIAS DE CEYLAN
N° 23 S.A.S. MASSACRE À AMMAN
N° 24 S.A.S. REQUIEM POUR TONTONS MACOUTES
N° 25 S.A.S. L'HOMME DE KABUL
N° 26 S.A.S. MORT À BEYROUTH
N° 27 S.A.S. SAFARI À LA PAZ
N° 28 S.A.S. L'HÉROÏNE DE VIENTIANE
N° 29 S.A.S. BERLIN CHEÇK POINT CHARLIE
N° 30 S.A.S. MOURIR POUR ZANZIBAR
N° 31 S.A.S. L'ANGE DE MONTEVIDEO
N° 32 S.A.S. MURDER INC. LAS VEGAS
N° 33 S.A.S. RENDEZ-VOUS À BORIS GLEB
N° 34 S.A.S. KILL HENRY KISSINGER !
N° 35 S.A.S. ROULETTE CAMBODGIENNE
N° 36 S.A.S. FURIE À BELFAST
N° 37 S.A.S. GUÊPIER EN ANGOLA
N° 38 S.A.S. LES OTAGES DE TOKYO
N° 39 S.A.S. L'ORDRE RÈGNE À SANTIAGO

Nº 40 S.A.S. LES SORCIERS DU TAGE
Nº 41 S.A.S. EMBARGO
Nº 42 S.A.S. LE DISPARU DE SINGAPOUR
Nº 43 S.A.S. COMPTE À REBOURS EN RHODÉSIE
Nº 44 S.A.S. MEURTRE À ATHÈNES
Nº 45 S.A.S. LE TRÉSOR DU NÉGUS
Nº 46 S.A.S. PROTECTION POUR TEDDY BEAR
Nº 47 S.A.S. MISSION IMPOSSIBLE EN SOMALIE
Nº 48 S.A.S. MARATHON À SPANISH HARLEM
Nº 49 S.A.S. NAUFRAGE AUX SEYCHELLES
Nº 50 S.A.S. LE PRINTEMPS DE VARSOVIE
Nº 51 S.A.S. LE GARDIEN D'ISRAËL
Nº 52 S.A.S. PANIQUE AU ZAÏRE
Nº 53 S.A.S. CROISADE À MANAGUA
Nº 54 S.A.S. VOIR MALTE ET MOURIR
Nº 55 S.A.S. SHANGHAI EXPRESS
Nº 56 S.A.S. OPÉRATION MATADOR
Nº 57 S.A.S. DUEL À BARRANQUILLA
Nº 58 S.A.S. PIÈGE À BUDAPEST
Nº 59 S.A.S. CARNAGE À ABU DHABI
Nº 60 S.A.S. TERREUR À SAN SALVADOR
Nº 61 S.A.S. LE COMPLOT DU CAIRE
Nº 62 S.A.S. VENGEANCE ROMAINE
Nº 63 S.A.S. DES ARMES POUR KHARTOUM
Nº 64 S.A.S. TORNADE SUR MANILLE

L'IRRÉSISTIBLE ASCENSION DE MOHAMMAD REZA, SHAH D'IRAN
LA CHINE S'ÉVEILLE
LA CUISINE APHRODISIAQUE DE SAS

AUX PRESSES DE LA CITÉ

LES SOUCIS DE SI-SIOU
PAPILLON ÉPINGLÉ
LES DOSSIERS SECRETS DE LA BRIGADE MONDAINE
LA MORT AUX CHATS
LES DOSSIERS ROSES DE LA BRIGADE MONDAINE

GÉRARD DE VILLIERS

S. A. S.

RENDEZ-VOUS A BORIS GLEB

PLON

Couverture : *photo TOSCAS*

Pistolet automatique Smith et Wesson cal. 38

ISBN 2 - 259 - 00129 - 7

CHAPITRE PREMIER

Valeri Leonid Oganian sentit son estomac se contracter en entendant s'ouvrir la porte du *Kaffe Kalinka*. Sans lâcher sa cuillère, il leva les yeux et aperçut un grand Suédois aux cheveux gris en quête d'exotisme. Les nerfs du Russe se dénouèrent, et il avala sa cuillerée de bortch. Il fit aussitôt la grimace. Ce n'était qu'une soupe de betterave rougeâtre au goût infâme.

— C'est mauvais, remarqua-t-il.

Soulagé de retrouver un souci bien trivial.

Rika, sa femme, assise en face de lui, eut un sourire réconfortant, bien qu'un peu crispé, et dit d'une voix douce :

— Bientôt, tu auras tout le bortch que tu voudras.

Elle le fixait, de l'amour plein les yeux. Pourtant Valeri Leonid Oganian n'avait rien d'un Don Juan, avec son nez busqué, ses yeux enfoncés et sa tignasse noire, héritage de ses ancêtres arméniens. Marika, leur petite fille aux cheveux bouclés, qui mâchait lentement une boulette de viande, lui ressemblait. Avec le même menton volontaire. Le minuscule restaurant respirait la paix. C'était le seul restaurant russe de la ville. Pour le découvrir, il fallait s'enfoncer dans Ostertängattan, une des petites rues animées de Gamla Stan, la petite île abritant le Palais

Royal, cœur du vieux Stockholm. On y arrosait de bière pression des spécialités vaguement russes. Les murs peints en rouge sombre décorés des œuvres d'un peintre polonais inconnu, la musique classique jouée en sourdine, les petits abat-jour roses créaient une ambiance intime, sécurisante.

Qui pourtant n'arrivait pas à détendre Valeri Leonid Oganian. En lappant son bortch, il se disait qu'il aurait dû prendre ce dernier repas au restaurant de l'aéroport de Bromma, à quarante kilomètres de Stockholm, en pleine forêt. Les Suédois étaient des maniaques de la pollution. Bientôt, on mettrait plus de temps pour se rendre en ville que pour voler... Il se força à terminer son bortch infâme. Pensant que, trois heures plus tard, il serait dans un DC 9 des Scandinavian Airlines, en route pour Moscou. De là, il irait directement en Crimée, où il faisait encore bon en ce début octobre.

Il n'en pouvait plus de la chaleur sèche de Tel Aviv et du Neguev. Cinq ans de sa vie! Heureusement qu'il y avait Rika. Et Marika. Sa femme n'ignorait plus rien de lui. Il lui avait révélé la vérité alors qu'elle était enceinte de Marika. Elle, c'était une Sabra, une Israélienne née en Israël. Pourtant, en apprenant qui il était réellement, elle n'avait pas parlé de le dénoncer ou de le quitter. Elle avait seulement remarqué d'une voix grave : « J'espère que personne ne saura jamais. » Plus tard, lorsqu'il lui avait expliqué qu'il lui faudrait quitter le pays où elle était née, elle n'avait pas protesté. Maintenant, il touchait à la fin de l'épreuve... Mais, depuis qu'il avait quitté Tel Aviv, il était en danger de mort. Ce danger ne disparaîtrait qu'à son arrivée à Moscou.

Par-dessus la table, Rika posa la main sur la sienne. Il leva les yeux et lui sourit. Enceinte de quatre mois, elle était encore plus belle. Sa lourde poitrine moulée par la robe de toile verte déclencha chez Valeri Leonid Oganian une brusque flambée de désir qui effaça son angoisse. Tout le monde s'était toujours demandé comment un petit bonhomme tout noir au nez crochu, sans allure, à l'air perpétuellement tendu pouvait retenir une superbe plante blonde comme Rika.

La réponse était simple. Depuis qu'elle s'était donnée à lui, il lui faisait l'amour tous les jours et n'avait jamais posé les yeux sur une autre femme.

— Demande l'addition, dit Rika, la petite a fini.

Oganian leva la main pour appeler le patron. Et la rabaissa lentement, les traits figés d'un coup.

La porte du *Kaffe Kalinka* venait de s'ouvrir sur deux hommes engoncés dans des trench-coats beiges. L'un était roux, avec un visage lisse plein de taches de rousseur. L'autre avait l'air d'un Arabe. Ils s'immobilisèrent, examinant les deux petites salles. Puis leurs regards tombèrent sur les Oganian. Aussitôt, ils s'avancèrent vers eux. Comme de vieux amis, ils raflèrent deux chaises vides et s'assirent à la table. Ils arboraient de curieux sourires figés. Le roux dit d'une voix égale :

— *Shashauta sheibadnou etechikvotesha,* [1] Oganian ?

Il avait parlé hébreu. Ses yeux étaient de glace. Oganian chercha à contrôler les battements de son cœur. Le canon d'une courte mitraillette Uzi dépassait légèrement de la poche du trench-coat de l'homme aux taches de rousseur.

*
* *

— Salope! Toi, une Sabra!

[1] Tu croyais qu'on t'avais perdu.

L'homme qui avait l'air d'un Arabe avait parlé presque sans desserrer les lèvres.

Les yeux de Rika Oganian se remplirent de larmes.

— C'est mon mari, murmura-t-elle. Je l'...

L'homme se pencha par dessus la table.

— Ton mari! C'est un agent russe. Et vous vous enfuyez en Union Soviétique. En emportant des informations vitales pour Israël.

Rika Oganian renifla. La petite fille jouait avec un bout de pain. L'homme aux taches de rousseur se gratta la gorge, inspecta la salle à moitié vide, puis fixa Oganian.

— Tout peut encore s'arranger, dit-il avec un ton gentil qui contrastait avec celui de son compagnon. Il y a un avion d'El Al demain matin pour Tel Aviv. Nous repartons tous ensemble...

Valeri Leonid Oganian fixa la nappe d'un air obstiné. Il sentait dans sa poche intérieure le poids des billets des Scandinavian Airlines... Il esquissa un sourire mécanique et nerveux. Rien ne pouvait s'arranger. Ceux qui étaient en face de lui le traquaient depuis son départ brusqué d'Israël. Des hommes des Services secrets israéliens, insensibles et incorruptibles, venus pour le tuer ou le ramener. Sa seule chance était de gagner du temps, d'essayer d'ameuter les Suédois, très chatouilleux quant à leur neutralité. Ils ne laisseraient pas les agents israéliens abattre Oganian. Il essaya de donner à son visage une expression convaincue :

— Je ne comprends pas, dit-il. C'est vrai, je retourne en Russie. Parce que je ne peux plus supporter le climat psychologique d'Israël.

Lui aussi avait parlé hébreu. Avec un fort accent. Une lueur d'ironie glacée passa dans les yeux de l'homme aux taches de rousseur.

— Ne raconte pas d'histoires, fit-il sans élever la voix. Veux-tu que je te donne ton numéro de code, ton matricule dans le K.G.B.?... Quand tu es arrivé il y a cinq ans, en te faisant passer pour un juif fuyant l'Union Soviétique, nous avions déjà des soupçons. Tu as toujours été sous surveillance... Nous espérions que tu finirais par avoir honte de trahir ta nouvelle patrie... Tu avais épousé une des nôtres.

Oganian eut envie de répondre que sa patrie était l'U.R.S.S. Pas Israël où il avait été envoyé en mission. Il baissa les yeux sur le canon de la mitraillette. La petite Marika qui s'ennuyait demanda soudain :

— Papa, on s'en va?

Rika Oganian se força à sourire.

— Tout de suite, ma chérie.

L'agent israélien qui ressemblait à un Arabe se pencha sur Rika Oganian et se mit à lui parler d'une voix pressante en hébreu, à l'oreille. Tâchant de l'émouvoir. Lui détaillant les catastrophes que pouvait déclencher la défection de son mari. Il était encore temps de réintégrer la communauté israélienne. Son mari pourrait peut-être même négocier son rachat...

Elle essaya de ne pas écouter, de se durcir. Elle tremblait. En 67, elle avait été mobilisée : elle savait le danger permanent que courait Israël, du fait de l'hystérie guerrière de ses voisins arabes. Mais elle ne pouvait pas trahir l'homme qu'elle aimait.

— Je ferai ce que dira Valeri Leonid, murmura-t-elle.

Elle aussi avait vu la mitraillette et elle avait peur.

Valeri Leonid Oganian fixait avec une intensité presque magnétique le patron affairé derrière son bar. Si seulement il pouvait se douter de quelque chose! Mais ces étrangers qui bavardaient à voix basse n'éveillaient aucunement sa méfiance.

— Il faut te décider, Oganian, dit soudain l'homme

aux taches de rousseur, d'un ton plus menaçant.

Le patron déposa l'addition sur la table. Désespérément, Oganian cherchait une échappatoire.

— Qu'attendez-vous de moi maintenant? demanda-t-il d'un ton volontairement conciliant.

L'homme aux taches de rousseur sembla se détendre imperceptiblement.

— Nous avons une voiture, expliqua-t-il, garée devant le Palais Royal. Nous vous emmenons tous les trois coucher à notre ambassade, et demain vous partez pour Tel Aviv. Si tu acceptes de collaborer, on ne t'arrêtera même pas.

Valeri Leonid Oganian savait ce que cela signifiait : révéler le nom de ceux de ses camarades qui avaient réussi à s'infiltrer en Israël... Hors de question!

Sans Rika et Marika, il aurait ri au nez des deux Israéliens :

— Laissez partir ma femme et ma fille, proposa-t-il, et je vous suivrai.

L'homme aux taches de rousseur eut un sourire las.

— Ne nous prends pas pour des idiots, Oganian.

La femme et l'enfant étaient leur meilleure garantie. Eux à l'abri, qui empêcherait Valeri Leonid Oganian d'essayer de s'enfuir ou de se suicider?

Le patron rapporta la monnaie. Oganian se dit que s'il résistait, les deux Israéliens allaient l'abattre sur place. Ils ne pouvaient agir autrement. Il en aurait fait autant.

— Je vais aller avec vous, dit-il soudain.

Rika lui jeta un regard surpris, mais ne dit rien. Les deux agents israéliens ne bronchèrent pas. Tant que Valeri Leonid Oganian ne serait pas dans le Boeing de El Al, en route pour Tel Aviv, leur mission ne serait pas terminée... Ils se levèrent, encadrant les Oganian.

— Sors le premier, Yarik, dit l'homme aux taches de rousseur.

*
* *

Ils marchaient tous les cinq lentement dans l'étroite Ostertängattan mal pavée, vers le Kung Slottet, le Palais Royal. En passant devant les petites rues transversales, on apercevait le grand trois-mâts blanc amarré à vie en face du quai de Skepssbron.

Perdu dans ses pensées, Valeri Leonid Oganian voyait défiler les boutiques d'art, de décoration, les antiquaires. Le vieux Stockholm était encore plein de charme.

Ils débouchèrent sur le Slottsbaken, l'esplanade en face du Palais Royal. Encombrée de cars de tourisme et de voitures sous la garde rébarbative de contractuelles en chapka et manteau ardoise.

Oganian plongea la main dans la poche de son manteau et l'y laissa. Aussitôt, l'homme aux taches de rousseur s'écarta, le canon de la mitraillette braqué sur Oganian. Celui-ci garda la main dans sa poche. Il étreignait la crosse d'un petit 32 automatique. Il la lâcha et ressortit sa main d'un geste naturel. Aussitôt, le canon de l'Uzi disparut. Oganian se dit que la prochaine fois, l'Israélien serait moins sur ses gardes...

Marika avait du mal à marcher sur les pavés disjoints. Ils ralentirent encore.

— La voiture est là à droite, dit Yarik.

Valeri Leonid Oganian aperçut une Mercedes noire, mal garée. Sans même une contravention. Et maintenant, les contractuelles leur tournaient le dos. Désespérément, il chercha une idée. Yarik avait déjà la main sur la poignée de la portière. Brusquement, une cacophonie de cymbales et de trompettes éclata derrière eux. La petite Marika poussa un cri et tira sur le bras de sa mère.

Oganian eut une inspiration subite.

— Je lui ai promis de lui montrer la relève de la garde, dit-il. Est-ce que nous pouvons y aller?

Yarik hésita quelques secondes. Puis décida de jouer le jeu.

— Pas longtemps, dit-il.

Ils revinrent sur leurs pas pour gagner l'entrée principale du Palais Royal. Le cœur de Valeri Leonid Oganian battait la chamade. Il prit la main de sa femme et la serra de toutes ses forces pour essayer de lui faire comprendre qu'il allait se passer quelque chose. Dans la cour du Palais, c'était sûrement bourré de soldats et de policiers... Elle lui rendit sa pression. Silencieux et calmes, les deux agents israéliens les encadraient. De nouveau, Oganian plongea la main dans sa poche. L'homme aux taches de rousseur s'écarta de nouveau, mais un peu moins brusquement.

Le fracas de musique militaire devenait assourdissant. Un détachement de l'armée suédoise rendait les honneurs devant la grille du palais, caché en partie par un épais rideau de foule. Marika poussa un cri de joie et tira sa mère en avant. Ils se faufilèrent au milieu des badauds. Valeri Leonid Oganian arriva au premier rang et faillit pousser un cri de joie. A deux mètres de lui se dressait la haute silhouette d'un policier en bleu. Les cymbales maniées avec une vigueur martiale faisaient un bruit de fin du monde. Les touristes prenaient des photos, Rika priait. Valeri Leonid Oganian, la main toujours dans sa poche, poussa doucement le cran de sûreté de son « 32 » automatique. La voix nerveuse de Yarik souffla à son oreille.

— Cela suffit, maintenant, partons.

Lui aussi avait vu le policier. Il jouait avec le feu.

Oganian se pencha en avant et chuchota dans l'oreille de sa femme.

— Cours vers les soldats avec Marika.

Il se retourna, le pistolet à demi sorti de la poche, au moment où Rika se jetait en avant. L'homme aux taches de rousseur pivota brusquement, un cercle blanc autour des lèvres.

— *Metumtam !* [1] fit-il en hébreu.

Le museau noir de l'Uzi surgit du trench-coat avant que Valeri ait pu tirer. Juste à ce moment, Marika, s'apercevant que son père ne les suivait pas, échappa à sa mère et courut vers Oganian. Les détonations sèches de l'Uzi se fondirent dans le bruit des cymbales. La petite Marika sembla rejetée par une main invisible dans les jambes de son père. Elle poussa un petit cri et son visage se figea. L'une des balles de l'Uzi l'avait frappée en plein front.

Le policier suédois, blond et barbu, se retourna d'un bloc, vit le sang sur le front de la fillette à terre, le canon d'une arme dépassant du trench-coat, le petit pistolet noir dans la main de Valeri Leonid Oganian. Il lui fallut quelques secondes pour réaliser le drame.

Il jura et dégaina fébrilement son Luger. L'homme aux taches de rousseur contemplait stupidement Marika inerte, un goût de cendres dans la bouche. Valeri Leonid Oganian rentra son arme et se laissa tomber à genoux près de sa fille avec un cri sauvage. Le hurlement dément de Rika lui fit écho.

Le Russe passa doucement une main sous la nuque de la fillette, pour lui redresser la tête. Son cœur se souleva. L'arrière de son crâne n'était plus qu'une bouillie d'os éclatés. Il retira la main et regarda ses doigts poisseux de sang.

[1] Imbécile.

Marika avait été tuée sur le coup. Il leva sur l'Israélien roux un visage tragique.

— Salaud! hurla-t-il. Horrible salaud, vous l'avez tuée!

Il serrait à deux mains le petit corps inerte.

L'Israélien roux aurait eu dix fois le temps de l'abattre et de tirer ensuite sur le policier suédois. Mais lui aussi était choqué. Quand le policier blond braqua sur lui son Luger, il sortit lentement les mains de sa poche. Le canon de l'Uzi pointa un peu plus de la poche du trench-coat.

Yarik, le second agent, s'était fondu dans la foule. Il continuerait la mission. Il ne fallait pas que Valeri Leonid Oganian parvienne en U.R.S.S. A aucun prix. Il détenait des informations vitales pour Israël. La première étant de savoir pourquoi les Russes avaient brutalement décidé de rappeler un agent « dormeur », bien installé en Israël, en apparence insoupçonné.

Des badauds l'entourèrent, l'injurièrent, disant des mots qu'il ne comprenait pas. Il baissa les yeux, se fit aussi neutre que possible. Dans un pays latin ou oriental, on aurait déjà été en train de le lyncher... Ses yeux tombèrent sur le visage crayeux, exsangue et maculé de sang de la petite fille, et il eut envie de pleurer. Lui aussi avait une fille blonde de deux ans.

Le policier lui enfonça vigoureusement le canon du Luger sur le ventre et se mit à siffler. L'Israélien roux se força à penser aux fillettes d'un kibboutz violées, torturées et brûlées vives par les membres d'un commando syrien...

C'était la guerre. Même en Scandinavie, à des milliers de kilomètres d'Israël. Mais pour lui, la guerre était finie...

Les menottes claquèrent sur ses poignets, dans un brouhaha indescriptible. Impavides, les militaires continuaient leur défilé dominical.

Valeri Leonid Oganian serrait contre lui le cadavre de sa fille. Rika releva la tête et, avec un grognement de bête, se rua sur l'Israélien. Ses ongles lui griffèrent le visage, cherchant les yeux. Il se défendit mollement. On l'arracha de lui à grand-peine. D'autres policiers les entourèrent. On entraîna l'Israélien. Avant d'être trop loin, il eut la force de crier en hébreu, comme une suprême malédiction :

— *Lo tadchliach* [1], Oganian!

*
* *

Oganian essayait de maîtriser son tremblement, les yeux secs. Il croisa le regard de sa femme et balbutia :

— Pardon, Marika, c'est de ma faute.

Dans son trouble, il lui avait donné le nom de sa fille qui gisait là, devant lui, sur les pavés inégaux de la cour royale. Rika, serrée contre lui, le visage ravagé, ne répondit pas. Absente. Choquée.

La menace de l'agent israélien parvint enfin au cerveau du transfuge. Il fit un effort surhumain pour se reprendre. Il y avait Rika et l'enfant qu'elle portait. Personne ne pouvait plus rien pour Marika. Et il avait été conditionné, au K.G.B., à toujours faire passer les considérations personnelles après la mission. Quelles qu'elles soient...

Il rapprocha sa tête de celle de Rika et murmura à son oreille :

— Il faut partir d'ici.

Tout le corps de la jeune femme tressauta.

Abandonner sa fille morte au milieu des badauds! C'était impossible. Elle secoua la tête, sans bouger. Valeri Leonid Oganian insista, parlant rapidement

[1] Tu n'y arriveras pas.

en hébreu. Expliquant que s'ils se laissaient emmener par la police, les Israéliens retrouveraient facilement leur trace. Les abattraient. Ils avaient des complicités chez les officiels suédois.

Rika Oganian savait que son mari avait raison. De toutes ses forces elle regarda sa petite fille qui semblait dormir. Jamais plus elle ne la reverrait. Jamais. Elle se laissa entraîner par son mari. Des policiers leur barrèrent le chemin, ne comprenant pas. La parade était terminée, la foule se dispersait.

— C'est votre fille? demanda l'un d'eux en anglais. Que s'est-il passé?

Oganian secoua la tête :

— Je ne sais pas... c'est sûrement un fou.

Le policier scruta ses traits, bouleversés, indécis et surpris.

— Mais il paraît que vous aviez une arme, vous aussi?

Rika Oganian poussa soudain un cri strident, dément, s'accrocha à son mari, secouée de sanglots incoercibles. Son mari s'adressa au policier d'une voix suppliante.

— Ma femme! Laissez-moi conduire ma femme dans ma voiture. Après je vous expliquerai.

Sans attendre la réponse, il fendit le groupe des policiers bouleversés. Jamais encore ils n'avaient vu une petite fille de quatre ans tuée d'une balle en plein front.

Valeri Leonid Oganian, soutenant Rika, hâta le pas. Sa Volvo de location était à cinquante mètres devant le Palais Royal. Il parcourut les derniers mètres en courant. Il fit monter Rika dans la voiture et démarra aussitôt. Les larmes lui brouillaient la vue. Rika gémissait doucement, comme un chiot malade. Valeri Leonid Oganian dévala la place en pente jusqu'au feu rouge du quai Skeppsbron et tourna à gauche, coupant les files de voitures pour franchir le pont vers le centre. Les policiers n'allaient pas tarder à réagir. Inutile d'aller à l'aéroport. Une Volvo noire avec POLIS en lettres blanches sur ses portières le croisa, roulant à toute vitesse.

Il avait envie de hurler de douleur. Rika s'était tassée sur la banquette, le visage ravagé. Pensant à sa fille étendue morte sur les pavés de la Cour Royale. S'il n'y avait pas eu l'enfant qui bougeait déjà dans son ventre, elle serait restée là-bas, exposée aux coups des agents israéliens.

— Qu'allons-nous faire? balbutia-t-elle.

Valeri Leonid Oganian se força à contrôler sa voix :

— Nous partirons par un autre chemin.

Ils venaient d'émerger sur le Sveavägen, la grande artère nord-sud de Stockholm. A travers les glaces de la voiture, Rika aperçut la boutique d'animaux vivants où elle avait emmené la veille Marika. L'ara qui avait ébloui la petite fille se balançait toujours en vitrine.

Rika poussa un hurlement d'agonie et se recroquevilla sur la banquette.

CHAPITRE II

Malko frissonna sous le vent glacé qui balayait les ruelles de Gamla Stan. Regrettant de ne pas avoir troqué son costume d'alpaga contre quelque chose de plus chaud. Il était huit heures, et la vieille ville était presque déserte. Les Suédois se couchaient tôt.

Il arrivait au coin de la Lilla Nygattan. Là où il avait rendez-vous. De l'extérieur, le *Stompen* ressemblait à un pub irlandais avec sa façade marron et ses vitrines dépolies, surchargées d'affiches 1900. L'entrée se trouvait dans la rue latérale. Un jeune Suédois en blue-jeans extorqua immédiatement à Malko vingt couronnes avant de le pousser dans un véritable magma humain. La température aurait fait fondre un lézard! Sur une petite estrade, un orchestre égrenait religieusement des classiques du jazz à grand renfort de saxo, sous les applaudissements de l'assistance. Environ deux cents jeunes des quatre sexes s'agglutinaient joyeusement dans un espace prévu pour cinquante. La plupart debout, chope de bière en main, serrés comme des sardines, appuyés au bar, ou cernant les rares tables. Le *Stompen* était la seule boîte un peu non conformiste de Stockholm. On y parlait autant anglais que suédois. Malko sourit tout seul en voyant les objets variés qui pendaient du plafond, allant du traîneau au fœtus dans un bocal...

Un mouvement de foule le coinça contre une blonde aux cheveux filasses qui buvait des yeux la pianiste.

Brusquement, il se sentit déplacé au milieu de tous ces jeunes. Cette boîte lui rappelait celles de sa jeunesse. C'était la même musique, le même enthousiasme. Involontairement collé à sa fade voisine, il pensa à son château de Liezen qu'il avait dû quitter une nouvelle fois, laissant à sa fiancée Alexandra le soin de terminer la toiture de l'aile nord avant les premières neiges.

La jeune femme s'était surpassée pour leur dernière soirée. Elle avait fait venir de Paris une robe de Dior, merveilleusement impudique, ne la découvrant pour Malko qu'au dernier moment. Une sorte de fourreau noir de jersey de soie collant à la peau comme un gant, dont la coupe en diagonale révélait les somptueuses jambes gainées de noir d'Alexandra.

Ils s'étaient contentés, pour leur dernier souper, de picorer une boîte de caviar arrosée de Dom Perignon et de vodka Laika dans la bibliothèque. Comme par un fait exprès, le fourreau s'écartait sur des cuisses fuselées, chaque fois qu'Alexandra se penchait pour atteindre son verre... Par un caprice sadique du couturier, les deux pans se croisaient juste au niveau du mont de Vénus.

Malko n'avait tenu qu'aux deux tiers de la boîte de caviar. Lorsque Alexandra s'était levée pour changer un disque, il l'avait suivie et adossée à la bibliothèque. Alexandra ne pouvait pas ne pas s'apercevoir de son émotion, spectaculaire sous le mince tissu du smoking.

Malko avait immédiatement découvert qu'Alexandra ne portait sous son fourreau que des bas ultrafins retenus par de longues et fines jarretières noires à l'ancienne mode.

Elle avait fléchi les jambes avec un amusement ravi, pour qu'il puisse la prendre là, le chignon appuyé à l'Encyclopédie Britannica. Il avait fermé les yeux lorsqu'il s'était vidé en elle. Ebloui et grisé de cette étreinte brève, primitive et succulente. Le tissu souple avait repris sa place lorsque Alexandra s'était rassise sur le canapé de velours. Ils avaient eu la surprise, un peu essoufflés, de découvrir un plateau posé sur la table de laque, avec une bouteille de Cognac Gaston De Lagrange et le café. Elko Krisantem était passé par là.

Alexandra n'avait pas bronché. Dans son monde, les domestiques comptaient un peu moins que les meubles. Que le maître d'hôtel turc de Malko l'ait vu se faire trousser debout, par son maître, dans un coin de boiserie, ne la dérangait nullement...

Après une dernière cuillerée de Beluga, elle avait remarqué d'une voix égale :

— Ce caviar iranien est fantastique. Mon père disait toujours que le caviar russe était tout juste bon à cirer les bottes.

Puis, changeant de conversation, elle avait fixé Malko.

— Tu pars demain?

Il avait incliné la tête affirmativement.

L'antenne de la C.I.A. de Vienne s'était montré extrêmement pressante...

Authentique Altesse Sérenissime de la plus ancienne noblesse d'Europe Centrale, Malko dépendait, hélas, de la Central Intelligence Agency, pour la réfection de son château. Il aurait fallu qu'il travaille un ou deux siècles dans un bureau pour gagner les sommes payées pour ses missions.

Alexandra soupira, les jambes croisées :

— J'espère que tu me retrouveras à ton retour.

Remarque déplacée de la part d'une dame qui venait de l'accueillir si peu protocolairement. Malko en fut vexé et, même, angoissé :

— Qu'est-ce que tu veux dire?

Le sourire d'Alexandra avait été aussi venimeux qu'angélique.

— Un jour, avait-elle soupiré, je trouverai un homme qui ne sera pas un courant d'air. Qui sera là pour me faire l'amour chaque fois que j'en aurai envie. Et je partirai avec lui.

— Tu ne m'aimes plus, avait remarqué Malko.

Les beaux yeux gris d'Alexandra s'étaient imperceptiblement assombris.

— Si, justement.

Un grand Suédois assoiffé désintégra brusquement la rêverie de Malko. Celui-ci essaya de dissiper son malaise. Il ne pouvait abandonner son château et sa vie d'aventure. Alexandra attendrait. D'ailleurs, il l'avait invitée à l'accompagner. A contrecœur. Il n'aimait pas la mêler à ses missions. Une fois avait suffi... [1]

De penser à Alexandra lui avait donné envie de faire l'amour. Hélas, il n'y avait autour de lui que des étudiantes boutonneuses et mélomanes. Les Suédois devaient exporter toutes leurs jolies filles. Décidément, il était temps qu'il se mette au travail...

Se penchant à travers le bar, il vociféra pour dominer le tumulte, à l'attention d'un des barmen :

— Vous connaissez Olaf, le peintre?

Le barman tendit le bras vers l'orchestre.

— C'est le type là-bas, assis par terre.

Malko aperçut un hippie aux longs cheveux bouclés, en blue-jeans et chandail de marin, avec un long visage de cheval triste. L'informateur qui devait l'aider à remplir sa mission.

[1] Voir *Le Bal de la comtesse Adler.*

Il acheva sa bière d'un coup et se lança à l'assaut, grimpant littéralement sur les auditeurs assis par terre pour arriver jusqu'à Olaf. Le jeune Suédois, semblait à mille lieues de la C.I.A., perdu dans son extase musicale. Quand Malko lui donna une tape légère sur l'épaule, il sursauta, l'air ahuri. Décidément, le recrutement de la C.I.A. ne s'améliorait pas... Malko s'attendait à ce qu'il hennisse!

Il se pencha contre son oreille et hurla pour couvrir le bruit de la musique.

— Je suis un ami de John.

Le hippie ne sembla pas réaliser. Il continuait à regarder l'orchestre.

— Qu'est-ce que vous voulez? dit-il.

Les murs du *Stompen* tremblaient sous un solo de batterie. Excédé, Malko précisa :

— Vous parler. Dehors. Je suis celui que vous attendez.

Cette fois, le hippie sembla comprendre. De mauvaise grâce, il se déplia et suivit Malko vers la sortie. Sa place fut aussitôt occupée par deux filles. Après le vacarme du *Stompen,* l'air froid et le silence parurent à Malko un don de Dieu.

Malko et Olaf firent quelques pas dans la petite rue qui montait. Le jeune Suédois semblait mal à l'aise.

— Vous avez trouvé la trace de Valeri Leonid Oganian et de sa femme? demanda Malko.

Olaf ne répondit pas tout de suite, s'arrêta, s'adossa au mur, nerveux, visiblement déchiré intérieurement.

— Vous êtes sûr que rien de désagréable ne leur arrivera?

Les traîtres ont parfois de ces coquetteries.

— Certain, affirma Malko avec un aplomb impertubable.

Olaf ressemblait maintenant à un cheval qui ne gagnerait jamais.

— Que voulez-vous?

— Leur transmettre une offre, expliqua patiemment Malko.

Une offre que les Oganian auraient du mal à refuser...

La Central Intelligence Agency attachait une importance capitale au défecteur israélo-soviétique. Sinon, on ne l'aurait pas arraché à son château aussi brutalement. Stockholm ne possédait qu'une modeste antenne C.I.A. La Mecque scandinave de la « Company » se trouvait à Bodø en Norvège, Q.G. de l'O.T.A.N. et base importante des avions-espions U-2 à la belle époque. Les U-2 avaient été remplacés par des satellites, mais les espions au sol étaient restés.

Olaf alluma une cigarette et se décida enfin, impressionné par la candeur des yeux dorés de Malko.

— On m'a dit qu'ils vivaient chez un type qui s'appelle Andy, lâcha-t-il. Un jeune Américain.

Autrement dit un déserteur. Stockholm, à l'époque du Vietnam, était leur grand point de ralliement en Europe. Certains y étaient restés. C'est à cause d'eux en partie, que la C.I.A. avait poussé les Suédois à monter l'I.B. [1], un mini-service de renseignements ultra-secret qui travaillait en symbiose avec la C.I.A.

Bien que la Suède soit un pays officiellement neutre.

Olaf avait été recruté par les gens de l'I.B., à cause de ses relations chez les pacifistes et, par la suite, utilisé à de discrets cambriolages d'ambassades.

Olaf aidait de temps en temps la C.I.A. contre quelques poignées de couronnes pour son « hasch » quotidien. Et aussi par désœuvrement. On s'ennuyait ferme au paradis socialiste suédois.

[1] *Information Buro.*

Malko avait envie de bousculer un peu ce hippie lymphatique :

— Où puis-je trouver cet Andy?

Olaf secoua la tête.

— Je ne sais pas où il habite. Mais il travaille au *Black Cat.* Il y est tous les jours vers minuit.

— Qu'est-ce que c'est que le *Black Cat*?

Olaf eut un sourire finement ignoble.

— Vous ne connaissez pas? C'est un « live-show »... Le meilleur de Stockholm...

— Et qu'est-ce qu'y fait cet Andy? Il est portier?

Le sourire bien abject d'Olaf s'accentua.

— Non, il est dans le show...

Après tout, il fallait de tout pour faire un monde. Et c'était moins dangereux que d'affronter les mitrailleuses vietcongs.

— Il passe au show de minuit dix, précisa Olaf. Et il s'en va tout de suite après. Ne lui parlez pas de moi.

Recommandation superfétatoire. Malko remercia mais s'abstint de serrer la main d'Olaf. Ce genre de personnage, qu'on rencontrait trop souvent dans le bric-à-brac de l'espionnage, le dégoûtait profondément. Il s'éloigna dans Lilla Nygattan tandis que Olaf fonçait se replonger dans la fournaise du *Stompen.*

Très vite, il arriva au bord du bras de mer qui sépare l'île de Gamla Stan du centre de Stockholm. Le beffroi verdâtre du Stadshuset brillait dans l'obscurité en face de la masse marron du Sheraton.

Malko avait envie de marcher un peu. Il s'engagea sur le pont du Vasabron, frissonnant sous la bise acide au goût de mer.

Quelque chose lui disait que sa mission n'allait pas être aussi facile que l'antenne C.I.A. de Vienne l'avait prétendu. Valeri Leonid Oganian était un professionnel, un agent soviétique imperméable à la dialectique. Pour que le K.G.B. l'ait envoyé aussi longtemps en mission hors des frontières de l'Union Soviétique, il fallait que ses chefs soient totalement sûrs de lui, idéologiquement parlant. Tenter de le retourner, c'était comme de convaincre Brejnev de prendre la direction de la General Motors...

Le meurtre accidentel de sa petite fille, trois jours plus tôt, avait choqué les Suédois et embarrassé considérablement les Israéliens. Le meurtrier, Aron Strasberg, était en prison, et les Suédois avaient refusé de le remettre discrètement aux autorités israéliennes.

Pour que les Israéliens, toujours prudents, aient pris de tels risques, il fallait que Valeri Leonid Oganian ait une importance vitale à leurs yeux. Donc, aux yeux de la C.I.A.

Depuis le meurtre, l'agent soviétique et sa femme enceinte s'étaient volatilisés. La C.I.A. avait pu savoir, grâce à l'I.B., qu'ils étaient encore à Stockholm et qu'ils avaient renoncé à gagner officiellement l'Union Soviétique. Craignant d'être ouvertement abattus par les Israéliens, s'ils se montraient au grand jour. Ils avaient donc décidé de gagner la Russie, via la Norvège, qui avait une frontière commune avec l'U.R.S.S.

Où les agents soviétiques pullulaient, surveillant les bases de l'O.T.A.N.

Le jeu de Malko consistait à les empêcher de repasser à l'Est, et de leur offrir ensuite la protection de la C.I.A. contre les Israéliens. La C.I.A. savait que plusieurs tireurs d'élite de Tel Aviv se trouvaient dans la capitale suédoise, traquant Oganian. Le transfuge ne serait vraiment à l'abri que dans la « ferme » de la C.I.A., quelque part en Virginie. Le vivier pour traîtres repentis. Le tout était de trouver Oganian avant les Israéliens. Et de le convaincre...

La C.I.A. était prête à de gros efforts pour connaître l'implantation exacte du réseau soviétique en Israël... Même à faire un peu de peine à leurs alliés de Tel Aviv.

Malko hâta le pas, frigorifié. Cela sentait l'hiver. De rares voitures circulaient sur l'inextricable nœud d'autoroutes urbaines, juste en face du Sheraton. En apparence, Stockholm était une ville sage et froide. En apparence, seulement...

Il fut heureux de retrouver la chaleur de l'hôtel et monta directement dans sa chambre, puis réfléchit à la meilleure façon de tuer le temps jusqu'à minuit. Tandis qu'il se recoiffait, le téléphone sonna. Il décrocha.

— Le prince Malko Linge?

C'était une voix de femme, agréable, parlant anglais avec un léger accent. Un picotement délicieux parcourut l'épine dorsale de Malko. Une telle voix ne pouvait appartenir à une femme vraiment laide.

— C'est moi.

— Je m'appelle Mathilda Larsen, annonça l'inconnue. M. John Gate m'a demandé de me mettre à votre disposition. Je suis arrivée tout à l'heure.

Malko retint son souffle. John Gate, responsable de la C.I.A. pour la Scandinavie, se trouvait à Bodø. Malko avait été en contact la veille, mais l'Américain ne lui avait pas parlé de Mathilda Larsen. Comme pour devancer son objection, la jeune femme précisa :

— Je suis Norvégienne. J'arrive de Bodø.

Elle ne disait toujours pas ce qu'elle voulait.

— Où êtes-vous ? demanda Malko.

— Au bar du premier, près du jeu. Vous me reconnaîtrez facilement. Je suis brune et j'ai une étole de vison blanc.

— Très bien, dit Malko. Donnez-moi dix minutes. Le temps de me changer.

Elle raccrocha. Il attendit quelques secondes, puis

reprit le téléphone et demanda le numéro de John Gate à Bodø. A cette heure-là, il devait être chez lui. Lui seul pourrait lui dire qui était cette mystérieuse Mathilda Larsen.

*
* *

— Je ne leur ai jamais rien demandé! affirma John Gate avec force.

— Elle est pourtant là, coupa Malko. Vous la connaissez?

— Non! fit l'Américain. Et je n'ai pas envie de la connaître.

Le responsable de la C.I.A. pour la Scandinavie écumait. D'après ce qu'il venait d'expliquer à Malko, les Norvégiens s'inquiétaient de l'opération Oganian. Une partie de l'opinion norvégienne n'approuvait pas la participation du pays au N.A.T.O. Et l'idée de voir des agents de la C.I.A. traquer un défecteur soviétique sur le territoire norvégien ne leur souriait que médiocrement... Sans couvert d'aider John Gate le *Overvakingstgenesten* [1] norvégien avait proposé son « aide » à l'Américain. D'où la présence à Stockholm de Mathilda Larsen.

— Méfiez-vous de cette bonne femme comme de la peste, conclut John Gate. Elle va sûrement vous mettre des bâtons dans les roues.

En tout cas, les Norvégiens ne perdaient pas de temps. Malko alla se donner un coup de rasoir et se demanda quel restaurant serait capable d'apprivoiser une barbouze femelle norvégienne.

*
* *

Le corps était puissant, mais plein de féminité,

[1] Service de Surveillance.

avec des seins lourds et des épaules larges, dissimulées par le vison blanc. La robe de lainage blanc, fendue en portefeuille, découvrait une jambe longue, forte et bien galbée.

Le regard de Malko remonta jusqu'au visage. Mathilda Larsen était encore très belle. De légères rides soulignaient les lèvres molles et gourmandes qui contrastaient avec les yeux bleus au regard volontairement froid et contrôlé. La masse épaisse des cheveux très noirs tirés en arrière et réunis en une grosse natte torsadée sur la nuque accentuait le côté austère de la jeune femme.

Malko s'avança dans le bar vide et s'inclina.

— Mathilda Larsen?

Le regard bleu se réchauffa imperceptiblement.

— C'est moi.

— Je suis le Prince Malko Linge.

Elle lui tendit la main. Malko s'inclina sur ses doigts imprégnés d'un parfum léger. Français. Quelque chose de Dior. Il était assez surpris par cette jolie femme à l'allure à la fois sage et sûre d'elle-même, à l'élégance discrète. Quelques anneaux aux doigts, même pas de boucles d'oreilles. Les Norvégiens devaient recruter leurs barbouzes chez les femmes du monde.

Elle se leva. Elle était de la même taille que Malko. Sauf la taille un peu épaisse, son corps était splendide, épanoui. Même l'empâtement imperceptible de ses traits n'était pas désagréable.

Elle respirait la santé, la solidité, l'intelligence. Et une certaine sensualité merveilleusement contrôlée.

— Voulez-vous que nous allions dîner quelque part? proposa Malko. Ce sera plus agréable pour faire connaissance.

Les yeux bleus s'éclairèrent d'une flamme joyeuse, aussitôt disciplinée.

— C'est très aimable de votre part, dit-elle d'une voix posée et légèrement distante. Mais je ne voudrais pas vous imposer ma présence. Nous devons nous voir pour des raisons professionnelles, n'est-ce pas?

— Les affaires les plus importantes ont toujours été traitées hors des bureaux, affirma Malko, avec son sourire le plus charmeur.

Un dîner avec la sculpturale Mathilda était une éventualité plus agréable qu'une soirée seul à Stockholm. Bien qu'elle semblât un peu raide et sur ses gardes... Elle passa devant lui pour sortir du bar.

Malko remarqua l'anneau à la main droite. Se demanda à quoi ressemblait M. Larsen.

Ils se retrouvèrent dans la galerie surplombant le lobby. En passant, Malko jeta un coup d'œil sur les pièces qui prolongeaient le bar. Et crut être victime d'une hallucination. C'était une salle de jeu avec une table de roulette et une de *black-jack*!

Il avança et aperçut deux autres salles de jeu minuscules en enfilade. Avec des tables de craps, de roulette, de *black-jack*.

Un insolite mini-Las Vegas!

Mathilda Larsen se retourna, un sourire d'enfant sur ses belles lèvres gourmandes.

— Cela ne vous ennuie pas qu'on s'arrête un instant? Nous n'avons pas cela en Norvège.

Ils s'approchèrent d'une des tables de *black-jack*. La croupière au visage ingrat, en pantalon, était digne et sérieuse comme une chaisière.

Tous les joueurs étaient des Américains. Les croupières distribuaient les cartes, avec la même onction que si elles administraient la Sainte Communion... Malko s'amusa à observer le jeu. La croupière avait déjà un dix devant elle. Elle tira un Roi. Vingt en tout. Un seul joueur, un Américain aux cheveux gris, avait également vingt.

Avec la sérénité que donne la bonne conscience, la croupière rafla sa mise. L'Américain poussa aussitôt un rugissement.

— Hé! Nous sommes à égalité. Vous devez me laisser ma mise.

La croupière eut un sourire suave et désolé.

— No, Sir. Ici, en Suède, quand on est à égalité, la banque gagne.

L'Américain en resta muet de stupéfaction. Même la Mafia à Las Vegas n'avait pas osé changer les règles du *black-jack* pour faire gagner les casinos. Le gouvernement suédois était plus fort que le Syndicat du crime... La Suède admettait le vice, mais il fallait que cela rapporte. Comme, de plus, le maximum des mises était de 5 couronnes [1], même les manœuvres balais pouvaient connaître la griserie des tapis verts...

Le socialisme était décidément bien déroutant. Mathilda Larsen ayant fait son plein d'émotions fortes, s'éloigna de la table.

— On m'a parlé d'un restaurant agréable, proposa Malko, le *Brenda Tonten*. Vous connaissez?

Mathilda ne connaissait pas. Ils montèrent dans un taxi.

*
* *

La grosse Volvo jaune garée en épi devant le Sheraton démarra et tourna à droite dans le Vasagattan, suivant le taxi. L'homme qui conduisait était recherché par la police suédoise. C'était Yarik, le second agent israélien. Accompagné d'un garçon jeune, silencieux et effacé : Mosche Porat, exécuteur des Services Secrets israéliens, spécialiste du tir instinctif. Le bureau de l'I.B. était perméable à

[1] Environ 5 francs.

beaucoup d'influences... L'arrivée de Malko était connue avant même qu'il ne prenne l'avion à Vienne.

Il semblait un moyen sûr de remonter jusqu'à Valeri Leonid Oganian.

Cette fois, les instructions des agents israéliens étaient simples. Abattre Valeri Leonid et Rika Oganian à vue. Les Israéliens ne pouvaient plus prendre de risques. Dans le coffre de la Volvo, il y avait une petite armurerie extrêmement sophistiquée. Passée par la valise diplomatique.

*
* *

— Un « live-show »? Mais qu'est-ce que c'est?

La surprise de Mathilda Larsen semblait parfaitement sincère. Malko sonda le regard profond de ses yeux bleus, pour voir si elle ne se moquait pas de lui. La lueur des bougies adoucissait son visage et le Château-Margaux 1967 faisait briller ses yeux. Le romantisme suintait des vieilles pierres de la cave voûtée du *Brenda Tonte*. Et le steak d'élan était presque aussi tendre que du filet... Seul, le camembert frit dans la chapelure, arrosé de confiture d'airelles rebuta Malko. Pour achever d'amadouer son invitée, Malko commanda une bouteille de Moet et Chandon 1966.

Avec des mots volontairement neutres, il entreprit d'expliquer ce qu'était un « live-show ». Les beaux traits de Mathilda Larsen se figèrent en une expression totalement réprobatrice.

— C'est ignoble! dit-elle. Nous n'avons rien de semblable en Norvège. Ces Suédois sont des dépravés...

Malko se hâta de la rassurer :

— Je vous raccompagnerai à l'hôtel avant d'aller à mon rendez-vous.

La Norvégienne secoua la tête :

— Non, je dois aller avec vous. Cela fait partie de mon métier. Il faut que nous voyons cet homme ensemble. Je peux vous être utile.

Malko ne voyait pas très bien en quoi, mais Mathilda Larsen avait vraisemblablement reçu l'ordre de ne pas le quitter d'une semelle. Même dans les endroits les plus sulfureux.

Il remplit son verre de Château-Margaux. Un délice. Maintenant, elle semblait un peu confuse de sa réaction violente.

— Vous savez, expliqua-t-elle, je ne suis pas beaucoup sortie de Norvège. Mon mari était pasteur.

— Pasteur!

Malko n'en croyait pas ses oreilles. Avec une créature comme Mathilda Larsen, il ne devait pas rester à un pasteur beaucoup d'énergie pour répandre la foi.

La Norvégienne sourit devant son étonnement.

— Oh, ce n'est pas ce que vous imaginez! Anton était un homme fantastique. Spécialiste des missions africaines. Il est mort d'une mauvaise fièvre mal soignée, il y a quatre ans. Il a fallu que je travaille. Un de mes cousins est colonel. C'est lui qui m'a fait entrer au *Overvakinstgenesten*. Notre service de Sécurité.

Elle rit.

— Pas pour faire de l'espionnage. Comme je parle anglais je fais la liaison avec les officiers de l'O.T.A.N. et je leur sers de guide. Il n'y avait personne pour venir vous aider, alors on a pensé que je pourrais faire l'affaire... Cela m'amuse beaucoup. On m'a même donné un pistolet, ajouta-t-elle. Parce que j'ai appris à tirer quand j'ai fait mon stage de formation.

Malko pensa à son pistolet extra-plat glissé dans sa ceinture, se demandant ce qu'il y avait de vrai dans le récit de la belle Mathilda. Pour une néophyte, elle semblait étonnamment sûre d'elle.

Il leva son verre.

— J'espère que cela sera la plus agréable de vos missions.

Sous la table, son genou frôla la jambe de Mathilda Larsen découverte par la fente de sa robe de lainage. Elle la retira aussitôt. Le socialisme n'admettait probablement pas les Mata-Hari. Et son pasteur de mari avait dû inculquer à Mathilda Larsen la continence. Elle n'avait pourtant pas l'air d'une veuve desséchée. Malko consulta sa montre. Onze heures et demie. C'était le moment d'aller au « live-show ».

***

La Volvo jaune s'arrêta en double file un peu après l'entrée du *Black Cat*. La rue était étroite, en légère déclivité. Mosche Porat fronça les sourcils en voyant Malko entrer dans le cabaret, précédé de Mathilda Larsen.

— Qu'est-ce qu'ils vont foutre là-dedans? grommela-t-il.

Yarik, un Sabra qui n'avait jamais vu un « live-show », proposa :

— On y va aussi?

— On attend dehors, trancha Mosche Porat.

Israël était trop pauvre pour offrir de telles distractions à ses barbouzes. Et Mosche Porat n'oubliait pas qu'il aurait peut-être à abattre Valeri Leonid et Rika Oganian avant la fin de la nuit.

Parce que les Israéliens ignoraient si elle partageait ou non les secrets de son mari, la décision de ne pas la laisser vivre avait été prise au plus haut niveau.

Mosche Porat alluma une cigarette nerveusement. C'était la première fois qu'il tirerait sur une femme enceinte. Il se dit qu'il viserait la tête. Pour que cela aille plus vite.

Le néon du *Black Cat* scintillait derrière eux, éclairant parfois l'intérieur de la voiture d'une irréelle lueur rose.

CHAPITRE III

— C'est abject, murmura Mathilda Larsen.

Elle ferma les yeux, raidie de dégoût, les mains croisées sur ses beaux genoux ronds pour ne plus voir la copulation méthodique qui faisait trembler la petite scène éclairée d'un jeu mouvant de projecteurs multicolores.

Malko, lui, ne quittait pas des yeux le jeune homme gras et blanc entièrement nu, en train de pilonner successivement, dans toutes les positions, une créature assez maigre aux longs cheveux bruns dont l'expression morose évoquait plus une séance de dentiste qu'un sommet de l'érotisme. Son partenaire arborait une moustache conquérante, des bourrelets de graisse, des chaussettes rayées et un organe nettement au-dessus de la moyenne. Il s'acquittait de sa tâche avec l'enjouement et la légèreté d'un piston de locomotive. Etant donné le fracas de la musique « pop » d'accompagnement, il était impossible de savoir s'il arrachait le moindre soupir à sa partenaire.

C'était lui, Andy, le déserteur américain qui connaissait la cachette de Valeri Leonid Oganian.

Au fond, ce n'était pas une façon désagréable de gagner sa vie. Le tout était de se concentrer pour oublier la cinquantaine de spectateurs. Andy évoquait plus un bon artisan offrant une prestation honnête, qu'un monstre de dépravation.

Les rangées de profonds fauteuils rappelaient un théâtre d'avant-garde cossu. La salle était pleine. Des Arabes, des Noirs, quelques femmes, et des hommes d'affaires essayant désespérément de masquer leur intérêt passionné sous une carapace d'indifférence.

Devant Malko et Mathilda, un spectateur respirait bruyamment, se retournant tout le temps, louchant sur la cuisse découverte de la Norvégienne. Celle-ci, nerveusement, rabattit sa robe portefeuille. Malko eut pitié d'elle. Son pasteur de mari devait faire des bonds de cabri dans sa tombe. Il se pencha à son oreille :

— Je suis désolé. Mais nous devons attendre la fin.

Sur la scène, Andy avait saisi sa partenaire par les hanches, dans une figure qui rappelait assez bien une brouette, et la martelait avec des hans de bûcheron. La tête dans ses mains, la croupe offerte, la fille subissait. Mathilda tourna la tête vers Malko. Son regard vacillait.

— Tous ces gens ici... Ils viennent parce que...

C'était délicat à expliquer à une veuve de pasteur. Malko se contenta d'un sourire contraint. Les murs de velours rouge du *Black Cat* reflétaient les projecteurs multicolores qui éclairaient la scène. Des serveuses en bas à résille passaient entre les fauteuils, distribuant des boissons.

Sur la scène, la situation évoluait. Andy avait remis debout sa partenaire, formant avec elle une véritable figure acrobatique. On aurait entendu voler une mouche dans la salle.

La fille s'agenouilla sur le tapis de mousse, en face de son partenaire et entreprit une fellation lente, comme pour faire ressortir les extraordinaires proportions d'Andy. Malko observa Mathilda Larsen. La Norvégienne avait la tête appuyée à un poteau, les yeux mi-clos. Sa poitrine épanouie tendait le lainage de sa robe. Le pasteur Larsen n'avait pas dû trouver le temps long entre deux passages de la Bible.

Un nouveau personnage venait d'apparaître sur scène. Un homme, le visage caché par un loup noir. Il s'approcha de la fille toujours agenouillée devant Andy, lui souleva les reins et la pénétra d'une lente poussée rectiligne. Les trois personnages restèrent quelques secondes rigoureusement immobiles. Puis les projecteurs s'éteignirent d'un coup. Remplacés aussitôt par les éclairs aveuglants d'un stroboscope.

Immédiatement, la copulation crûment obscène se mua en un étrange ballet aérien, stylisé et plein de poésie. Les éclairs blancs étaient trop brefs pour que le regard saisisse plus qu'une image floue.

Pour la première fois, depuis son arrivée au *Black Cat,* Malko éprouva un certain trouble. La fille n'était plus qu'un trait de lumière écartelé entre deux éclairs. Toute l'obscénité avait disparu. C'était l'hallali. Les trois traits se rapprochèrent, tissant un entrelacs puissamment érotique. Le stroboscope s'éteignit d'un coup et la scène demeura plongée dans l'obscurité. Quand elle se ralluma, elle était vide.

Andy avait terminé sa prestation.

Les spectateurs s'ébrouaient.

Malko observa la Norvégienne, amusé et perplexe. Il n'y avait que les Scandinaves pour enrôler une innocente et pulpeuse veuve de pasteur comme barbouze mondaine.

Mathilda Larsen frissonna comme si un reptile l'avait frôlée.

— Tous ces hommes... Ce sont des bêtes. C'est horrible. Je n'aurais jamais cru...

Malko se leva.

— Allons-y. Inutile de revenir ici demain soir.

*
* *

Andy fumait une cigarette, appuyé contre une pile de revues incroyablement obscènes dans le porno-shop du sous-sol. Son visage mou et son corps lourd ne respiraient pas le moindre érotisme. Un couple était en train de lui parler. Des gens moyens, un homme rougeaud, une femme blonde sur le mauvais versant de la quarantaine, assez bien habillée, très bourgeoise. Des spectateurs du show. Malko n'entendit pas la conversation, mais vit Andy secouer la tête négativement. L'homme et la femme quittèrent le jeune Américain et passèrent devant lui. Malko s'approcha :

— Andy?

Le jeune Américain eut l'air surpris.

— Comment savez-vous mon nom?

— On m'a parlé de vous.

— Ah.

Il ne semblait pas particulièrement enthousiaste et même sur ses gardes. La vue de Mathilda le dérida. Il grimaça un sourire dans sa grosse moustache, avec un geste du menton vers la Norvégienne.

— Avec elle, ça va... Mais pas tout de suite. Il faut que je me repose un peu.

Il parlait avec l'accent traînant du Middle West. Derrière ses lunettes, son regard détaillait Mathilda Larsen sans vergogne. Elle eut un imperceptible frémissement des narines.

— Que voulez-vous dire ? demanda Malko.

— On peut d'abord aller chez moi boire un verre, proposa Andy.

Malko se hâta de dissiper le malentendu.

— Je veux vous voir au sujet de Valeri Leonid Oganian, dit-il doucement.

Andy se figea d'un coup.

— Merde! Je croyais que c'était pour... Le type tout à l'heure, il m'offrait deux cents couronnes pour sauter sa bonne femme pendant qu'il me filmerait. Vous l'avez vue! Même pour mille, j'aurais pas pu. Mademoiselle, ce serait différent...

— Madame, rectifia sèchement Mathilda Larsen.

Si ses yeux avaient pu jeter un sort, les attributs sexuels d'Andy se seraient transformés en poussière sur-le-champ.

— Si nous sortions d'ici? proposa Malko.

— Pour quoi faire?

Le ton du jeune Américain était nettement hostile.

— Je dois entrer en contact de toute urgence avec Valeri Leonid Oganian. Dans son intérêt. On m'a dit que vous saviez où il se trouve.

— Qui ça, « on »?

— Je ne peux pas vous le dire.

Andy dévisageait Malko, perplexe.

— Oganian ne veut voir personne, dit-il. Et, de toute façon, je ne sais pas où il est.

— Je n'ai rien à voir avec les Israéliens, précisa Malko.

— Pour qui travaillez-vous, alors?

— Il m'est difficile de vous le dire, éluda Malko. Mais je dois parler à Oganian.

L'Américain secoua la tête.

— *No way* [1].

La fille qui vait fait l'exhibition avec lui surgit soudain. Rhabillée, emmitouflée dans un manteau

[1] Pas question.

de lapin, elle se hissa jusqu'à son visage et l'embrassa sur les deux joues.

— *Good night. See you to morrow.*

— *Good night,* répondit distraitement Andy.

Mathilda regardait la fille comme si elle était sortie directement de l'enfer. Avec un mélange de dégoût et de trouble. On aurait dit deux sportifs à l'issue d'une séance d'entraînement. Malko revint à l'assaut.

— Je n'ai pas beaucoup de temps, dit-il. Je vais vous faire une offre. Ou vous me conduisez à Valeri Leonid Oganian ou, demain, un arrêté d'expulsion est pris à votre égard. Et la police suédoise vous met dans le premier avion pour les U.S.A.

Andy eut un rictus plein de défi.

— Ils m'ont donné le droit d'asile. Ils ne peuvent pas faire cela.

Malko eut un sourire froid.

— Il existe, dans une maison de la vieille ville, un organisme qui s'appelle l'I.B. Il n'a pas d'existence officielle mais ses avis sont très écoutés. Si ces gens, qui sont chargés, entre autres, des activités de certains étrangers, conseillent au Premier ministre de prendre un arrêté d'expulsion contre vous, il le fera dans les vingt-quatre heures.

Mathilda s'était écartée et contemplait d'un œil effaré les vitrines contenant les tristes panoplies de l'érotisme commercial. Andy taquina sa moustache, guignant Malko du coin de l'œil.

— Vous travaillez pour mes chers compatriotes, fit-il avec amertume. Je n'ai vraiment pas envie de rentrer dans mon foutu pays.

— Dans ce cas, conseilla Malko, menez-moi à Valeri Leonid Oganian.

Le I.B. avait été créé à la demande expresse de la C.I.A. Seuls quelques très hauts fonctionnaires étaient au courant de son existence. Mais il était très efficace... Le silence se prolongeait.

En haut, la représentation avait repris. Le *Black Cat* était permanent. Comme un cinéma de quartier.

— OK, capitula Andy, je vais essayer de vous faire rencontrer Oganian.

Il tourna la tête vers Mathilda Larsen.

— Elle vient aussi?

— Elle vient, dit Malko.

*
* *

Mosche Porat sursauta. Ceux qu'ils surveillaient venaient d'émerger du *Black Cat*. Il secoua son compagnon qui somnolait à côté de lui.

— Les voilà.

Yarik regarda dans le rétroviseur, aperçut Mathilda entre Malko et Andy.

Les trois s'entassèrent dans une vieille Saab conduite par le nouveau venu, garée derrière eux. Mosche Porat la laissa passer et démarra. Les rues de Stockholm étaient presque totalement désertes à cette heure tardive. Les passagers de la Saab allaient fatalement s'apercevoir qu'ils étaient suivis.

Sans mot dire, Mosche Porat commença à visser un interminable silencieux sur une courte mitraillette Uzi. Merveille des services techniques israéliens. Si Aron en avait eu un, il n'aurait pas ameuté la foule le dimanche précédent et ils ne seraient pas là à prendre des risques idiots.

*
* *

Valeri Leonid et Rika Oganian attendaient, appuyés à une cabine téléphonique du sous-sol de la station de métro Centralen, dédale de boutiques, de galeries et de couloirs.

L'agent du K.G.B. broyait du noir, maudissant ses compatriotes. C'eût été si simple de leur donner officiellement la protection de l'ambassade soviétique. Mais il y avait Rika, sujette israélienne, prétendument « enlevée » par lui. Les Soviétiques ne voulaient pas risquer d'incidents, avec les Suédois. Le K.G.B. avait tout fait pour le dissuader de ramener *Rika* en Union Soviétique. Maintenant, on lui faisait payer son entêtement. Au risque de déclencher une catastrophe. Le transfuge regarda autour de lui :

C'était le rendez-vous de tous les hippies de Stockholm, la bourse au haschisch et aux rencontres faciles entre travailleurs immigrés et jeunes Suédoises avides d'exotisme. Avant, les jeunes se contentaient de descendre le Kungsgattan, les Champs-Elysées locaux, tous les soirs en voiture, une bouteille de *J & B* sur le plancher. Les filles, elles, arpentaient les trottoirs. Les jeunes motorisés les embarquaient faire l'amour et boire dans les allées tranquilles du Djurgarden.

La révolution de la conduite à gauche avait changé tout cela. Le Kungsgattan était maintenant à double sens et le carrousel avait disparu... Les jeunes s'étaient repliés sur la station de métro. Valeri Leonid Oganian serra la taille de Rika, pour la réconforter.

— Il ne va pas tarder, affirma-t-il.

Chaque soir, Andy les retrouvait là, après sa « performance ». Il les emmenait ensuite coucher dans un endroit toujours différent. Dieu merci, ils n'en avaient pas pour longtemps. On avait promis à Oganian un départ discret et imminent. Le K.G.B. ne restait pas totalement inactif. Rika s'était un peu remontée, bien qu'ils n'aient pu prendre le risque d'aller à l'enterrement de leur petite fille.

Oganian était certain que les Israéliens continuaient, officieusement et officiellement, de faire tout ce qui était en leur pouvoir pour les empêcher de regagner l'Union Soviétique. Il avait commis une faute grave en voulant emmener Rika. Elle aurait peut-être pu le rejoindre. Mais il avait eu peur d'être séparé d'elle à jamais... Seul, il serait déjà à Moscou.

Un clochard passa près d'eux, gesticulant tout seul. Des couples s'étreignaient contre les piliers de mosaïque.

— Le voilà! dit Rika.

Elle poussa un cri inquiet.

— Il n'est pas seul!

Andy venait de surgir de l'escalier de la Klaraberg Gattan, comme d'habitude. Escorté d'un homme et d'une femme. Il aperçut les Oganian et agita joyeusement la main dans leur direction, comme pour les rassurer.

L'agent du K.G.B. s'était transformé en statue de sel. Le couple qui accompagnait Andy était inconnu de lui. Une angoisse horrible lui noua l'estomac. Il plongea la main dans sa poche, refermant les doigts autour de la crosse de son 32.

Les nouveaux arrivants n'étaient plus qu'à quelques mètres. Rika se serra peureusement contre son mari.

— Qui sont ces gens?

— Des amis, répliqua Malko, avant qu'Andy ait eu le temps d'ouvrir la bouche.

Il avait parlé en anglais. Oganian sursauta, deux grandes rides s'accentuèrent autour de sa bouche.

Malko essaya un sourire rassurant.

— Je ne travaille pas pour les Israéliens.

Il entraîna Oganian à l'écart. Ses yeux dorés dans les siens, il annonça calmement :

— Je travaille pour la Central Intelligence Agency. J'ai une offre à vous transmettre. Nous vous protégeons et vous faisons sortir du pays, vous et votre femme. Là où vous irez ensuite, même les Israéliens ne pourront pas vous retrouver... Vous aurez du travail et pourrez recommencer votre vie.

Oganian le scrutait d'un air méfiant. Sans illusion.

— Que me demandez-vous en échange?

— Ce point là sera discuté plus tard, dit Malko avec diplomatie.

Valeri Leonid Oganian semblait perdu dans ses pensées. Lorsque Aron avait voulu le convaincre, il ne l'avait même pas écouté. C'était un professionnel, un Soviétique et un communiste. Jamais il n'avait éprouvé la moindre envie de se renier. Même après cinq ans en Israël.

Depuis, sa petite fille était morte. Il se sentait faible, désarmé dans cette ville étrangère à la langue gutturale et incompréhensible, dans cette station de métro sordide. C'était tentant de retrouver une vie calme, la sécurité. Surtout pour Rika. Et l'enfant qui allait naître. Il avait beaucoup réfléchi depuis trois jours, remettant bien des choses en question.

— Alors? demanda Malko.

Valeri Leonid Oganian leva les yeux pour lui répondre et eut l'impression que son sang se transformait en plomb.

Deux hommes avançaient lentement sous les arcades de la partie de la station à ciel ouvert. La lumière d'une vitrine éclaira un visage qu'il n'oublierait jamais. Celui de Yarik, l'Israélien brun.

Ses traits se crispèrent en un masque tragique, les dents découvertes par un rictus de haine.

— Salaud!

D'un bond, il récupéra Rika, l'entraînant vers les escaliers roulant menant aux quais du métro. Les deux Israéliens s'étaient mis à courir, eux aussi.

Malko n'eut pas le temps de dire un mot. Violemment, Andy le frappa d'un coup de poing en plein visage. Ebloui par le choc, il recula, entendit le cri de Mathilda.

CHAPITRE IV

Moshe Porat, tout en courant, sortit son Uzi de sous son manteau. Avec le silencieux, elle semblait équipée d'une baïonnette. Il s'arrêta, l'arme à la hanche, visa. Oganian et sa femme couraient vers le grand escalier roulant menant aux quais.

L'Israélien appuya sur la détente, lâchant une petite rafale. Un passager pressé, qu'il n'avait pas vu surgir derrière lui, le bouscula, déviant le canon de la mitraillette. Les détonations étouffées par le silencieux furent imperceptibles. Les balles firent jaillir des éclats de mosaïque blanche des murs. Valeri Leonid Oganian plongea dans l'escalier, fut avalé en quelques secondes. L'Israélien referma son manteau, dissimulant l'Uzi, et repartit en courant.

*
* *

Malko rouvrit les yeux. Les deux Israéliens couraient dans sa direction. Automatiquement, il plongea la main dans sa ceinture et ramena son pistolet extra-plat.

Moshe Porat et Yarik s'arrêtèrent pile à un mètre de lui. Il y eut quelques secondes d'hésitation tendue. Malko vit le canon de la mitraillette pointer sous le manteau. Si l'Israélien était entraîné seulement au tir instinctif, il allait tirer. Ils mourraient en même temps.

Mais Moshe Porat était plus qu'un tueur. Il vit le pistolet braqué sur lui, et « sentit » que son adversaire ne tirerait pas le premier. Quelques jeunes, non loin d'eux, les regardaient avec stupéfaction. Heureusement qu'il n'y avait pas grand monde.

— Ecartez-vous, dit l'Israélien.

Il bouillait de rage.

— Non, dit Malko. Je ne vous laisserai pas abattre les Oganian.

Appuyée à la cabine téléphonique, Mathilda Larsen semblait prête à défaillir.

Andy, dépassé par les événements, ne savait plus quelle attitude adopter.

En bas de l'escalier, il y eut le bruit d'une rame de métro qui arrivait. Moshe Porat fit un pas en avant.

— Attention, avertit Malko.

Le canon de son pistolet n'était plus qu'à dix centimètres de la poitrine de Moshe Porat. Ce dernier sentit que Malko était prêt à tirer. Il savait qu'un second meurtre serait catastrophique pour Israël. Il relâcha sa pression sur la crosse de l'Uzi, avec un sourire amer.

— Il est parti maintenant, fit-il. Mais nous le retrouverons.

Il fit demi-tour, s'éloignant dans la station déserte escorté de l'autre Israélien barbu. Le clochard, médusé, regardait les éclats de porcelaine arrachés par les balles. A cause du silencieux, les rares personnes présentes ne s'étaient pas aperçues de l'incident. Andy se rapprocha :

— Je vous demande pardon, balbutia-t-il. J'ai cru que c'était un coup monté.

Malko haussa les épaules et remit son pistolet extra-plat dans sa ceinture. La vie était décidément stupide. Il avait senti le fléchissement d'Oganian. Les Israéliens seraient arrivés dix minutes plus tard, il gagnait peut-être. Soudain, il réalisa que Mathilda était toujours appuyée à la cabine téléphonique, comme en catalepsie.

Il s'approcha.

— Cela ne va pas?

Elle esquissa un sourire crispé. Avec sa stature junonesque, on ne s'attendait pas à une telle vulnérabilité chez elle.

— Excusez-moi, dit-elle. J'ai eu très peur. J'ai cru qu'ils allaient vous tuer.

Après le « live-show », cela faisait beaucoup d'émotions pour une seule soirée. Malko la prit par le bras.

— Venez.

Son œil droit et son arcade sourcillère commençaient à lui faire très mal. Andy avait de la force. Il se tourna vers le jeune Américain.

— Savez-vous où ils sont partis?

Andy secoua la tête négativement.

— Pas la moindre idée. Je ne sais jamais où ils sont dans la journée. Ils me retrouvaient tous les soirs ici. Maintenant, j'ai peur qu'ils ne me donnent plus de nouvelles.

C'était aussi l'avis de Malko. La piste s'arrêtait là. Il fallait tout recommencer à zéro. Avec la circonstance aggravante que les Oganian pensaient maintenant que la C.I.A. avait partie liée avec les Israéliens. Toutes les portes allaient se fermer.

— Si vous savez quelque chose, dit-il à Andy, je suis au Sheraton. Jusqu'à nouvel ordre.

*
* *

Mathilda Larsen buvait sa vodka sans un mot, le regard dans le vide. Elle s'était laissée emmener comme une automate dans la suite de Malko. Appuyée au poste de télévision éteint, elle contemplait d'un air absent le beffroi vert de l'hôtel de ville. Son étole de vison blanc avait glissé à terre, sans qu'elle la ramasse. Ses yeux étaient immobiles et dilatés, comme si elle se trouvait en état d'hypnose.

Malko l'observait, appréciant ses formes pleines, son visage sensuel sous sa dignité marmoréenne. Elle acheva son verre d'un trait et parut se dégeler d'un coup. Son regard accrocha celui de Malko.

— Excusez-moi. Vous devez me trouver ridicule.

Il lui sourit.

— Pas du tout. Vous ne devez pas être accoutumée à une vie aussi violente.

Elle secoua la tête.

— Il ne se passe jamais rien dans ma vie. Bodø est une ville très calme, vous savez, et je m'occupe surtout de tâches administratives. Je n'avais jamais assisté à une tentative d'assassinat.

Ses yeux se portèrent soudain sur le visage tuméfié de Malko et elle se mordit les lèvres.

— Oh, mais je suis égoïste! Votre œil! Cela doit vous faire un mal affreux. Montrez-moi.

Amusé, Malko s'approcha. La vodka commençait à lui détendre les nerfs. Le côté boy-scout de la belle Mathilda était adorable. Elle passa un doigt léger sur sa peau tuméfiée. Ils n'étaient plus qu'à quelques centimètres l'un de l'autre. Avec ses talons, elle était exactement de la même taille que lui. Leurs regards se croisèrent.

— Vous avez dû me trouver idiote durant ce... spectacle, fit-elle. Mais c'était tellement bestial.

Elle se tut. Mordit ses lèvres. Une brusque expression de défi passa dans ses yeux bleus. Malko ne sut jamais si c'était lui qui avait bougé ou si Mathilda Larsen s'était rapprochée de lui. Ils se trouvèrent soudain collés l'un à l'autre, des chevilles aux épaules. Le corps puissant de cette grande et belle femme semblait ne pas avoir d'os tant elle était souple contre lui. Son ventre s'était soudé impérieusement contre le sien. Le souvenir de Andy pénétrant sauvagement sa partenaire enflamma brutalement Malko.

Sans un mot, Mathilda rapprocha sa bouche de la sienne. Pendant une fraction de seconde, leurs lèvres s'effleurèrent, puis sa langue jaillit à sa rencontre, impérieuse, maladroite. Les yeux fermés, elle l'embrassa avec violence, les bras noués autour de lui.

La robe de lainage s'ouvrit, découvrant une cuisse longue, musclée et charnue. Malko y laissa errer le bout de ses doigts, remonta, toutes ses terminaisons nerveuses délicieusement agacées par le contact du nylon ultra-fin. Mathilda Larsen portait des bas et non des collants. Plus haut, le contact de la peau tiède et douce faillit le faire crier de plaisir. Lorsqu'il effleura son mont de Vénus à travers le nylon, ses ongles s'enfoncèrent profondément dans sa nuque.

Il la regarda : le visage marmoréen n'avait pas changé d'expression. Mais sous ses doigts il sentait une bête chaude, avide, moite, ouverte. Il éprouva soudain une frénétique envie de faire voler en éclats ce masque, de réconcilier les deux parties de cet être. Ses mains fouillèrent les dentelles, lui frayèrent un chemin.

Il pénétra en elle avec une facilité déconcertante. Déchaîné, il enfonça ses ongles dans les hanches élastiques et pleines, la poussa dans son élan contre l'arête de la coiffeuse. Elle ne protesta pas, comme anesthésiée. Son visage était toujours aussi lisse, mais ses ongles s'enfonçaient dans la nuque de Malko, comme les serres d'un vautour. Il étira son plaisir autant qu'il le put. Lorsqu'il explosa, elle eut seulement un frémissement de narines.

Ils restèrent soudés l'un à l'autre, silencieux, quelques secondes. Puis Mathilda ouvrit les yeux, posa un regard trouble et stupéfait sur Malko, comme si elle ne l'avait jamais vu.

Brusquement, elle le repoussa avec une force insoupçonnée. La robe-portefeuille se rabattit, cachant le ventre bombé et les longues cuisses charnues.

Sans un mot, elle traversa la pièce.

La porte claqua.

Malko était seul.

De Mathilda Larsen, il ne restait qu'une traînée de parfum et l'étole de vison blanc par terre.

S'il n'y avait pas eu la délicieuse impression de contenement physique, il aurait pu croire à un rêve. Il n'avait rien fait pour séduire la Norvégienne. Jamais, à son attitude distante, il n'aurait pu soupçonner une telle ardeur.

Malko s'assit, frustré. Il avait encore envie d'elle. Il ne connaissait de son corps que ses cuisses pleines et fuselées.

Pour se calmer, il alla prendre une douche, rêvant comme un collégien au corps brûlant de l'étrange barbouze norvégienne.

Demain serait un autre jour. Il faudrait retrouver Valeri Leonid Oganian. Avant qu'il ne se volatilise. Olaf ne servirait plus à rien.

*
* *

Mathilda Larsen avait retrouvé sa dignité. Son cachemire et sa jupe de lainage n'évoquaient aucunement le stupre. Malko lui tendit l'étole de vison avant de s'asseoir en face d'elle dans le patio central du Sheraton.

— Vous avez oublié ceci.

Elle le fixa avec un désarroi sincère, hésita et dit à voix basse :

— Je suis sûre que vous allez penser... que cet horrible spectacle m'a... que...

Elle avait perdu toute sa superbe.

— Je pense seulement que vous avez eu envie de faire l'amour avec moi, répliqua Malko. Cela n'a rien de déshonorant. Cela ne vous arrive donc jamais depuis que votre mari est mort?

— Jamais ainsi, murmura-t-elle.

Visiblement, l'épisode de la veille était à mettre au compte de la dépravation suédoise. Mathilda était redevenue une barbouze consciencieuse, glaciale et digne.

— John Gate sera là dans un quart d'heure, dit Malko pour alléger l'atmosphère.

Une secrétaire avait téléphoné de Bodø, réveillant Malko à l'aube. Le patron de la C.I.A. était déjà en route, sur un avion militaire U.S.A. A la grande surprise de Malko. L'Américain pensait peut-être que le contact avec Oganian était établi et venait chercher le Russe.

Il risquait d'être déçu.

— Voilà John Gate, dit Mathilda Larsen.

Malko vit s'approcher un homme au visage rond, aux yeux ronds, à la tête ronde. Corpulent et assez mal habillé. Quelque chose détonnait dans son visage sans qu'il trouve quoi immédiatement. Puis, il réalisa : John Gate portait une moumoute. C'était une barbouze coquette. Mais les cheveux noirs barraient son front trop nettement.

Il serra vigoureusement la main de Malko. Bien qu'ils se soient téléphonés à plusieurs reprises, ils ne s'étaient encore jamais rencontrés.

Sa poignée de main à Mathilda Larsen fut nettement moins chaleureuse. Visiblement, il aurait préféré que la Norvégienne ne soit pas là. Cette dernière regardait ostensiblement le faux feu de bois qui brûlait au milieu du patio. L'endroit était agréable, avec de profonds fauteuils et des glaces isolant du lobby bruyant.

— J'ai du nouveau, annonça-t-il.

— Moi aussi, dit suavement Malko.

Ses yeux dorés pétillaient d'ironie.

Il raconta l'épisode de la veille au soir à l'Américain avant de soupirer :

— Je pense qu'après avoir cherché quelques vieux étains, je n'ai plus qu'à reprendre la route de l'Autriche.

Les yeux ronds de John Gate ne cillèrent pas.

— Pas du tout, fit-il. Je sais où vous allez retrouver Oganian.

— Où?

— A Bodø, annonça triomphalement l'Américain. Hier, dans la journée, nos services d'écoute ont intercepté une communication entre un émetteur situé en Sibérie, dans la région de Mourmansk, émettant sur des fréquences du K.G.B., et un « chalutier » russe croisant au large des côtes de Norvège. On lui donnait l'ordre de relâcher à Bodø pour tenter d'embarquer une personne de la plus haute importance. Cela ne peut être qu'Oganian.

Malko en resta muet de surprise.

— Que fait ce chalutier russe dans le coin? demanda-t-il.

— Ce sont les manœuvres de l'O.T.A.N., expliqua John Gate. Cela pullule de chalutiers russes. Comme tous les ans. La mer est à tout le monde. Evidemment, ils ignorent encore que nous avons décrypté leur code.

Beau travail de la N.S.A. [1], pensa Malko.

— Il n'y a plus qu'à faire le pied de grue sur les quais de Bodø, dit Malko. Et nos amis israéliens?

[1] *National Security Agency.*

— Ils n'ont quand même pas le don de double vue, affirma John Gate. Mais ce n'est pas tout. Les Russes ont donné l'ordre à leurs correspondants locaux d'aider Valeri Leonid Oganian au maximum. Il ne va pas retrouver tout seul ce chalutier. Cela va intéresser Mme Larsen.

Mathilda Larsen suivait la conversation avec intérêt. Elle hocha la tête.

— Certainement, approuva-t-elle. Mon gouvernement sera très heureux de savoir qui travaille pour les Russes dans cette région.

Le visage rond de John Gate s'anima.

— Du moment que les Russes le veulent à ce point, dit-il, il faut que nous l'ayons ! Par tous les moyens. Il doit avoir des informations de toute première importance. D'ailleurs, j'ai demandé du renfort. Des spécialistes. Ils arriveront à Bodø demain matin. Directement de Washington.

Mathilda Larsen fit une tête comme si John Gate lui avait proposé de participer avec lui à un « live show ».

Il se fendit aussitôt d'un sourire contraint, puant de diplomatie.

— Ne craignez rien. Nous ne ferons rien d'illégal sur le territoire norvégien. C'est seulement au cas où les Israéliens s'attaqueraient à lui.

— Qui est cet Oganian? demanda Malko.

— Nous savons peu de choses sur lui, confessa l'Américain. Il est d'origine arménienne, mais israélite. Il a été l'adjoint du commissaire politique de Bakou. Ensuite, on perd sa trace. Six mois plus tard, il est apparu en Autriche, comme juif, immigrant d'U.R.S.S. en Israël. Ses connaissances techniques l'ont fait accéder rapidement à un poste important. Nous avons prévenu les Israéliens qui l'ont mis sous surveillance.

— C'est pour cela qu'il est parti ?

John Gate secoua la tête :

— Non. Et c'est bizarre. Nous sommes certains qu'il ne se savait pas soupçonné. Pourtant, brusquement, les Soviétiques l'ont rappelé. C'est donc qu'ils avaient besoin de ses informations d'une façon urgente.

— Pourquoi ?

— Je ne peux pas vous le dire.

L'Américain se leva.

— Je dois partir. J'ai rendez-vous à Bodø pour déjeuner.

Il serra la main de Mathilda Larsen et Malko l'accompagna dans le lobby. Dès qu'ils furent seuls, John Gate donna libre cours à son inquiétude.

— Faites attention à elle! Les Norvégiens sont furieusement ennuyés de cette histoire. Une partie de l'opinion n'aime pas les U.S.A. Soyez très prudent. Elle est là pour vous surveiller de près.

— Je ferai attention, affirma Malko.

John Gate ne se doutait sûrement pas à quel point Mathilda Larsen prenait sa mission au sérieux.

CHAPITRE V

Malko regarda les bouleaux et le fjord bordant la route, essayant de se convaincre qu'il était déjà cent kilomètres au nord du Cercle Polaire. Au début du bout du monde. Les dernières maisons de bois peintes de Bodø disparaissaient derrière eux. En apparence, ce n'était qu'un petit port calme avec une unique rue principale, des magasins proprets et un ciel gris.

Il y eut un rugissement dans le ciel et une ombre passa au-dessus de la Volvo, grimpant vers le soleil qui ressemblait à une orange enveloppée de papier de soie.

Un « Phantom » de l'U.S. Air Force. A mille deux cents kilomètres au nord d'Oslo, Bodø possédait la piste la plus longue de Norvège... Le meilleur aéroport du N.A.T.O. Des chasseurs s'y posaient et y décollaient sans arrêt, au milieu des DC 9 des Scandinavian Airlines, du trafic local. Les B.52 pouvaient également y atterrir... Une pancarte, dans l'aéroport, interdisait toute photographie. Terrain militaire.

Serrée contre Malko, à l'arrière de la grosse Volvo noire, Mathilda Larsen somnolait. Ils étaient arrivés très tard de Stockholm, la veille au soir. Un chauffeur de taxi mafflu les avait conduits directement à l'unique hôtel de Bodø, le *Royal*.

Curieux bloc de ciment gris construit sur le Storgatta, la rue principale. D'une voix ferme, Mathilda Larsen avait évidemment réclamé des chambres séparées.

Malko avait mal dormi. Pas seulement à cause de sa solitude. Mais le trafic aérien se poursuivait toute la nuit. Et les avions semblaient décoller directement du toit de l'hôtel.

Sa chambre avait la charmante simplicité d'une cellule de Fresnes et les lits étroits et fixes évoquaient les bat-flancs d'une salle de police.

Des projecteurs éclairaient la façade du *Royal* jour et nuit, probablement pour éviter les évasions.

John Gate s'était manifesté à sept heures du matin. Prévenant Malko qu'il l'attendait à huit pour un briefing. Avec Mathilda Larsen. Elle connaissait le chemin.

Ils roulaient vers le nord. Vers la plus grande station radar de l'O.T.A.N. de cette région du monde. Même un cerf-volant russe ne pouvait pas décoller de Mourmansk sans que le radar de Reitan s'en aperçoive. La route serpentait dans un paysage superbe de fjords, de bois et de lacs. Rien de guerrier. Soudain Mathilda Larsen parut se réveiller.

— Tournez à gauche, ordonna-t-elle au chauffeur.

La Volvo s'engagea dans un petit chemin empierré s'enfonçant vers le cœur d'une colline couverte de bouleaux. Ils franchirent un pont dominant une voie de chemin de fer, dépassèrent une pancarte : « Interdiction de passer. Zone militaire. Interdiction de photographier ». Cent mètres plus loin, une D.S. rouge surgit d'un virage et leur barra la route. Quatre officiers en jaillirent. Mathilda Larsen s'extirpa de la Volvo pour aller parlementer, exhiba des coupe-file qui calmèrent les militaires. Elle revint s'asseoir près de Malko.

— Ils sont très sévères, commenta-t-elle. Personne n'a le droit d'entrer ici.

Ils arrivèrent en face d'un bâtiment blanc, anonyme, dissimulé au flanc de la colline de Reitan. Cela grouillait d'uniformes. Une sentinelle norvégienne, après de multiples palabres, les conduisit jusqu'à un bureau sur la porte duquel était vissée une plaque de cuivre :

« Service de Documentation ».

John Gate les accueillit, la moumoute plus lustrée que jamais. Il adressa même un sourire particulièrement onctueux à Mathilda Larsen.

— Le chalutier *Novosibirsk* relâchera à Bodø dans deux heures environ, annonça-t-il. Le capitaine a prévenu les autorités norvégiennes qu'il avait un malade à bord, atteint d'appendicite aigüe et qu'il fallait l'hospitaliser d'urgence. Qu'il en profiterait pour réparer à quai une petite avarie.

Miraculeuse coïncidence! Devant l'amusement de Malko, John Gate précisa :

— Ce n'est pas la première fois qu'ils nous font le coup... L'année dernière, le « malade » s'est senti subitement mieux au moment où on allait l'opérer. Cela signifie seulement qu'ils vont essayer de faire partir les Oganian sur ce chalutier.

— Avez-vous une idée de l'endroit où ils se trouvent? demanda Malko.

L'homme de la C.I.A. haussa les épaules.

— Je m'en moque. Puisque nous savons où il va. Mais il ne faut pas que vous le ratiez.

— Avec tous les navires que vous avez par ici, remarqua Malko suavement, cela ne doit pas être difficile d'arraisonner un chalutier.

Mathilda Larsen lui jeta un regard nettement affolé. Elle voyait déjà la Norvège transformée en champignon atomique.

— Cela sera plus facile de le récupérer *avant,* fit sèchement John Gate.

La C.I.A. appréciait rarement l'humour noir de Malko.

Ce dernier prit un air totalement angélique :

— Et comment?

Le regard de John Gate dérapa dans la direction de Mathilda Larsen.

— Il faudra le convaincre.

Avec un pistolet sur la nuque.

L'Américain ajouta vivement :

— J'ai demandé à Washington que l'on vous envoie d'urgence deux spécialistes de ce genre de problème. Des garçons que vous connaissez déjà : Chris Jones et Milton Brabeck. Ils sont pleins de tact.

Malko eut un mal fou à garder son sérieux. Le tact de Chris Jones et Milton Brabeck n'avait d'égal que leur puissance de feu. Leurs arguments se rapprochaient plus du bulldozer que de la gerbe de roses... Les Norvégiens risquaient d'en avoir des sueurs froides. Et Bodø de ressembler à Pearl Harbor.

— Je suis sûr que leur aide sera précieuse.

La Central Intelligence Agency mettait le paquet. Pour que l'Agence fédérale envoie des gens de la trempe des deux gorilles dans un pays comme la Norvège, il fallait que Valeri Leonid Oganian soit vraiment important...

John Gate consulta sa montre.

— Vous n'avez plus tellement de temps. Il vaudrait mieux que vous déposiez Mme Larsen à l'hôtel.

Le regard de l'Américain disait nettement que si Malko l'attachait à son lit avec une chaîne, cela ne serait pas plus mal... Chris Jones pourrait ensuite s'asseoir dessus, pour plus de sécurité.

— En supposant que Valeri Leonid Oganian accepte de nous suivre, dit Malko, qu'en ferons-nous?

— Amenez-le ici, ordonna John Gate.

Discrète, Mathilda Larsen s'éloigna dans le couloir. Aussitôt, John Gate glissa à l'oreille de Malko.

— Nous avons un hélicoptère ici. Oganian sera transporté aussitôt sur le *Bonhomme Richard* qui est en manœuvre avec l'O.T.A.N. Les Russes et les Israéliens n'iront pas le chercher là-bas.

— A propos des Israéliens...

John Gate balaya les barbouzes de Tel Aviv, d'un geste péremptoire.

— Ils ont sûrement perdu sa trace.

— Et Mathilda Larsen?

— Neutralisez-la.

Facile à dire... Ils remontèrent dans la Volvo. La Norvégienne semblait tracassée. Son manteau s'ouvrit sur un chemisier marron qui moulait deux seins épanouis. Malko éprouva une brusque poussée de désir... Il posa la main sur la cuisse de sa voisine. A travers le tweed, il sentait les muscles durs.

— Vous avez l'air soucieuse?

Son beau visage marmoréen s'assombrit imperceptiblement :

— Otez votre main, souffla-t-elle.

Il y avait comme de la supplication dans sa voix. Malko se dit qu'elle n'avait peut être pas totalement effacé de sa mémoire leur brève étreinte. Sans obéir il enchaîna :

— Ce soir, lorsque nos Oganian seront à l'abri, nous pourrons nous détendre. Il doit bien y avoir un endroit agréable pour dîner à Bodø.

Mathilda Larsen regardait droit devant elle.

— Je ne crois pas que je pourrai. Je suis fatiguée.

Malko réprima une furieuse envie de la prendre dans ses bras. Pour jouer, il laissa sa main remonter le long de la jupe. Mathilda Larsen sursauta.

— Vous êtes fou!

Le chauffeur jeta un coup d'œil dans le rétroviseur. Malko préféra ne pas insister. Il avait encore besoin de Mathilda Larsen. Le silence retomba dans la voiture, puis la jeune femme dit en anglais :

— Vous me prenez pour une putain.

Cette vertu toute neuve agaçait un peu Malko.

— Les putains sont des femmes qui se font payer, remarqua-t-il doucement. Ou qui espèrent retirer un avantage de leur abandon. Ce n'est pas votre cas. A moins que vous n'ayez été poussée par des mobiles professionnels.

Elle se mordit la lèvre inférieure.

— Comment pouvez-vous dire cela!

Le beau visage n'était plus que réprobation. Mathilda Larsen resta silencieuse quelques instants, puis énonça d'une voix changée :

— Il est hors de question de se livrer à des voies de fait sur cet homme ou sur sa femme, n'est-ce-pas... Qui sont ces spécialistes à qui M. Gate faisait allusion?

Malko réprima un sourire :

— Des psychologues.

*
* *

Chris Jones inspecta le ciel gris et bas d'un air inquiet. Il s'était attendu à trouver des mètres de neige, au-delà du cercle polaire. Dire qu'en été, il faisait 35° et que les Norvégiens se baignaient dans le fjord de Bodø...

L'hiver n'était pas vraiment là, mais on sentait déjà le froid. D'un air lugubre, Milton Brabeck inspectait une pile d'énormes chandails étalés sur le lit. Les deux gorilles s'étaient équipés pour la conquête du Pôle et étaient très étonnés que le *Royal* ne soit pas un gros igloo... Anciens « marines » tous les deux, passés au « secret service » puis à la C.I.A. ils étaient précieux en cas de coups durs. Pas discrets, mais impressionnants. Les mêmes yeux bleus et froids. Les mêmes cheveux coupés très courts cachés par des feutres gris. Les mêmes complets gris un peu vagues pour dissimuler pudiquement leur force de frappe.

De loin, Chris Jones ressemblait à un étudiant dégingandé. Il fallait s'approcher pour voir que ses avant-bras avaient la taille d'un jambon de Virginie. A force de travailler ensemble, ils avaient fini par se ressembler. Seule différence : Milton buvait du *Old Grand Dad* et Chris du *J & B*. Le Dom Pérignon et le Moet et Chandon leur avait toujours paru être des boissons de perdition, bonnes pour les aristocrates...

— Qu'est-ce qu'on vient foutre ici, soupira Milton Brabeck.

Dès qu'il ne pouvait plus apercevoir l'Empire State, il lui poussait des boutons.

— Empêcher un tordu de regagner le paradis soviétique, bâilla Chris Jones. Par la persuasion...

L'œil de Milton Brabeck qui s'était perverti au contact de New York brilla soudain.

— Dis donc, il y a plein de trucs pornos en Scandinavie. On pourrait voir...

Chris soupira, regardant les sages petites maisons de bois.

— Ici, ça m'étonnerait. On a dû se tromper de pays.

Milton boucla son holster et y glissa son énorme « 38 » magnum. Capable de percer un mammouth à un kilomètre. Il ajouta dans sa ceinture un petit colt Python et décida finalement de ne pas prendre son gyrojet — petit bazooka de poche — parce qu'il était dans un pays civilisé.

Chris se contentait de deux « 45 » plaqués contre

ses hanches. Et un petit « Cobra » dans sa botte gauche. En cas de mauvaises surprises.

— Allons-y, dit Milton. Le Prince nous attend. Il va sûrement être content de nous voir.

Dans le couloir, Chris Jones regarda les murs de ciment nu avec inquiétude.

— On ne m'ôtera pas de l'idée, fit-il, que ce truc faisait partie du Mur de l'Atlantique.

*
* *

Le *Novosibirsk* ne payait pas de mine. La peinture partait par larges plaques, laissant apercevoir des tôles rouillées. Un marin soviétique veillait à la coupée, interdisant de monter à bord. Discrètement, une Volvo noire et blanche de la police norvégienne s'était embusquée un peu plus loin sur le quai. Les Russes n'avaient pas le droit de descendre.

Une ambulance arriva, s'arrêta devant le chalutier; sur ses flancs s'étalaient en grosses lettres : « *Bodø Sykehus* ». Deux infirmiers montèrent aussitôt à bord du *Novosibirsk*.

— Ils viennent chercher le malade, commenta Mathilda Larsen.

Malko avait loué en toute hâte une voiture. Une Volvo bien entendu. Elle était garée le long d'une pile de bois, sur le quai désert à vingt mètres du *Novosibirsk*. Chris et Milton se trouvaient, un peu en arrière du quai, sur l'esplanade en face du *Royal*, dans une autre Volvo, reliés à Malko par un walkie-talkie.

Le quai était vide pour l'instant. A l'exception de quelques chariots transportant des marchandises et d'un petit cargo en train de charger des vaches et des moutons pour les îles Lofoten.

Les infirmiers réapparurent sur le pont du chalutier, portant une civière avec précaution, escortés du capitaine. Deux des marins aidèrent à la descente. On aperçut vaguement une forme humaine enroulée dans des couvertures. Le « malade ». L'opération déclenchée par le K.G.B. pour récupérer Valeri Leonid Oganian avait commencé. Malko se demanda où le défecteur pouvait se trouver. Et si les Israéliens avaient vraiment perdu sa trace. L'idée de savoir Chris Jones et Milton Brabeck à cent mètres de là était réconfortante.

Mathilda Larsen paraissait nerveuse. Elle avait ôté son manteau, et Malko pouvait admirer le corps épanoui dont il avait si peu profité.

Elle alluma une cigarette, souffla la fumée sur le pare-brise.

— Qu'allons-nous faire? demanda-t-elle.

— Attendre, dit Malko. Ce chalutier doit repartir demain matin au plus tard. D'ici là, il se passera sûrement quelque chose...

Un « Phantom » décolla de l'aéroport et passa au-dessus de la ville en rugissant. Enterré dans sa colline, John Gate devait écouter les communications du chalutier. Le *Novosibirsk* était hérissé d'antennes, beaucoup trop pour un honnête navire commercial.

Malko se demanda soudain ce qu'il faisait dans ce petit port du bout du monde, à guetter ce vieux navire rouillé. L'ambulance avait disparu, et l'homme à la coupée, emmitouflé dans un suroît noir, était aussi immobile qu'une statue.

Le ronronnement du chauffage avait quelque chose d'hypnotique. Mathilda Larsen luttait visiblement contre le sommeil. Ses yeux se fermaient, sa tête se laissa aller sur l'accoudoir anti-choc. Ses traits se détendirent, perdirent de leur rigidité hautaine. Sa bouche s'entrouvrit, gourmande, charnue. Malko s'efforçait de rester, lui, bien éveillé. Il n'aurait pas beaucoup de temps pour intervenir. Il connaissait les méthodes du K.G.B. Tout doucement, il glissa son pistolet extra-plat sous son siège, une balle dans le canon. Il savait que cela serait aussi brutal et inattendu qu'un accident de voiture. Qu'il faudrait réagir au dixième de seconde. Une fois Oganian sur le chalutier, il était pratiquement hors de portée.

*
* *

Le long coup de sirène fit sursauter Malko. Il tourna la tête vers l'entrée du port, à sa gauche, et aperçut un gros navire qui manœuvrait pour accoster, toutes lumières allumées. Mathilda dormait, la bouche ouverte. Il était cinq heures du soir et la nuit était déjà tombée. Des lampadaires distribuaient avec parcimonie une lueur blafarde sur le quai. Dans deux mois, l'obscurité s'installerait pour six semaines. Jusqu'au 9 janvier. Pour compenser la longue journée de l'été. Deux mois sans nuit.

Le *Novosibirsk* était toujours aussi mort. Comme un vaisseau-fantôme. Personne n'était monté, ni descendu.

Mathilda Larsen se réveilla en sursaut.

— Qu'est-ce que c'est? demanda Malko.

— L'Express côtier, dit la Norvégienne. Le bateau qui fait la liaison entre Bodø et toutes les villes du nord, les îles Lofoten, jusqu'à Kirkenes, à la frontière soviétique. Il part tous les jours, quel que soit le temps. En été, c'est une promenade fantastique.

Les yeux dorés de Malko étaient striés de rouge. La fatigue. Une meute de dockers avait surgi de l'obscurité, avec des chariots, des cordages, des traîneaux. Dans un concert de coups de sifflets et d'ordres hurlés de la passerelle, l'Express côtier s'arrima à l'arrière du *Novosibirsk*. Les passagers commencèrent à descendre. Des paysans des îles Lofoten, de jeunes Norvégiens, quelques femmes. En cette saison, il n'y avait pas de touristes.

Dans la confusion, Valeri Leonid Oganian pouvait tenter de se glisser sur le chalutier soviétique. Malko se redressa. L'estomac dans les talons, en dépit de son copieux petit déjeuner à la norvégienne.

— J'ai faim, dit-il.

Mathilda Larsen bâilla discrètement.

— Moi aussi.

Elle ouvrit son sac et en tira un paquet qu'elle défit, exhibant une chose longue et noirâtre.

Stupéfait, Malko reconnut un gros morceau d'anguille fumée!

Mathilda Larsen mordit dedans avec une satisfaction non dissimulée, puis tendit l'anguille à Malko.

— Vous en voulez?

Il l'aurait mangée vivante, tant il avait faim... C'était moelleux et délicieux, un peu comme du saumon. Il demanda :

— Vous vous promenez toujours avec une anguille dans votre sac?

Elle éclata de rire.

— Je savais que nous risquions d'attendre longtemps. Et j'adore cela.

— Cela donne soif, remarqua Malko.

Mathilda Larsen replongea dans son sac et en sortit un petit flask en métal argenté.

— Voilà du Linje aquavit... On lui fait faire deux fois le tour du monde dans des tonneaux pour qu'il vieillisse bien.

Décidément, c'était une femme de ressources. Malko apprécia la saveur sucré de l'alcool qui effaça le goût un peu fort de l'anguille. Les joues de Mathilda Larsen avaient rosi. Elle tapota sa natte. Un bouton de son chemisier s'était défait, et Malko apercevait un bout de soutien-gorge blanc.

— J'ai chaud, dit-elle soudain.

Elle se pencha pour couper le chauffage. Malko sentit la tiédeur souple d'un sein s'appuyer sur son bras. Une onde brûlante lui réchauffa la colonne vertébrale. Mais, déjà, Mathilda s'était redressée comme si elle craignait la moindre intimité. Malko avait mal aux yeux à force de fixer le chalutier. Peu à peu, l'animation autour de l'Express côtier diminuait. Il ne restait plus sur le quai que de petits chariots électriques en train de répartir le fret de la cargaison dans les hangars du port.

Personne ne semblait leur prêter attention. Dans la pénombre, on ne voyait plus la Volvo de la Police.

— Ils savent que nous sommes là? demanda Malko.

Mathilda Larsen sourit.

— Bien sûr, sinon, ils seraient déjà venus. Je vais aller leur demander des nouvelles. Ils ont une radio.

L'ambiance avait changé. Mathilda Larsen était plus détendue, moins distante. Elle suivit le regard de Malko posé sur ses jambes croisées et ouvrit la portière un peu trop brusquement.

— Je reviens tout de suite.

Malko suivit des yeux sa silhouette un peu lourde. Une Viking brune. Puis reporta son attention sur le *Novosibirsk*. Ce chalutier, il le regardait jusqu'à l'écœurement.

Mathilda revint, marchant très vite. Elle se laissa tomber sur le siège avec un soupir.

— On grelotte!

Les pointes de ses seins saillaient sous la soie du chemisier. Elle eut un brusque frisson, se pencha, but au goulot une gorgée d'aquavit, soupira d'aise, croisa les jambes. Découvrant deux genoux ronds et un morceau de cuisse fuselée.

— Ils ne savent rien, dit-elle. Aucune nouvelle d'Oganian.

— La police ne surveille pas les agents soviétiques?

Elle rit.

— Impossible. Il y en a trop.

C'était encourageant pour une base importante de l'O.T.A.N.

— Vous ne voulez pas aller vous reposer, proposa Malko. Je vous promets de ne pas mettre Bodø à feu et à sang.

— Non. J'ai des ordres. Je dois vérifier personnellement que tout se passe avec correction, que vous n'exercez aucune pression sur cet homme.

Cela promettait des moments délicats.

Le silence retomba dans la Volvo. Quelques lumières filtraient par les hublots du chalutier. Bercé par le tic-tac de la montre de bord, Malko avait un mal fou à ne pas s'endormir. Pas de fatigue, mais de monotonie. La tête renversée sur le siège, Mathilda Larsen paraissait rêver, le regard dans le vide.

Des visions érotiques flottaient dans le cerveau de Malko. L'épisode de Stockholm l'avait vraiment laissé sur sa faim. Sans quitter le *Novosibirsk* des yeux, il posa la main sur le genou de sa voisine. Elle frémit à peine. Malko s'efforça à l'immobilité. Mais, involontairement, la pression de ses doigts s'accentuait. La prude Mathilda semblait toujours ne pas s'en apercevoir. Il pensa à Chris et à Malton qui se morfondaient eux aussi dans l'obscurité. S'ils le voyaient...

Toujours sans regarder Mathilda Larsen, il commença à faire glisser ses doigts avec une lenteur d'escargot vers le haut, accrochant la jupe au passage.

Le frottement de ses doigts contre le nylon semblait dégager de l'électricité qui allait lui agacer la colonne vertébrale.

Elle ne bougeait toujours pas. Son cœur à lui battait la chamade. Il se demanda avec horreur ce qu'il ferait si Valeri Leonid Oganian surgissait maintenant. Il lui faudrait un sérieux effort de volonté. Il continuait à fixer la passerelle du chalutier soviétique avec obstination. Sachant que, si son regard croisait celui de Mathilda, le charme serait rompu immédiatement. Qu'elle redeviendrait la créature distante et prude qu'elle s'efforçait d'être.

Maintenant, la jupe découvrait entièrement ses cuisses. Quand ses doigts effleurèrent le ventre bombé, il dut réprimer une furieuse envie de la prendre à pleines mains.

Pourtant, il parvint à rester rigoureusement immobile, d'interminables secondes. Une sirène hurla dans le lointain. Une ombre passa sur le pont du *Novosibirsk*, et il se raidit. Mais ce n'était qu'un marin qui disparut dans les entrailles du chalutier. Les petits chariots électriques continuaient leur va-et-vient autour de la Volvo.

Malko reprit son exploration, guidé par la tiédeur de Mathilda, l'effleura, la prit entre ses doigts puis la massa doucement. Sans provoquer aucun geste de défense. La Norvégienne respirait lourdement et régulièrement, la tête posée sur l'appuie-tête.

Pourtant, elle ne pouvait plus ignorer ce qu'il lui faisait. Ses mains à elle pendaient de chaque côté de son corps, comme mortes. Mais le bruit de son souffle, qui s'accélérait, effaçait ceux de la montre du bord et du walkie-talkie.

Malko sentit un tremblement dans les longues cuisses charnues. Puis un spasme violent secoua le bassin de Mathilda. Ses jambes se replièrent si brusquement qu'elles heurtèrent le volant. Elle émit un son rauque, comme un cri de douleur, rabattit sa jupe d'un geste machinal, se tassa un peu sur son siège. Après d'interminables secondes, elle tourna la tête vers Malko. Des poches sombres soulignaient ses yeux bleus. Sa bouche était molle, défaite.

— Vous êtes le diable, murmura-t-elle.

Le sang de Malko battait dans ses tempes. Jamais, il n'avait été aussi près de commettre un viol. Mais déjà elle s'était redressée, en une attitude pleine de dignité et avait croisé les jambes.

— Je pourrais vous retourner le compliment, remarqua-t-il.

Soudain, un bruit se superposa au choc du sang dans ses tempes. Il lui fallut plusieurs secondes pour l'identifier : le *Novosibirsk* avait mis ses machines en route!

CHAPITRE VI

Une affreuse angoisse effleura Malko l'espace d'un instant. Et si Oganian était monté à bord durant son intermède érotique? Il se rassura, certain de n'avoir pas quitté la passerelle des yeux. Mathilda, elle aussi écoutait.

— Ils se préparent à s'en aller, remarqua-t-elle. M. Gate s'était trompé. Ils avaient bien un vrai malade à bord.

Malko ne répondit pas. Il connaissait assez le K.G.B. pour savoir que ce chalutier n'était pas venu par hasard à Bodø. Il inspecta le quai désert sans rien apercevoir de suspect. La Volvo de la police n'avait pas bougé. Il prit le walkie-talkie, appela Chris Jones. Les gorilles n'avaient rien vu non plus.

Maintenant, le chalutier tremblait de toutes ses tôles. Un panache de fumée s'échappait de sa courte cheminée. A côté de lui, l' « Express côtier » était sombre et silencieux. A l'autre bout du quai, les phares de la Volvo de la police s'allumèrent. La voiture démarra et passa devant celle de Malko. Le travail des Norvégiens était terminé.

La voiture tourna devant le shipchandler, filant vers le *Royal*.

Malko tira son pistolet extra-plat de sous son siège et le posa sur ses genoux.

— Il va se passer quelque chose, dit-il.

Les traits de Mathilda Larsen se tirèrent brusquement. Elle tourna vers Malko un regard perdu.

— J'ai peur, dit-elle.

*
* *

Hakon Rasmussen frissonna. Les mains enfoncées dans les poches de sa canadienne, il était planté devant la vitrine du shipchandler, à trente mètres du chalutier soviétique. Le vent glacial qui balayait le port le transperçait. Il revint sur ses pas, remontant vers le *Royal*. Ne sachant que faire.

Dès qu'il fut hors de vue du quai, il consulta sa montre. Neuf heures dix. Il lui restait exactement vingt minutes pour agir. Valeri Leonid Oganian et sa femme attendaient dans sa voiture au milieu du grand parking en face de l'*Hôtel Royal*, qu'il vienne leur dire que la voie était libre pour monter à bord du *Novosibirsk*.

Ils étaient épuisés, au bord de la crise de nerfs, prêts à n'importe quelle bêtise. Ils étaient arrivés de Stockholm en trois jours, en autobus. Partout, ils voyaient des Israéliens. Il fallait, coûte que coûte, qu'ils échappent à cet enfer. Et Hakon Rasmussen était là pour cela. Avec sa barbiche en pointe, son œil de verre et sa silhouette souffreteuse, personne ne se méfierait de lui.

C'était pourtant un des « honorables correspondants » les plus efficaces du K.G.B. en Norvège. Membre du parti communiste depuis des années, il avait effectué plusieurs séjours en Union Soviétique et croyait dur comme fer au marxisme-léninisme. Jamais son travail d'espion ne lui avait rapporté un sou. Il n'en aurait d'ailleurs pas voulu. Il trahissait par idéalisme, ne cachant absolument pas ses opinions. À la radio de Bodø, où il était speaker, on le connaissait comme un communiste indécrottable. Bien sûr, il était fiché par la *Overvakingstgenesten,* mais les Norvégiens n'avaient jamais pris au sérieux cet intellectuel falot, postillonnant et exalté. On ne pouvait pas surveiller tous les membres du Parti communiste norvégien, par ailleurs légal.

Pourtant, les Russes n'avaient trouvé que lui à Bodø afin d'aider Valeri Leonid Oganian.

Il se retourna et examina la Volvo arrêtée sur le quai. Il était certain que le couple qui s'y trouvait était des adversaires. Les Norvégiens ne s'opposeraient pas au passage de Valeri Leonid Oganian, mais le K.G.B. l'avait mis en garde contre les gens de la C.I.A.

Hakon Rasmussen cherchait désespérement un moyen d'éliminer ces gêneurs. Il n'avait même pas un revolver. Le karaté et le judo n'étaient que des mots pour lui. Sa spécialité, c'était la subversion verbale... Mais il fallait trouver vite une solution. Parce que le *Novosibirsk* levait l'ancre à six heures, avec ou sans Oganian. Ordre des autorités norvégiennes.

L'agent du K.G.B., à force de regarder le quai, eut soudain une idée.

Faisant demi-tour, il redescendit sur le quai, passa à côté de la Volvo, sans même la regarder. Il continua encore une centaine de mètres, puis s'abrita dans l'ombre d'un hangar. Il trouva immédiatement ce qu'il cherchait : un des petits chariots électriques qui servaient à transporter des marchandises sur le quai, prolongé à l'avant par deux lames d'acier à glisser sous les objets à soulever.

Tranquillement, Hakon Rasmussen s'installa sur le siège. Il tâtonna les manettes, et trouva le levier de mise en marche. Le petit moteur électrique ronfla et l'engin fit un bond en avant.

Hakon réussit à le stopper. Ce n'était pas suffisant.

Il tâtonna encore dans le noir, trouva une manette, la poussa, et les lames de l'avant commencèrent à monter rapidement. Il en savait assez. Remettant en marche, il partit en cahotant sur les pavés du quai, vers le *Novosibirsk*.

***

L'ancre du *Novosibirsk* faisait un bruit épouvantable. Couvrant largement le modeste ronronnement du chariot jaune. Malko sentit soudain un choc contre la carrosserie de la Volvo du côté de Mathilda, c'est-à-dire vers l'intérieur du quai.

Un chariot électrique venait de les heurter, et restait collé contre la portière avant de la Volvo. Malko crut à une fausse manœuvre. Il aperçut la silhouette d'un homme engoncé dans une canadienne, aux commandes de l'engin. Mathilda, surprise, commença à baisser la glace de son côté. Malko ne s'alarma pas.

— Il doit être ivre mort, dit-il.

Mathilda Larsen n'eut pas le temps de répondre. Une secousse fit vibrer la carrosserie de la Volvo. Les ressorts se détendirent, elle commençait à décoller du sol, montant le long du chariot.

Malko mit plusieurs secondes à réaliser!

— Il est fou, cria-t-il.

La Volvo se trouvait déjà à une cinquantaine de centimètres de hauteur. Et tout à coup, portant son étrange fardeau, le chariot s'avança d'une secousse jusqu'à l'extrême bord du quai. Maintenant la Volvo surplombait l'eau. Le reste se passa encore plus vite. Les deux lames d'acier s'abaissèrent d'un coup au maximum. La voiture se retrouva en contrebas du quai de vingt centimètres.

L'homme qui conduisait le chariot passa la marche arrière et recula brutalement. Il y eut un plouf sinistre et la Volvo plongea dans l'eau noire du port de Bodø, juste devant l'étrave du *Novosibirsk*.

*
* *

Hakon Rasmussen sauta à bas du chariot et se précipita vers la coupée du chalutier soviétique. Le marin gardant la passerelle était déjà penché au bastingage, attiré par le plouf de la voiture dont on ne voyait plus que le toit.

— *Amerikantsi!* cria Hakon. *Oni v maschiné! Ia poydou za nashimi drouziami* [1].

Il parlait russe assez bien. Un projecteur s'alluma sur le pont du *Novosibirsk*, l'éclairant d'une lumière blanche. Il s'immobilisa dans le faisceau, surpris. Mais les Russes voulaient simplement vérifier qui il était. Aussitôt, le capitaine cria en russe :

— Allez les chercher ! Nous partons dans cinq minutes.

Hakon Rasmussen partit à toutes jambes vers le parking. Il avait envie de hurler de joie.

Aussitôt le chalutier commença à manœuvrer, avançant légèrement, parallèlement au quai. La Volvo surnageait toujours dans l'eau noire, les phares encore allumés. Penché sur le bastingage, le capitaine du *Novosibirsk* donna un coup de sifflet : l'étrave du chalutier pivota, coinçant la voiture contre le quai... Il y eut un craquement sinistre de tôle écrasée. Dès que la Volvo serait disjointe, elle coulerait immédiatement.

L'eau glaciale gicla avec une violence inouïe, par l'interstice de la glace, giflant le visage de Malko, inondant Mathilda Larsen. La jeune femme hurla

[1] Les Américains! Ils sont dans la voiture! Je vais chercher nos amis.

de terreur, Malko, dans un réflexe désespéré, se pencha par-dessus la Norvégienne, et réussit à remonter la glace entrouverte. La Volvo s'était enfoncée jusqu'à mi-hauteur, flottant encore à cause de l'air qui se trouvait à l'intérieur. Mais elle allait couler rapidement.

Malko essaya de ne pas perdre son sang-froid. Leur seule chance était de s'échapper avant que la Volvo ne coule. S'ils coulaient au fond du port de Bodø, ils étaient perdus. La pression de l'eau interdirait d'ouvrir les portières.

— Préparez-vous, Mathilda, dit-il. Je vais sortir le premier et vous allez me suivre.

Dès que l'eau entrerait dans la Volvo, elle coulerait immédiatement. De la main droite, il saisit le poignet gauche de Mathilda Larsen, prêt à la tirer dès qu'il ouvrirait la portière de son côté.

— Retenez votre souffle, ordonna-t-il. Vous savez nager?

Elle inclina affirmativement la tête. Ils se distinguaient à peine. Malko appuya de toutes ses forces contre la porte, pesant en même temps sur la poignée. Elle résista. Malko s'arc-bouta, prenant appui sur le volant. Soudain, une masse sombre surgit le long de la portière qu'il essayait d'ouvrir. Le flanc d'acier du chalutier soviétique! Il y eut un froissement de tôles. Le *Novosibirsk* venait de les coincer contre le quai. Condamnant toute sortie.

— Mon Dieu, cria Mathilda, nous allons nous noyer!

*
* *

Chris Jones sursauta en voyant un homme courir, venant du quai. D'un violent coup de coude, il réveilla Milton.

— Attention, il se passe quelque chose!

Les deux gorilles jaillirent de leur Volvo trop petite pour eux. Ravis de se désankyloser. Juste à temps pour voir un bonhomme malingre détalant vers le parking, barbiche au vent. Bizarre. Chris s'élança vers le quai où se trouvait amarré le *Novosibirsk* et s'arrêta net, à la hauteur de la vitrine du shipchandler.

La Volvo où se trouvait Malko avait disparu.

— Nom de Dieu! s'exclama le gorille.

Chris Jones reporta son attention sur le chalutier soviétique. Il était en train de manœuvrer. Milton arriva à son tour. Au même moment, il y eut un bruit de pas derrière eux. Trois silhouettes passèrent près d'eux en courant. Chris reconnut l'homme à la barbiche, plus un inconnu vêtu d'un horrible manteau à carreaux et une femme.

— Mais c'est eux ! explosa Milton Brabeck.

Entendant son exclamation, la femme se retourna et poussa un cri.

— Nom de Dieu, répéta sobrement Chris Jones.

Il sortit un de ses « 45 », arma le chien et tira un coup vers le ciel sans étoiles. Surtout, ni tuer ni blesser les fugitifs. Ordre du Prince. La détonation se répercuta longuement dans le port silencieux. Les trois silhouettes n'étaient plus qu'à trente mètres du chalutier soviétique. Chris hurla, en anglais, à se faire péter les poumons.

— Stop! Ou je vous flingue!

Pour appuyer sa menace, il tira de nouveau. Cette fois, la balle ricocha sur les pavés du quai, à un mètre de l'homme à la barbiche. Heureusement que les policiers norvégiens s'étaient éclipsés. Milton courait déjà à perdre haleine, sans tirer. Il arriva à la hauteur des deux hommes et saisit la femme par le bras. Elle poussa un hurlement, se débattit furieusement. L'homme à la barbiche se jeta sur Milton, à coups de pied et de poings maladroits.

Celui au manteau à carreaux brandit un petit pistolet automatique.

— Salaud, laissez-nous!

Heureusement, Milton était trop près de la femme pour qu'il ose tirer. Il ne leur restait que la longueur du quai pour atteindre le *Novosibirsk*, encore à quelques mètres du bord. Mais, dans cinq minutes, tout Bodø allait être sur le port. Soudain, Milton aperçut une tache jaune flottant entre le chalutier soviétique et le quai... Du coup, il lâcha la femme :

— Bon sang, ils sont dans la flotte!

Chris Jones qui venait de se placer entre le groupe et l'eau, hésita. Un œil sur la voiture à demi immergée, l'autre sur ses adversaires, il brandit son énorme « 45 ».

— Ne bougez pas! intima-t-il.

Il y eut un flottement. Les machines du *Novosibirsk* grondaient. On entendit dans le lointain une sirène de police.

— Il va nous tuer! cria l'homme à la barbiche d'une voix de fausset.

Valeri Leonid Oganian regardait alternativement le chalutier se balançant dans l'eau noire et les deux hommes qui l'en séparaient. En un éclair, il revit la tache rouge sur le front de sa petite fille. Lui aussi entendit la sirène de police. Ils risquaient de voir leur présence à Bodø s'ébruiter.

Les Israéliens ne seraient pas longs à rappliquer.

La mort dans l'âme, il prit Rika d'une main et brandit son pistolet de l'autre.

— Venez, cria-t-il au barbichu.

Comme un des deux hommes qui lui barraient le chemin faisait mine d'avancer, il tira, le ratant.

L'autre fit un bond de côté et n'insista pas. Valeri Leonid Oganian détalait déjà vers le grand parking. Hakon Rasmussen hésita quelques secondes puis leur emboita le pas. Ils allaient avoir besoin de lui.

Milton Brabeck était penché sur l'eau noire, au bord du quai, horrifié. La Volvo était prise en sandwich entre le quai et le *Novosibirsk*. Chris Jones arriva à la rescousse, se rendit compte de la situation. Le chalutier allait broyer la voiture.

— Les enfants de salauds! gronda-t-il.

Milton Brabeck prenait déjà son élan. L'arrière du chalutier soviétique n'était qu'à un mètre du bord. D'une détente puissante l'Américain bondit et s'accrocha au bastingage. Un marin soviétique surgit de l'obscurité et chercha à le repousser. Il prit un coup de crosse de 38 en plein front et recula avec un hurlement. Chris Jones bondit à son tour, sauta sur le pont un « 45 » dans chaque main. Il distingua plusieurs silhouettes dans l'obscurité. Il y eut la lueur d'un coup de feu. Aussitôt, il répliqua des deux mains, au jugé.

Il entendit des cris de douleur, des injures, des ordres hurlés en russe. C'était Stalingrad. Les deux Américains se ruèrent jusqu'à la dunette de commandement, au centre du *Novosibirsk*. Un marin tenait la barre, un officier debout près de lui. Chris Jones appuya le canon d'un de ses « 45 » dans le cou de l'officier, juste sous l'oreille.

— *Pull back!* ordonna-t-il en anglais.

L'officier ouvrit des yeux comme des pièces de cinq roubles. Figé sur sa barre, le marin éructa quelque chose en russe. Milton l'expédia contre la cloison d'un coup de pied dans le ventre. Chris Jones répéta son ordre à l'officier.

D'une voix encore plus pressante.

Le Soviétique pâlit et posa la main sur deux manettes qu'il repoussa en arrière. Le *Novosibirsk* vibra de toutes ses tôles, puis recula légèrement. De la main gauche, Chris acheva de pousser les manettes à fond. L'officier vociféra en russe : le gorille allait projeter le *Novosibirsk* sur le *Polarlys,* l'Express côtier.

Chris Jones bondit hors de la dunette. Milton tenait déjà le pont sous le feu de son « 38 ». Dans l'obscurité, une voix véhémente les traita en anglais de pirates et d'assassins. Chris Jones répondit sobrement par une balle de 45 qui pulvérisa une manche à air.

Puis les deux gorilles enjambèrent le bastingage et sautèrent sur le quai. La Volvo s'était encore enfoncée, mais le chalutier ne la coinçait plus. La portière droite s'ouvrit, et une silhouette en émergea, surnageant sur l'eau noire. Puis une seconde silhouette fut hissée hors de la voiture. La voiture disparut dans un sinistre remous. Milton, avec la sûreté d'un vieux loup de mer, jetait déjà un cordage.

***

Malko vit l'étrave du *Novosibirsk* reculer aussi vite qu'elle avait surgi. Il était temps : l'eau suintait par les tôles disjointes de la Volvo. Avec une voiture aux tôles moins épaisses, ils auraient été aplatis comme des crêpes avec le *Novosibirsk.*

— On y va, cria-t-il à Mathilda Larsen.

Cette fois, la portière céda sous son coup d'épaule. L'eau envahit la voiture en quelques secondes. Malko, submergé, retint son souffle. L'eau était si froide qu'il eut l'impression que son cœur s'arrêtait. Il se demanda s'il allait résister à la morsure du froid. L'eau atteignit son visage. Mathilda Larsen poussa un cri de terreur, vite étouffé. Il y eut un violent remous, et la Volvo commença à s'enfoncer rapidement.

Malko se jeta à l'extérieur. La blessure reçue à Hong-Kong [1] lui brûlait la poitrine d'un trait de feu.

[1] Voir *Les Trois veuves de Hong-Kong.*

De la main droite, il étreignait de toutes ses forces le poignet de Mathilda Larsen. Il eut un moment d'angoisse insoutenable : la ceinture de la jeune femme s'était accrochée au levier de vitesse. Malko la sentait se débattre de toutes ses forces. Encore quelques secondes et ses poumons à lui allaient exploser. Mais s'il la lâchait, elle coulait avec la Volvo et on ne la reverrait que morte. Il banda sa volonté, luttant contre la brûlure de sa poitrine. Enfin, Mathilda se dégagea, émergeant de la voiture à son tour. Ils se retrouvèrent, barbotant à la surface, cherchant de l'air. Malko entendit des appels en anglais, quelque chose frappa l'eau à côté de lui. Il allongea le bras, sentit le chanvre rugueux d'une corde. Il reconnut la voix de Chris Jones.

— Tenez bon!

Puis un bruit de voiture, un coup de frein, des interjections en norvégien. Le phare blanc d'une voiture de police éclaira l'eau. Mathilda Larsen gargouillait, se débattant à côté de lui.

Une masse sombre s'éloignait vers la sortie du port : le *Novosibirsk* quittait Bodø.

CHAPITRE VII

La lumière délicate de deux candélabres d'argent jetait des lueurs douces sur le beau visage de Mathilda Larsen. Avec ses lourdes tresses noires, son chemisier brodé moulant sa somptueuse poitrine et sa longue jupe bordeaux, elle ressemblait à une gravure ancienne. Jamais on aurait dit que trois heures plus tôt, elle barbotait dans le port de Bodø.

Malko leva son verre d'aquavit.

— *Skol!*

Elle choqua son verre contre le sien.

— *Skol!*

Puis, après un petit silence, ajouta d'une voix contenue :

— Vous m'avez sauvé la vie.

Des dizaines de bougies donnaient un air de fête à la salle à manger du *Royal*. Malko sourit et posa ses doigts sur la main de Mathilda Larsen.

— Au fond, tout va bien.

Valeri Leonid Oganian s'était volatilisé. La seule piste était celle du barbichu. Mais il fallait attendre le lendemain.

Chris Jones et Milton Brabeck, assis à côté d'eux, regardèrent avec méfiance le steak de renne qu'on venait de leur servir.

— Ça ressemble à quoi, ces bêtes-là? demanda Milton Brabeck.

— Ça doit être plein de microbes, renchérit Chris Jones.

Malko s'empressa de les rassurer.

— Les microbes ont horreur du froid.

Les deux gorilles durent quand même faire un gros effort pour s'y attaquer. Dieu merci, en Norvège, on buvait du lait. Cela, c'était un liquide rassurant.

Un orchestre supposé « Pop » s'était installé sur l'estrade. Malko invita Mathilda à danser.

Ils évoluèrent quelques instants en silence, tandis que les deux gorilles mâchonnaient nostalgiquement leur renne en pensant à un bon New York steak. Mathilda n'avait pas protesté lorsque Malko s'était rapproché alors que les autres couples évoluaient à des kilomètres l'un de l'autre.

Soudain, il s'écarta brusquement.

— Et le malade, dit-il, le marin du *Novosibirsk?* Il est resté?

Mathilda fronça les sourcils, désarçonnée.

— Mais on doit l'opérer!

— Cela vaut la peine d'aller vérifier, dit Malko.

Tant pis pour le délicieux gâteau à la fraise, spécialité de Bodø.

*
* *

— Je ne comprends pas! Je ne comprends vraiment pas!

Le médecin chef du *Bodø Sykehus* contemplait le lit vide, où aurait dû se trouver un certain Piotr Sevchenko, marin à bord du *Novosibirsk*. Théoriquement en instance d'opération.

— Je l'avais mis à la diète pour l'opérer demain.

Il y avait peu de chance pour que Piotr

Sevchenko rencontre jamais le bistouri du chirurgien.

Malko échangea un regard avec Mathilda. Le faux malade était venu aider les Oganian. Maintenant, il était dans la nature avec eux. Il remercia le médecin et ils sortirent.

— Ce Piotr est sûrement un agent du K.G.B., conclut-il. Il faut coûte que coûte retrouver notre ami à la barbiche. C'est lui qui a fait la liaison entre Oganian et les Russes.

— Nous verrons demain matin, dit la Norvégienne. Au service de surveillance. Ils ont fiché tous les suspects.

Malko était inquiet.

— Est-ce que le chalutier ne risque pas de revenir et de les embarquer cette nuit?

Mathilda secoua la tête.

— Non. Ce sont les manœuvres de l'O.T.A.N. Les côtes sont patrouillées et surveillées par radar. Les Russes ne se risqueraient pas à cela.

— Que peuvent-ils faire alors?

Ils attendaient un taxi, balayés par un vent glacial.

— Aller vers le nord-est du pays, suggéra Mathilda Larsen. Vers Kirkenes qui se trouve à la frontière soviétique. Pour eux, elle ne sera pas difficile à franchir. Ou revenir vers la Suède.

— Cela m'étonnerait, remarqua Malko. Ils ont trop peur des Israéliens. Comment peuvent-ils se rendre dans le nord?

— La route d'abord. Mais c'est très long et très difficile. Il y a mille trois cents kilomètres d'ici à Kirkenes. L'hiver commence. Ils peuvent être bloqués dans le Finmark pour plusieurs jours. Il y a des blizzards soudains. Il vaut mieux prendre l'avion. Les pilotes norvégiens passent pratiquement toujours. Ou l'Express côtier qui s'arrête aux îles Lofoten, à Tromsoe, mais qui ne met que trois jours.

Le taxi arriva enfin. John Gate leur avait promis un véhicule pour le lendemain. Lorsqu'ils arrivèrent au *Royal,* les gorilles achevaient de lécher les dernières miettes du gâteau à la fraise. Malko leur raconta l'histoire de Piotr Sevchenko. Ce qui gâcha leur digestion. Cela leur paraissait insensé qu'on ne puisse retrouver quelqu'un dans une ville aussi petite.

— Il n'y a qu'à fouiller maison par maison, proposa Milton, ennemi des solutions compliquées.

Malko dut lui expliquer que la Gestapo avait été dissoute plusieurs années auparavant. Et qu'en plus, ils étaient dans un pays allié.

Mathilda Larsen promit, horrifiée :

— Demain matin, je vous emmène à l'*Overvakinstgenesten.* Nous essaierons d'identifier l'homme à la barbiche.

Rassurés, Chris et Milton, toujours discrets, s'éclipsèrent. Malko et Mathilda les imitèrent quelques minutes plus tard.

Dans le couloir de béton nu, elle s'arrêta devant la porte de Malko. Il la prit dans ses bras. Elle se dégagea :

— Attention, on pourrait venir.

Il ouvrit sa porte et la poussa à l'intérieur. Elle s'assit sur le lit, raide et droite. Il s'approcha d'elle. Soudain, elle lui passa les bras autour des hanches, appuya sa tête contre l'alpaga de son costume.

— Sans vous, je serais morte, murmura-t-elle.

Il sentait le poids de ses seins contre ses cuisses. Son désir se manifesta d'un coup.

Mathilda le serra plus fort. Puis, calmement, avec des gestes lents et mesurés, elle commença à détacher la ceinture de son pantalon. Stupéfait, Malko se laissa faire. La bouche qui l'enserra était brûlante et douce à la fois. Mathilda Larsen ne semblait avoir qu'une idée en tête. Lui arracher du plaisir.

Elle y parvint facilement. Le fantastique dédain de la mort, chez Malko, s'accompagnait d'un immense amour de la vie.

Puis elle releva la tête, la bouche encore humide de lui, les yeux brillants.

— Je n'ai jamais fait cela à personne, dit-elle. Pas même à mon mari.

Elle se leva, et fut hors de la chambre avant qu'il ait pu la retenir. Malko se dit que les veuves de pasteur étaient décidément aussi imprévisibles que les requins.

***

— C'est lui, rugit Chris, c'est ce...

Son doigt désignait la calvitie teigneuse d'Hakon Rasmussen, parmi une vingtaine d'autres suspects. Tous les communistes actifs de Bodø. Le lieutenant de la Sécurité norvégienne tendit une fiche à Mathilda qui la traduisit pour Malko.

— Il est speaker à la radio, dit-elle. Communiste, mais classé comme inoffensif. Le contraire d'un homme d'action. Il a eu un pneumothorax, et un grave accident de voiture qui l'a laissé borgne. Il habite Bodø. Voici son adresse : 16, Elias Blix's Vei.

Malko ne tenait plus en place.

— Allons-y immédiatement.

Mathilda reposa la photo. Visiblement embarrassée.

— Il vaudrait mieux prévenir la police locale, suggéra-t-elle. Vous n'avez pas autorité pour interroger cet homme.

Chris Jones eut un hoquet indigné.

— On est peut-être pas autorisé, grogna-t-il, mais on a de quoi...

Le Norvégien suivait la conversation sans comprendre. Depuis l'aube, Milton Brabeck campait à l'aéroport de Bodø. Au cas où les Oganian auraient envie d'emprunter un des D.C. 9 des Scandinavian Airlines.

— Allons d'abord nous assurer qu'il est à son travail, proposa Malko. Nous préviendrons ensuite la police. Il ne faudrait pas qu'il échappe. N'oubliez pas qu'il a voulu nous tuer.

Cela décida Mathilda Larsen. Ils remercièrent l'officier de sécurité et remontèrent dans la Ford mise à leur disposition par un John Gate de plus en plus nerveux. L'Américain ne vivait plus et se battait avec les autorités norvégiennes pour qu'elles recherchent Oganian et sa femme. En vain, jusqu'alors.

Un vent glacial soufflait de l'est, dégageant le ciel. Le soleil était déjà bas sur l'horizon. Il était onze heures du matin... L'immeuble de la radio était au bout de la Stor Gatta, un peu en retrait. Avec une parfumerie au rez-de-chaussée. Pas d'ascenseur. Deux studios, des petits bureaux calmes. Mathilda s'adressa à un employé en train de prendre des dépêches de télex. L'autre secoua la tête :

— Hakon n'est pas venu à son travail ce matin. Il est souffrant.

Ils repartirent. Heureusement que Bodø était minuscule... Le 16 Elias Blix's Vei était une petite maison de bois bleu, non loin de l'aéroport. Aucun signe de vie. Pas de voiture. Chris Jones s'usa le pouce sur la sonnette, et Malko dut l'empêcher de défoncer la porte. Hakon Rasmussen s'était enfui. Vraisemblablement avec Oganian.

Malko se sentit envahi par le découragement. Où aller les chercher? La Norvège avait un peu plus de quarante mille kilomètres de côtes. Impossible à surveiller. Ils pouvaient embarquer n'importe où, dans ce pays étiré du nord au sud, aux communications difficiles.

— Ils ne reviendront plus ici, conclut Malko.

Mathilda hocha la tête.

— Ils ont dû déjà quitter la ville. Sa voiture n'est pas là.

Malko remonta dans la Ford.

— Nous prendrons l'avion pour Kirkenes demain matin, dit-il. C'est la seule chance de les intercepter. Même si elle est minuscule.

*
* *

Mathilda Larsen désigna des lumières lointaines, vers l'ouest, presque imperceptibles, dans la nuit profonde.

— Les îles Lofoten...

Malko regardait distraitement. Le bar *Polarama* avait été rajouté sur le toit du *Royal* et jouissait d'une vue fantastique. Mais Malko n'avait pas l'âme en fête. La journée s'était écoulée sans le moindre indice, Mathilda Larsen était redevenue d'une froideur de couventine. Le voyage de Kirkenes était vraiment celui de la dernière chance.

Chris Jones le tira par la manche, indigné : le barman refusait de lui servir un *J & B*.

Palabres en norvégien avec Mathilda...

— C'est dimanche soir, expliqua-t-elle. On n'a pas le droit de servir d'alcool. Mais vous pouvez avoir un irish-coffee.

Les gorilles s'étranglèrent.

— Et l'irish-coffee, ce n'est pas de l'alcool?

— C'est considéré comme un remontant, dit Mathilda. Nous sommes dans un pays froid.

Milton et Chris commandèrent chacun deux remontants. A base de *J & B*.

Malko regardait machinalement les îles Lofoten.

Soudain, un détail curieux le frappa. Il se tourna vers la Norvégienne.

— Mathilda, regardez.

La jeune femme tourna la tête, fronça les sourcils.

— Tiens, cela clignote. On dirait un bateau.

Malko eut une intuition fulgurante :

— Et si c'était le *Novosibirsk?* En train d'entrer en contact avec Piotr Sevchenko?

Mathilda Larsen fixa le feu clignotant dans le lointain, stupéfaite.

A tout hasard, les gorilles se brûlaient affreusement pour liquider leurs irish-coffees.

— Cela pourrait être lui, reconnut-elle.

Les signaux clignotaient toujours. De la ville on ne pouvait les voir. Par acquit de conscience, Malko regarda autour de lui. Le *Polarama* était vide.

— Où pourrait être la personne qui reçoit ces signaux? demanda-t-il à Mathilda. Vous connaissez le pays.

Malko était sur des charbons ardents : le K.G.B. était en train d'embarquer sous son nez Valeri Leonid Oganian. Le temps qu'il extorque un hélicoptère aux Norvégiens, le défecteur serait à bord du *Novosibirsk*. Soudain, Mathilda Larsen poussa un cri.

— Il y a une colline qui domine Bodø, Ronvik dit-elle. Avec le Turistkytta Pa Ronvkfjellet, un restaurant d'où les touristes vont admirer le soleil de minuit, l'été. C'est le point le plus élevé, avec une vue très dégagée sur la mer... Ils peuvent être là. En cette saison, c'est désert.

*
* *

La Ford montait en patinant le chemin boueux. Derrière eux, Bodø n'était plus qu'un tapis lumineux. Merveilleux poste d'observation. Ils n'avaient pas croisé une seule voiture en montant. Malko ne quittait pas la mer des yeux. Les signaux continuaient. Donc celui qui les recevait devait toujours être à son poste.

— Voilà le restaurant, annonça Mathilda.

Ils passèrent à droite d'une masse sombre, stoppèrent sur un terre-plein et descendirent. Tout était silencieux. Malko regarda la mer. Les signaux continuaient. La forêt de bouleaux commençait tout de suite après le terre-plein, couvrant toute la colline. Il aurait fallu des projecteurs.

Aucune voiture en vue. Bizarre. Les deux gorilles faisaient le tour du restaurant fermé et sombre. Malko sentit son enthousiasme tomber d'un coup. Son hypothèse se dégonflait. Lui qui s'était imaginé surprendre Oganian!

Soudain, Chris Jones surgit de l'obscurité. Excité et essoufflé.

— Il y a une porte ouverte, dit-il. Derrière. Comme si quelqu'un était entré. On y va?

— Je vais avec vous, dit Malko. Que Milton reste en bas. Il y a peut-être d'autres sorties. (Il se tourna vers Mathilda Larsen.) Restez dans la voiture. Cela peut être dangereux.

Il emboîta le pas à Chris Jones. Milton gardait la porte ouverte. Malko se dit que si quelqu'un se trouvait dans le restaurant, il avait entendu la voiture et les attendait.

A l'intérieur, c'était noir comme un Président africain. Malko et Chris Jones tâtonnèrent, trouvèrent un escalier. Cela craquait de partout, le restaurant était construit tout en bois. Ils parvinrent à une grande salle déserte. D'immenses baies donnaient sur la mer, laissant pénétrer une vague clarté. Au large, la petite lumière clignotait toujours. Chris et Milton s'arrêtèrent. Leurs yeux s'habituaient à l'obscurité. Personne ne se trouvait dans la grande salle vide.

L'escalier continuait. Pistolet au poing, les deux hommes s'y engagèrent, Malko en tête. Ils parvinrent à un minuscule palier, trouvèrent une porte de fer. Fermée à clef.

— On redescend? proposa Chris.

Malko hésitait. Il craqua une allumette et poussa une exclamation : la porte était fermée de l'extérieur!

Ce qui signifiait que quelqu'un se trouvait de l'autre côté. Il avait eu raison. Chris avait compris aussi.

— Reculez, dit-il.

La première balle du « 45 » arracha la clef, et la seconde acheva de disloquer le mécanisme de la serrure. Chris donna un coup de pied dans la porte qui s'ouvrit toute grande. Maldo aperçut le ciel étoilé : c'était la terrasse du restaurant.

Chris et lui franchirent la porte d'un bond et s'accroupirent derrière une cheminée. La terrasse paraissait déserte. Les oreilles de Malko bourdonnaient encore à cause des coups de feu. Soudain, il lui sembla distinguer une masse plus sombre dans l'ombre du parapet, à une dizaine de mètres d'eux. Chris l'avait vue aussi. Ils se relevèrent en même temps.

Ensuite, tout se passa très vite.

La lueur éblouissante d'une très forte torche électrique les cloua sur place. Instinctivement Malko s'effaça derrière la cheminée. Une grêle de balles fit voler des éclats de ciment tout autour de lui. Un plein chargeur d'un pistolet automatique. Les détonations se succédaient si vite qu'elles semblaient se confondre. Chris Jones poussa un grognement de douleur. Le « 45 » tonna trois fois. La torche s'éteignit.

Malko mit plusieurs secondes à s'habituer à l'obscurité, après l'éblouissement de la lampe. Il lui sembla qu'une ombre avait foncé vers la porte.

C'est alors qu'il réalisa que Chris Jones était à genoux et ne se relevait pas. Il se précipita. Le gorille avait posé son pistolet et se tenait le côté à deux mains, grognant de douleur.

— Où êtes-vous touché? demanda Malko.

Chris secoua la tête, incapable de répondre. Quand Malko voulut l'étendre, il poussa un hurlement.

Au même moment, plusieurs coups de feu éclatèrent, venant du terre-plein devant le restaurant. Milton avait dû se faire surprendre par l'agent du K.G.B. C'était complet!

Malko réussit à mettre Chris debout et l'entraîna doucement vers l'escalier. L'Américain titubait et grognait, choqué.

*
* *

Etendu sur la banquette arrière de la Ford, Chris Jones se mordait les lèvres pour ne pas hurler. La balle lui avait déchiré le côté droit, à la hauteur de la rate.

— A l'hôpital tout de suite! dit Malko.

Il prit le volant. Milton à côté de lui, tandis que Mathilda essayait d'étancher le sang de la blessure avec une poignée de kleenex.

— Ce salaud m'a filé entre les doigts, expliqua Milton Brabeck. Quand j'ai entendu tirer, j'ai foncé vers la porte de derrière. Il y est arrivé en même temps que moi. Il a tiré le premier et a plongé dans les buissons. J'ai tiré, mais je l'ai raté. Je l'ai entendu filer vers le nord.

Malko était torturé par l'inquiétude. Quel était le message échangé entre l'homme du K.G.B. et le chalutier soviétique? Certes, ils avaient dérangé l'agent russe, mais ils ignoraient toujours le nouveau plan de récupération de Valeri Leonid Oganian.

*
* *

Chris reposait sur une civière, le tuyau d'un goutte à goutte enfoncé dans le bras, les narines pincées, inconscient. Il allait être opéré dès que le chirurgien, alerté par radio, serait là.

John Gate était en route également pour le Bodø Sykehus. Quant à la police locale, elle était sur les dents. On ne tirait pas tous les jours à Bodø. Malko était rongé par l'idée qu'Oganian était peut-être en train d'embarquer pendant qu'il s'occupait de Chris Jones. Et quelque chose le tracassait : pourquoi le Russe s'était-il enfui dans la direction opposée à Bodø?

— Où pouvait-il aller? demanda-t-il à Mathilda Larsen.

La Norvégienne se séchait les mains, après avoir nettoyé le sang de Chris Jones. Encore bouleversée. Elle mit plus d'une minute à répondre.

— La route du nord conduit au Soløyvannet, dit-elle. Au lac de l'Ile du Soleil. Beaucoup d'habitants de Bodø y ont des chalets pour l'été. Mais en cette saison il n'y a personne.

Malko était déjà en train d'enfiler son pardessus de cachemire. C'était le refuge idéal. Qui irait chercher Oganian au bord d'un lac gelé et désert?

— Savez-vous si ce Hakon Rasmussen y possède un chalet?

Elle secoua la tête.

— La police pourrait peut-être vous renseigner. Mais à cette heure-ci...

Malko bouillait d'impatience.

— Qui d'autre?

Le regard de ses yeux dorés était presque hypnotique à force d'intensité. Mathilda Larsen avait l'impression de se trouver en face d'un fakir.

— Il y a un vieux paysan au bord du lac, dit-elle tout à coup. Je le connais un peu. Il doit savoir. Cela fait trente ans qu'il est là.

— Allons-y, dit Malko.

*
* *

C'était un vieux, très vieux bonhomme, un bonnet de laine enfoncé jusqu'aux yeux. Voûté, ridé comme une vieille pomme. Il avait fallu tambouriner dix minutes à sa porte avant qu'il ne consente à sortir. Ensuite, dix autres minutes pour remettre son cerveau rouillé en place.

Finalement, la question de Mathilda éveilla quelque chose en lui : oui, il connaissait le chalet de Hakon Rasmussen, mais ce dernier n'était sûrement pas là. C'était l'hiver. Et il aurait vu du feu... Mathilda expliqua à Malko.

— C'est à un kilomètre en contrebas, au bord de la route. Une maison peinte en jaune.

Ils remontèrent en voiture tous les trois. Mathilda dit d'une voix mal assurée :

— Il faudrait prévenir la police.

Toujours le formalisme.

Malko l'interrompit fermement :

— Ces gens sont dangereux. Inutile de faire courir des risques à des policiers norvégiens.

Le barillet du « 38 » de Milton claqua en écho. Mathilda n'insista pas. Ils repartirent à petite vitesse, suivant le bord du lac, entouré de bois épais. Cinq minutes plus tard, Malko aperçut la maison jaune dans la lueur des phares. Il passa devant sans ralentir. Cinq cents mètres plus loin, il stoppa, hors de vue de la maison.

— Je vais aller voir, dit Milton Brabeck.

Malko fit demi-tour et revint, roulant très lentement. Cinquante mètres avant la maison, Milton Brabeck ouvrit la portière et se laissa glisser sur le bas-côté couvert de neige, sans que Malko arrête la Ford. Il dépassa la maison et s'arrêta cent mètres plus loin, un peu rassuré. Si les Oganian et leurs amis se trouvaient dans le chalet, ils ne pouvaient plus s'échapper. Le lac, insuffisamment gelé, n'offrait aucune possibilité d'évasion. Malko descendit de la Ford, son pistolet extra-plat à la main, se retourna pour dire à Mathilda Larsen de l'attendre dans la voiture et il faillit tomber raide de surprise. La Norvégienne venait de sortir de son sac un Walther P. 38 automatique! Qu'elle tenait maladroitement.

— D'où sortez-vous cela?

Elle eut un sourire confus.

— C'est mon arme réglementaire. Comme tout officier de la *Overvakinstgenesten*.

Décidément, il fallait s'attendre à tout avec les veuves de pasteur!

Mathilda ajouta fermement :

— Vous n'avez pas le droit d'arrêter ces gens, mais je l'ai.

***

La neige crissait sous les semelles de Milton Brabeck. Le chalet n'était plus qu'à vingt mètres. Il apercevait Malko et Mathilda avançant sur la route, en face de lui. Un bruit de moteur troubla soudain le silence. Une grande porte bascula, au rez-de-chaussée du chalet.

Une petite Saab poussa son museau camus dehors. Ils cherchaient à s'enfuir. Derrière la Saab, apparut l'homme à la barbiche. Toujours engoncé dans sa canadienne, un pistolet automatique dans la main droite. Dès qu'il aperçut Milton, il leva le bras et tira paisiblement sur lui, comme au stand.

La balle s'enfonça dans un arbre à près de deux mètres de Milton qui plongea dans la neige. La Saab grimpait déjà le raidillon menant à la route. Malko s'élança de son côté, distançant Mathilda Larsen. Milton s'était déjà relevé et venait de se planter au milieu de la route, pour empêcher la Saab de passer. L'homme à la barbiche courait maladroitement derrière la petite voiture, brandissant toujours son pistolet. Il cria quelque chose à Milton dans sa langue. Puis leva son pistolet et tira encore.

Il ne se cachait absolument pas. Milton tira à son tour pour l'effrayer. Il brandit son « 38 » en direction de la Saab lorsqu'une balle siffla de nouveau. Si près, cette fois, que le réflexe fut le plus fort. Le « 38 » tonna deux fois. L'homme à la barbiche poussa un cri, tituba et s'effondra dans la neige. Milton n'eut que le temps de s'écarter pour ne pas être écrasé par la Saab.

A travers le pare-brise, il aperçut un visage de femme et n'osa pas tirer. La Saab accéléra, faisant le tour du lac, dans une pétarade furieuse. Impuissant, Milton courut vers l'homme qu'il avait blessé.

La calvitie teigneuse de l'homme à la barbiche était de la couleur de la neige... Une de ses balles était entrée dans l'œil droit, l'autre avait percé un trou dans la canadienne, à la hauteur de l'estomac. Il avait encore quelques mouvements réflexes, mais était déjà pratiquement mort. Pitoyable et inutile.

Malko appela :

— Vite! Il faut les rattraper.

Milton enleva de la main du mort un lourd Tokarev 9 mm et le glissa dans sa poche. Souvenir. Puis il courut vers la Ford. La petite Saab était déjà loin de l'autre côté du lac.

— Je connais un raccourci, dit Mathilda. Ils vont vers Bodø.

Malko prit le volant et fonça sur la route verglacée.

— Ce type s'est littéralement suicidé, dit sombrement Milton Brabeck.

— A gauche, dit Mathilda.

La Ford tourna dans un chemin étroit, non asphalté, coupant à travers un paysage sauvage de bouleaux et de taillis déjà givrés. Malko se tourna vers Mathilda.

— Décidément, sans vous, je ne sais pas ce que nous ferions...

La jeune femme ouvrit la bouche pour répondre, mais poussa un cri :

— Attention!

Malko eut le temps de voir une masse brune traverser le chemin. Il ne put l'éviter et, sous le choc, la Ford pivota sur le sol gelé. L'arrière fila vers le fossé. Mathilda cria, Milton jura. Accroché à son volant, Malko vit un magnifique animal aux cornes immenses, couvert d'un poil roussâtre épais et court, s'éloigner en boitillant vers le sous-bois...

— Un élan! s'écria Mathilda. Il y en a beaucoup par ici. On ne les chasse pas, alors ils n'ont pas peur.

L'arrière de la Ford faisait un angle de 30° avec la route. Pas question de repartir... Milton s'extirpa de la voiture.

— Je vais aller chercher du secours, dit-il.

Il partit vers Bodø.

***

La petite Saab verte était garée sur le quai à côté du shipchandler. Vide. Il n'avait pas fallu plus d'une heure à la police locale pour la retrouver, tandis que Mathilda, Malko et Milton se bourraient d'irish-coffees au *Royal.*

Finalement, c'est un camion de bois qui avait recueilli Milton, puis, ensuite, Malko et Mathilda. Cette dernière avait averti elle-même la police locale du drame qui avait coûté la vie à Hakon Rasmussen.

Les paisibles policiers de Bodø ne revenaient pas de cette explosion de violence... Milton avait dû rendre le Tokarev pour se justifier. Heureusement que Mathilda avait efficacement dédouané ses « amis »... Sans parler de Chris Jones qui vomissait joyeusement son penthotal au Sykehus.

— Ils ont pris l'Express côtier, annonça Mathilda. Des billets pour Kirkenes.

Le *Polarlys* était parti une heure plus tôt. Voilà pourquoi la Saab était sortie au moment où ils arrivaient.

— Où s'arrête-t-il? demanda Malko.

Mathilda Larsen énuméra sur ses doigts :

— Aux îles Lofoten, puis à une dizaine d'endroits, entre Tromsoe et Kirkenes. Il met deux jours et demi.

— Très bien, dit Malko. Nous allons les rattraper.

Sa marge de sécurité s'amenuisait de plus en plus. Encore un avatar et les Oganian se retrouveraient en Union Soviétique... Il y avait une chance infime pour qu'ils descendent avant Kirkenes. Leur intérêt était de se rapprocher le plus possible de la frontière soviétique...

CHAPITRE VIII

— Il faut que je fasse mon rapport.

Mathilda Larsen s'était retournée, la main sur la poignée de la porte.

Impénétrable. Malko la retint par la main. Frustré et exaspéré. Quand elle l'avait suivi dans la chambre, il avait vraiment pensé qu'ils allaient pouvoir expérimenter autre chose qu'une étreinte à la sauvette.

— Pourquoi êtes-vous si effrayée. Après ce qui s'est passé entre nous.

Elle baissa les yeux. Gênée.

— Je ne suis pas effrayée. Mais je ne veux pas prendre d'habitudes. Vous repartirez bientôt.

Elle regarda la photo panoramique du château de Liezen avec mélancolie.

— Votre femme vous attend là-bas?

— Je n'ai pas de femme.

— Vous ne vivez pas tout seul dans ce grand château?

Malko pensa à Alexandra qui refusait obstinément de l'épouser tant qu'il ne renonçait pas à sa vie d'aventures. Tout en lui demandant de mener la vie de luxe à laquelle elle estimait avoir droit... Pourtant, il était toujours amoureux d'elle.

— Je suis presque seul, admit-il.

Mathilda sourit tristement.

— C'est encore trop. Je ne pourrai jamais partager un homme...

Il se révolta soudain.

— Pourquoi avoir fait l'amour avec moi?

Elle hocha la tête.

— Je ne sais pas. Pas vraiment. Parce que j'en avais très envie et que je ne l'avais pas fait depuis longtemps.

Elle changea tout à coup d'expression :

— Pourquoi les Russes veulent-ils tellement récupérer cet Oganian. Je croyais qu'à l'époque des satellites, il n'y avait plus de secrets militaires... Or, il n'est pas important, ce n'est même pas un savant.

Malko eut un sourire ambigu. Une main posée sur la hanche élastique de Mathilda Larsen.

— Les satellites ne percent pas les cœurs et les cerveaux. Il sait sûrement quelque chose de très important. Sinon, il n'y aurait pas tant de morts dans son sillage.

Le beau visage de la Norvégienne s'assombrit :

— Vous croyez qu'il y en aura d'autres?

— J'en ai peur. Maintenant, Oganian n'est plus seul. Il a un professionnel avec lui. Ce Piotr Sevchenko qui a tiré sur Chris Jones. Ils veulent franchir la frontière à tout prix.

Par la fenêtre, Mathilda regarda le petit port. Tout était calme. Bientôt, l'hiver ensevelirait sous la neige les maisons de couleur. Puis l'été viendrait avec son jour qui n'en finissait pas.

— Les gens sont fous, dit-elle.

*
* *

Le blockhaus de béton enterré au fond de la colline était surchauffé. Malko avait l'impression d'être dans une étuve. Une immense carte de Norvège recouvrait tout un panneau, piquetée de punaises et de signes cabalistiques.

John Gate semblait avoir attrapé le cancer, et sa moumoute flottait sur son visage rétréci par les soucis.

— Je me fais engueuler de tous les côtés, expliqua-t-il à Malko. Les Israéliens se sont plaints que nous étions de connivence avec les Russes pour laisser Oganian leur échapper. La « Company » ne comprend pas comment vous n'avez pas encore mis la main sur ce satané Oganian, étant donné l'aide qu'on vous a fournie à Stockholm.

Malko sentit la moutarde lui monter au nez :

— Et le K.G.B.? protesta-t-il. Vous n'en tenez pas compte. Le *Novosibirsk,* ce n'était pas un cerf-volant.

John Gate désigna un point sur la carte, complètement au nord-est de la Norvège, sur l'océan Arctique, à près de deux mille kilomètres au nord d'Oslo!

— Voilà Kirkenes. C'est là que tout va se jouer.

— L'Express côtier a plusieurs arrêts avant Kirkenes, souligna Malko. Mourmansk n'est pas loin. C'est la plus grande base navale soviétique. Cela doit être farci de sous-marins russes. Oganian peut débarquer avant et nous fausser compagnie... Vous auriez dû me laisser partir immédiatement derrière lui.

John Gate secoua la tête.

— Non. J'ai fait un *deal* avec les Norvégiens. Nous le laissons aller jusqu'à Kirkenes. Ils y tiennent. Mais s'il débarque avant, les autorités le retiennent pour l'interroger. Le temps que vous arriviez... Je doute qu'il le fasse. Les Soviétiques sont solidement implantés à Kirkenes. C'est beaucoup plus facile de franchir la frontière là-bas que n'importe où ailleurs. Dieu merci, nous ne sommes pas totalement désarmés là-bas, non plus.

Il tendit une feuille de papier à Malko.

— Voici l'adresse de Donald Hamilton. La « Company » l'a expédié à Kirkenes depuis quelques mois. Pour un autre job. Cela lui fera plaisir d'avoir des nouvelles du monde civilisé.

*
* *

L'aéroport de Bodø ressemblait à une gare routière. Dans tout le nord de la Norvège, l'avion se prenait comme l'autobus, et coûtait moins cher. Malko repéra tout de suite la haute silhouette de Elko Krisantem, son majordome-garde du corps, parmi les passagers du vol d'Oslo.

Après l'incident du lac, il avait jugé bon de s'assurer du renfort...

Le Turc semblait déjà frigorifié : il craignait le froid comme un matou. Il fallait tout son dévouement à son maître pour s'aventurer largement au-delà du cercle polaire.

Sa poignée de main avec Milton Brabeck fut dépourvue de chaleur : les deux hommes s'estimaient, mais ne s'aimaient pas.

— Dépêchez-vous, Elko, nous repartons! dit Malko.

— Où ça? demanda Krisantem.

— Au nord, précisa Malko.

Le Turc en resta muet. Déjà on appelait leur vol.

— Il y a quatre stops avant Kirkenes, expliqua Mathilda. Nous n'arriverons pas avant cet après-midi.

Milton Brabeck avait le cœur gros d'abandonner Chris Jones à l'hôpital de Bodø. Heureusement que Krisantem arrivait à la rescousse... Le D.C. 9 des Scandinavian Airlines décolla aussitôt, survolant des lacs, des forêts et une côte incroyablement découpée. Le temps était superbe.

— Quel soleil merveilleux! remarqua Malko.

— Il faut se méfier, dit Mathilda. Le temps change à toute vitesse ici. Les blizzards se lèvent en moins d'une heure.

Le DC. 9 des Scandinavian fonçait droit vers le nord, à neuf cents à l'heure. Quelque part plus bas, l'Express côtier voguait vers Kirkenes, avec les Oganian à bord, sous la protection du K.G.B.

Pour la dernière étape de leur voyage.

***

Le nez disproportionné de Donald Hamilton lui avait toujours donné des complexes. Mais, à Kirkenes avec le froid, son immense appendice crochu virait au violet, lui donnant l'air d'un ara triste. Et le véritable hiver n'était pas encore là. Le thermomètre descendait vers les — 50° dans les vallées entourant la ville, les bons mois.

L'Américain, en sirotant un cognac Gaston De Lagrange, pensait à l'été écoulé : c'était le paradis! On se baignait dans les fjords sous un soleil brûlant, bien qu'on soit à plus de mille cinq cents kilomètres au nord du cercle polaire. Etrange climat. Etrange pays, mélange de toundra sibérienne, de collines rapées et désertes, de taïga semée de bouleaux. C'était la Sibérie norvégienne, totalement coupée du sud par l'immense Finmark où vivaient les derniers Lapons. Au début de son séjour, Donald Hamilton qui arrivait de Pensylvanie avait cru qu'il deviendrait fou... Puis le charme subtil du Grand Nord l'avait conquis. Il n'avait plus maudit la Central Intelligence Agency de lui avoir assigné ce poste au bout du monde.

La C.I.A. l'avait recruté sur le campus de l'Université de Colombia, lui offrant le double de ce qu'il aurait gagné en n'étant qu'ingénieur.

Grâce à de mystérieux arbitrages, la « Company »

l'avait fait nommer comme ingénieur conseil à la Sor-Varanger Jernnerk, l'aciérie qui dominait Kirkenes, crachant jour et nuit une fumée qui se perdait dans le ciel gris. Une des plus modernes d'Europe, qui faisait appel à de nombreux ingénieurs étrangers. Parmi ces derniers, on pensait même que certains n'étaient qu'ingénieurs. Sur les cartes de la C.I.A., Kirkenes était souligné en rouge. Une des seules frontières d'un pays occidental avec l'Union Soviétique passait à quatre kilomètres, s'étendant de l'océan Arctique à la Finlande sur cent quatre-vingt-sept kilomètres. Et à cent soixante kilomètres à l'est de Kirkenes se trouvait la plus grande base aéronavale russe : Mourmansk. Il y avait bien de quoi justifier les engelures de quelques barbouzes besogneuses.

Donald Hamilton laissa errer son regard sur le triste salon du *Turist-Hotel.* Il était le premier client du soir, en face de la télévision fermée à clef. Sonia, sa serveuse favorite, surgit, lui apportant un second cognac Gaston de Lagrange. L'alcool de France était un des rares luxes de David Hamilton. Avec la vue de Sonia. En dépit de l'hiver commençant, ses interminables jambes un peu fortes étaient découvertes par une mini. Ses traits minces et durs s'adoucissaient grâce à un chignon compliqué et inamovible. Elle devait coucher avec. Un beau morceau de femelle. Mais intouchable. Balbutiant le norvégien, Donald avait tenté des travaux d'approche. Froidement, Sonia l'avait remis à sa place. Les femmes étaient rares à Kirkenes. Les jeunes s'en allaient faire leurs études dans le sud, à Tromsoe ou Bodø, les autres étaient mariées. Il y avait bien quelques infirmières à l'hôpital, mais elles étaient, hélas, choisies en raison de leur résistance au froid et non de leur attrait physique.

L'Américain acheva son premier cognac. Presque

aussitôt, la porte s'ouvrit sur Ingrid. Il se leva d'un bond.

Ingrid Lantz était la seconde mamelle de sa vie sexuelle en pointillé. Un visage lisse et impénétrable, encadré par de longs cheveux auburn, avec pourtant un regard qui suggérait la complicité. Elle avait un peu de sang lapon qui lui avait bridé les yeux et musclé son corps gracile et fin.

Donald Hamilton l'avait toujours soupçonnée d'être une salope-née, sans avoir osé le vérifier.

Ingrid était une de ses meilleures informatrices, grâce à son mari, lieutenant de la *Grenze-politi.* [1] Bien que théoriquement les gardes-frontières russes et norvégiens n'aient pas le droit de s'adresser la parole, les petites nouvelles filtraient facilement. Mais comme son mari passait son temps à arpenter les bois, Ingrid s'ennuyait... Donald l'avait rencontrée un jour au super-marché de Kirkenes. Ils s'étaient revus. Elle lui livrait tous les petits potins de la frontière qu'il transmettait consciencieusement à Washington. Même les plus infimes. Comme les noms d'un couple de chats — Boris et Ivanovna — mascottes d'un poste-frontière soviétique. Donald Hamilton s'était toujours demandé pourquoi la « Company » lui avait demandé de préciser leur couleur.

La jeune femme s'assit, croisant les jambes très haut, d'un geste naturel. Donald Hamilton surprit une bouffée de dentelles blanches. Il était sûr qu'elle le faisait exprès. Il sentit une langueur sournoise s'infiltrer entre ses jambes. Ingrid parut ne pas s'apercevoir de son trouble. Elle alluma une cigarette et annonça :

— Il y a un nouveau barman à Boris Gleb.

— Ah? fit Donald Hamilton en éveil.

[1] Police des frontières.

— Il s'appelle Micha Kosarev, précisa la jeune femme. Il est arrivé ce matin.

David Hamilton nota le nom mentalement. Intéressant. Boris Gleb, c'était le hameau juste de l'autre côté de la frontière soviétique, à un quart d'heure de voiture de Kirkenes. Quelques maisons, une chapelle, une centrale hydro-électrique et depuis peu, le centre de l'Inturist soviétique. Une baraque en bois où on débitait de la vodka et tous les alcools possibles à des prix ridiculement bas... Alors qu'à Kirkenes il n'était pas possible de se procurer même une bière! En Norvège, la vente de l'alcool est un monopole d'Etat et l'Etat n'avait pas pensé à établir un « Vinmonopol » à Kirkenes... Il fallait se rendre à Tromsoe, quinze heures de route, pour se procurer la moindre goutte d'alcool.

Les Soviétiques avaient, depuis peu, réparé cette lacune. Fait unique, en ouvrant toute grande leur frontière à tous les citoyens norvégiens qui souhaitaient goûter à l'alcool défendu. Il suffisait de montrer sa carte d'identité. Bien entendu, tous les samedis soir, on faisait la queue au poste-frontière. Par mesure de précaution, pourtant, les visiteurs n'étaient pas admis sur l'autre bras de la rivière, où se trouvait le hameau proprement dit. Et, bien entendu, les non-Norvégiens n'avaient pas le droit de franchir la frontière. Donald Hamilton avait été très tenté de s'infiltrer, mais la « Company » lui avait enjoint de ne prendre aucun risque. Le K.G.B. se servait de Boris Gleb pour recueillir des informations et serait trop content de s'emparer d'un agent de la C.I.A.

Mais c'était certainement le seul point du monde où les Soviétiques ouvraient le rideau de fer avec autant de facilité. Et Boris Gleb, petit hameau perdu dans la taïga sibérienne, revenait souvent dans les analyses de la C.I.A.

Donald Hamilton froissa machinalement au fond de sa poche le télégramme lui annonçant la venue d'une équipe de la « Company ». L'arrivée du nouveau barman à Boris Gleb risquait d'être liée à ce débarquement soudain. Il leva les yeux sur Ingrid Lantz, en train de réchauffer son cognac dans ses mains fines.

— Vous ne savez rien sur ce Micha? demanda-t-il.

Ingrid décroisa les jambes d'un geste paresseux. Plusieurs clients de l'hôtel entrèrent, lorgnant au passage les très hautes bottes noires de la jeune femme.

— Il paraît qu'il était à l'hôtel *Métropole,* à Moscou, laissa tomber Ingrid.

Elle ne lui avait jamais demandé à quoi servaient ces renseignements qu'elle lui livrait. Pas plus qu'elle ne réclamait une rémunération. Son mari et elle vivaient dans un petit immeuble moderne abritant uniquement des familles d'officiers, à dix minutes de Kirkenes, sur la route de l'aéroport.

Sonia surgit de nouveau, altière et désirable pour servir les nouveaux clients. Elle eut un regard aigu pour Ingrid qui baissa soudain les yeux.

— Où est votre mari? demanda David.

— Jens? Il est à Grenze-Jacobselv, jusqu'à demain, pour visiter le radar...

A Grenze-Jacobselv, il n'y avait que quelques maisons de pêcheurs le long d'une côte désolée battue par l'océan Arctique. Le bout du monde. Et une station radar de l'armée norvégienne perchée sur un rocher, surveillant jour et nuit le trafic de Mourmansk.

Ingrid avala son cognac d'un coup.

— Il faut que j'aille au sauna, dit-elle.

Donald se leva vivement.

— Je vais vous déposer.

Il avait les mains moites de désir, en pensant que

cette nuit Ingrid serait seule. C'était l'occasion ou jamais.

Elle prit place dans son Audi sans un mot. Il laissa réchauffer le moteur, résistant à l'envie de la prendre dans ses bras. Elle ne disait rien, les genoux serrés, le regard dans le vide.

Il sortit de la cour de l'hôtel. La route était déjà complètement verglacée, bien qu'il ne neige que depuis trois jours. Les toits couverts de neige des petites maisons de bois toutes identiques s'alignaient jusqu'au fjord, dominées à droite par la masse imposante de l'aciérie.

Donald Hamilton conduisait lentement. Le sauna était près de l'école, à trois cents mètres du *Turist-Hotel.* Ingrid le quitta sur un pâle sourire. Il la regarda s'éloigner dans la neige et décida de descendre jusqu'au port.

Mais il se trompa et arriva devant le Monument aux Morts soviétiques. Le gigantesque soldat de bronze serrant une mitraillette rappelait que Kirkenes n'était pas tout à fait une ville comme les autres. En 1945, les Russes avaient repoussé les Allemands, libéré la ville et s'étaient installés pour plusieurs mois. Bien sûr, ils étaient repartis, mais n'avaient pas laissé derrière eux que des ennemis. Les habitants de la région se sentaient beaucoup plus proches d'eux que des Américains.

Il enfila la rue principale, se demanda s'il allait boire un verre au *Ritz,* l'un des deux seuls cafés de Kirkenes.

Déjà, il y avait des traîneaux partout. Dans un mois, la Grande Nuit commencerait. Deux mois sans soleil, dans la pénombre totale. Pourtant la vie continuait comme d'habitude... Puis fin janvier, tout Kirkenes se saoulait à mort pour fêter le retour de la lumière.

L'Américain arrêta finalement sa voiture au bord

du fjord, regardant un petit cargo en train de charger du minerai. Encore tenaillé par son désir pour Ingrid, rageant de n'avoir pas osé l'inviter à dîner.

Un hélicoptère militaire passa dans le ciel : patrouille frontalière. Donald se demanda pourquoi la « Company » envoyait des renforts à Kirkenes.

*
* *

Le DC. 9 des Scandinavian Airlines glissait depuis une demi-heure dans un brouillard cotonneux et épais. C'était venu d'un coup, comme si on avait tiré une couverture. Impossible de savoir s'il volait à cent mètres ou à dix mille mètres. Elko Krisantem était vert. Il n'aimait pas cela du tout. Milton ne valait guère mieux. Mais personne ne semblait s'inquiéter parmi les passagers. Soudain, l'hôtesse fit une annonce, traduite aussitôt par Mathilda Larsen.

—Nous ne pouvons pas nous poser à Tromsoe. Le blizzard. L'aéroport est fermé.

— Où allons-nous? demanda Malko.

La Norvégienne eut un sourire encourageant.

— Je ne sais pas. Le temps change si vite. Il paraît que Kirkenes est fermé aussi. Peut-être à Lakselv. L'aéroport du Cap Nord.

Effectivement, l'appareil perdait de l'altitude.

— Les pilotes norvégiens sont les meilleurs, affirma Mathilda. Et ils ont l'habitude. L'hiver, le temps est toujours mauvais dans cette région.

En bas, c'était l'immensité désolée du Finmark, entrecoupée de milliers de lacs. Pas engageant.

Claquement. Le train d'atterrissage sortait. On ne voyait rien. Malko se demanda si le pilote avait remplacé le radar par une boule de cristal... Ils devaient être très près du sol... Avec un sourire un peu crispé, Milton Brabeck se mit à fredonner : « Plus près de toi, mon Dieu... »

Le coton se déchira enfin. Le DC. 9 filait à quelques mètres seulement au-dessus de la toundra blanche. Il y eut un choc léger, l'hôtesse annonça :

— Nous venons de nous poser à Lakselv.

Dehors, le blizzard faisait rage. On ne voyait même pas les bâtiments de l'aéroport. Malko se dit que Mathilda était très belle en « trappeuse ». Une énorme chapka de fourrure grise, des bottes aux genoux, un pantalon de cuir moulant ses hanches pleines.

Enfin, un petit bâtiment de bois émergea de la brume blanche et le DC. 9 se rangea devant. Mathilda se leva.

— Il faut descendre. Nous ne savons pas quand nous allons repartir.

Le vent était si violent qu'ils faillirent être emportés. Des gens s'entassaient dans le minuscule bâtiment. Dormant, discutant ou mangeant. Mathilda Larsen partit aux nouvelles tandis que ses compagnons se ruaient sur les éternels sandwiches de crevettes. Ignorant quand serait leur prochain repas. Elko Krisantem se ratatinait à vue d'œil.

— Ça me rappelle l'hiver en Corée, fit-il d'un ton lugubre. J'avais eu une oreille gelée.

A l'époque, il faisait également collection d'oreilles chinoises gelées. Le froid servait quand même à quelque chose. Trois oreilles s'échangeaient contre une cartouche de cigarettes...

Mathilda Larsen revint, soucieuse :

— Il va falloir aller en ville, dit-elle. Le blizzard fait rage sur toute la région. Nous risquons d'être coincés ici jusqu'à demain.

Malko sauta en l'air.

— Il faut partir par la route!

— Impossible avec ce temps, dit la Norvégienne. Aucun taxi n'acceptera une course pour Kirkenes. Par beau temps, il faut déjà huit heures. Avec le blizzard, si vous ne restez pas coincé, cela peut prendre deux jours. En cas de panne, vous mourrez de froid.

Elko Krisantem se recroquevilla encore. Il se voyait déjà congelé. Malko eut pitié de lui.

— Nous sommes à la même longitude que Istanbul, lui apprit-il, pour le rassurer.

C'était exact, cette partie de la Norvège se trouvant très à l'est, mais cela ne consola pas le Turc. Malko commençait à s'inquiéter. Il fallait à tout prix arriver à Kirkenes avant Oganian.

— Et l'Express côtier, demanda-t-il, il passe?

— Toujours, affirma Mathilda Larsen. Il aura peut-être une ou deux heures de retard, s'il y a beaucoup de brouillard.

Ils étaient dans de beaux draps.

— Il n'y a plus qu'à prier, dit Malko avec philosophie.

Si l'Express côtier arrivait avant eux à Kirkenes, Valeri Leonid Oganian n'aurait plus qu'à marcher tranquillement jusqu'à la frontière soviétique.

CHAPITRE IX

Janos Gyarmathy salua respectueusement le patron du *Turist-Hotel* et ôta ses moufles. Sa photo en smoking pailleté ornait déjà le petit bureau de l'hôtel. Son orgue électronique se préparait à distraire les clients du *Turist-Hotel* tous les soirs et le dimanche après-midi durant l'interminable hiver. Avec ses cheveux lisses très noirs séparés par une raie de côté, ses joues rebondies en dépit de son expression sévère, l'artiste hongrois avait tout de suite plu au patron du *Turist-Hotel*. D'autant, qu'arrivé deux semaines avant la date de son engagement, il s'était offert à jouer gratuitement.

On lui avait alloué une petite chambre au troisième étage, près des travaux. Celle que les clients refusaient. Mais il semblait parfaitement satisfait. Il se faufila parmi les clients du hall, vers l'escalier. Il avait encore deux heures avant son « show ».

Après avoir verrouillé sa porte, il prit une mallette fermée à clef dans son armoire et l'ouvrit. L'intérieur ressemblait aux boîtes de photographes, avec de la mousse verte trouée d'alvéoles. Mais au lieu d'objectifs, celle-ci contenait des armes. Deux automatiques noirs sans marque et sans numéro, fabriqués spécialement pour les exécuteurs du K.G.B., ainsi qu'un pistolet à cyanure avec deux canons de rechange et douze ampoules mortelles. Plus un « gummi », longue matraque en caoutchouc noir.

Janos prit un des automatiques et commença à le démonter. C'était un perfectionniste. Depuis 1956, il parcourait le monde pour le K.G.B., se faisant passer pour un Hongrois émigré, recueillant la sympathie de tous. Tantôt pour renseigner, tantôt pour des opérations ponctuelles. Ce n'était pas une vie drôle, mais il n'en envisageait pas d'autre. Il s'était habitué aux hôtels minables, aux repas médiocres, à la solitude. De temps en temps, il retournait en Hongrie, se reposer pour un mois ou deux, dépenser les primes parcimonieusement attribuées par le K.G.B. Il avait été une fois à Moscou et n'avait pas aimé. Il faisait rarement l'amour, se saoulait de temps à autre et n'avait pas d'opinions politiques. Jadis, il avait vraiment aimé la musique.

On l'avait arraché à un bar d'Amsterdam pour l'expédier dare-dare à Kirkenes. Il ne savait pas encore pourquoi sauf qu'il s'agissait d'une mission « humide » — dangereuse — impliquant un ou plusieurs meurtres. Il attendait d'être contacté par le responsable local du K.G.B.

Ce qui ne saurait tarder. On frappa à la porte et il referma vivement la mallette. Deux coups, puis trois. C'était la personne qu'il attendait.

*
* *

— Voilà Kirkenes!

Malko se pencha au hublot. Aperçut un pont sur un fjord étroit, des maisons bien alignées, encerclées de toundra moutonnée. Puis l'avion descendit encore. Le terrain se trouvait à l'ouest sur un plateau séparé de la ville par un bras de fjord. Il eut envie de crier de soulagement quand les roues du DC. 9 des Scandinavian touchèrent le sol. Ils étaient restés six heures à Lakselv. L'Express côtier arrivait le lendemain matin, à huit heures.

Mathilda Larsen, descendue parmi les premiers, arriva à accaparer un des rares taxis.

— A quel hôtel allons-nous? demanda Milton.

— Au *Turist-Hotel,* répondit la Norvégienne. A moins de coucher dans un igloo, ils n'auraient d'ailleurs pas pu aller ailleurs. C'était l'unique hôtel de Kirkenes, un gros chalet sans grâce, en voie d'agrandissement.

Ils s'entassèrent dans le taxi.

A perte de vue, on ne voyait que des collines enneigées, coupées de fjords. Un soleil verdâtre luisait faiblement dans le pâle ciel bleu. Mathilda tendit le bras vers une ligne de collines à moins de cinq kilomètres.

— C'est l'Union Soviétique.

Milton Brabeck frissonna d'horreur.

Il faisait un froid sec, vivifiant, et l'air était déjà livide, bien qu'il ne soit que trois heures. Ils sinuèrent un quart d'heure avant d'arriver dans le haut de Kirkenes. Le *Turist-Hotel* était un bâtiment jaunâtre de trois étages, en travaux. Pas engageant.

Mathilda parvint à obtenir quatre chambres sur le même palier. La sienne près de Malko. Ce dernier s'étonna de ne pas trouver de message du correspondant local. Il avait pourtant été prévenu. Le *Turist-Hotel* ressemblait à une pension de famille sans grand confort. Heureusement que Krisantem était là pour monter les bagages.

*
* *

On frappa doucement à la porte de Malko. Il se leva, alla ouvrir, prenant la précaution de dissimuler son pistolet extra-plat sous le *Finmark Post.*

Entre ses cheveux roux, ses grosses lunettes

d'écaille et son nez de perroquet ivrogne, Donald Hamilton était si comique que Malko retint un fou-rire. L'Américain se présenta aussitôt et serra chaleureusement la main de Malko.

— Content de vous voir à Kirkenes! Je ne reçois pas beaucoup de visites.

— J'ai peur qu'il y en ait un peu trop cette fois, commenta Malko.

Donald Hamilton s'assit sur le lit, et Malko lui raconta l'odyssée des Oganian. L'Américain ôta ses lunettes et en frotta les verres, visiblement décontenancé.

— C'est sérieux, dites-moi.

— Comme vous le dites, renchérit Malko, avec une certaine ironie. Est-ce que vous connaissez les gens du K.G.B. ici?

L'Américain secoua la tête négativement.

— Non. C'est justement l'un des objets de ma mission permanente. Ils ont des agents « dormeurs », mais ils sont très bien intégrés. Ils se sentent très forts ici; nous ne sommes qu'à une portée de fusil de la frontière. Mais les Norvégiens sont peut-être au courant. Vous êtes venu avec quelqu'un de la *Overvakingstgenesten*. Ils peuvent vous aider.

— J'espère, dit Malko.

Heureusement qu'il avait emmené Milton Brabeck et Krisantem pour neutraliser les gens du K.G.B. qui se trouvaient sûrement sur place pour aider au passage des Oganian.

— Que comptez-vous faire? demanda Donald Hamilton. Les Norvégiens sont très sourcilleux. S'il doit y avoir de la violence, cela risque de provoquer des remous.

Il avait ôté ses lunettes. Ses yeux myopes privés de leur protection brillaient d'un éclat blanchâtre et mou. De toute évidence, il ne présenterait pas sa poitrine aux baïonnettes.

— J'espère pouvoir convaincre Oganian, assura Malko. Mais il n'est pas impossible que le K.G.B. utilise la violence contre nous.

Il se dit que l'affaire était plutôt mal engagée. Entre Donald Hamilton et Mathilda, qui était plus une espionne qu'une alliée, en dépit de ses abandons relatifs. Elle s'opposerait à toute entorse à la loi. La moindre erreur, et Oganian se retrouvait bien au chaud derrière le rideau de fer.

— Kirkenes fourmille de partisans des Russes, expliqua Hamilton. La Norvège est dans le Nato, mais toute la population n'est pas d'accord.

— Comment pensez-vous que le K.G.B. va opérer pour faire sortir les Oganian du pays?

Donald Hamilton sembla se tasser encore un peu plus.

— Ils peuvent leur donner de faux papiers norvégiens pour tenter d'entrer par Boris Gleb. Mais les gardes-frontières norvégiens risquent de les refouler. Ils connaissent personnellement tous ceux qui passent et ont ordre d'interdire la frontière aux non-résidents. Je crois qu'ils essaieront plutôt d'éviter les postes-frontières. Plus loin, au nord, vers Grenze-Jacobselv, la route suit la frontière. Il suffit de franchir la rivière Jacobselv et de courir cent mètres. Cette frontière est une vraie passoire du côté norvégien.

C'était encourageant.

— Bien, je vais dîner, dit Malko. Rendez-vous demain matin sur le port, l'Express côtier arrive à 8 h 45.

— J'y serai, affirma Donald Hamilton.

Sans enthousiasme excessif.

***

L'entrée de Mathilda Larsen, moulée par un pantalon de lastex bleu et en bottes, interrompit la mastication des steaks de renne dans toute la salle à manger du *Turist-Hotel.* Son corps puissant et harmonieux dégageait une aura de sensualité violente, en dépit de son visage sage. Seul, le pianiste hongrois continua à moudre une vieille mélodie américaine sur son harmonium japonais, sans faire une fausse note, un sourire de madone sur son visage joufflu.

L'ambiance était sinistre. Uniquement des hommes. Des ingénieurs ou des businessmen. Il n'y avait pas la moindre distraction, en hiver, à Kirkenes, à part la visite de la frontière.

Milton Brabeck et Krisantem suivaient d'un air goulu la longue silhouette de leur serveuse qui arborait un chignon compliqué au-dessus d'un visage dur et sensuel. Elle virevoltait entre les tables, frôlant de la croupe ou des hanches ses clients masculins, comme pour les faire rêver un peu plus. Elle s'était attardée à la table de Malko, les deux mains appuyées sur la nappe. La poitrine offerte dans un balconet lacé. Plusieurs fois, tandis que Mathilda discutait le menu, Malko avait croisé son regard insistant. A une certaine sécheresse dans la voix de Mathilda Larsen, il avait compris que cette attitude l'agaçait. La veuve du pasteur découvrait maintenant la jalousie.

La serveuse s'était éloignée, après une dernière œillade pour Malko.

Celui-ci n'arrivait pas à calmer son anxiété. Pourtant le renne était mangeable, et il y avait même du vin français. Mathilda aussi paraissait inquiète. Elle se pencha vers Malko.

— Que va-t-il se passer demain?

Malko lui sourit sans conviction, ses yeux dorés restant de glace.

— Je n'en ai pas la moindre idée, avoua-t-il.

— Je devrais prévenir la police locale, murmura-t-elle.

Malko posa la main sur la sienne.

— N'en faites surtout rien. Milton Brabeck est capable de couper une mouche en deux, à cent mètres, les yeux bandés. Quant à Elko, il a tranché assez d'oreilles de Chinois en Corée pour décorer une chambre moyenne.

— C'est justement ce qui me fait peur, avoua la jeune femme. Je ne voudrais pas qu'il y ait un massacre.

— Il n'y aura pas de massacre. Le K.G.B. essaiera seulement de m'empêcher de contacter Oganian.

Mathilda ouvrit de grands yeux.

— Mais comment?

— En me tuant, dit tranquillement Malko.

Les traits de la Norvégienne se tirèrent d'un coup.

— Vous parlez sérieusement?

— Hélas, oui.

La salle se vidait. On se couchait tôt, la télévision norvégienne étant à pleurer de tristesse.

A leur tour, ils prirent le chemin de leurs chambres. Le lendemain serait une dure journée. Ce fut encore la grande serveuse brune qui lui donna sa clef, lui frôlant les doigts.

Les rues de Kirkenes étaient vides, les maisons éteintes, seule l'aciérie continuait à lancer son panache de fumée, incliné vers le sud. Le vent soufflait du nord, glacial. Krisantem et Milton Brabeck étaient déjà dans leurs chambres, artillerie à la portée de la main. Malko baisa la main de Mathilda, celle-ci hésita sur le pas de sa porte, puis demanda :

— Pourquoi êtes-vous tous prêts à vous entretuer pour cet Oganian?

Malko soupira :

— Probablement pour un renseignement qui ne vaudra plus rien dans quelques jours ou dans quelques semaines, répondit-il. Mais c'est le jeu. Nous sommes les Fous du Roi. Nous devons accomplir des exploits impossibles dans le bruit et la fureur pour satisfaire nos minotaures respectifs.

La Norvégienne le regarda pensivement. Puis elle sourit :

— A demain.

Malko entra dans sa chambre. Il fallait dormir. L'arrivée de l'Express côtier risquait d'être mouvementée.

CHAPITRE X

Quelques nuages saumon se reflétaient dans la pellicule argentée recouvrant les collines autour de Kirkenes. Il avait neigé pendant la nuit.

A travers les planches disjointes du vieux wharf, Malko apercevait l'eau sombre et glaciale du fjord. Il faisait à peine jour, et le reste du paysage se perdait dans un halo grisâtre. L'Express Côtier donna un long coup de sirène, en s'approchant du bord. 8 h 50 : Il avait cinq minutes de retard.

— Le voilà, murmura Donald Hamilton.

L'Américain ressemblait plus que jamais à un gros ara malheureux et gelé, les mains enfoncées dans les poches de sa grosse pelisse noire. Milton Brabeck et Elko Krisantem attendaient dans l'Audi garée à l'entrée du wharf. Mathilda Larsen en chapka et bottes, debout à côté de Malko, ne quittait pas des yeux le gros navire en train de manœuvrer pour s'approcher du quai.

Malko regarda autour de lui. A part quelques dockers, un policier en uniforme, et une poignée de Norvégiens à l'allure inoffensive, il n'y avait personne de nature à l'inquiéter. Un à un, il scruta les visages, cherchant à deviner qui aurait pu appartenir au K.G.B. Il ne vit que des trognes couperosées, des yeux sans expression, des gestes gauches.

Pourtant, ils *devaient* être là. C'était impensable qu'ils abandonnent Oganian maintenant, après avoir dépensé tant de sueur et de sang pour l'amener jusqu'à Kirkenes...

— Où sont les amis des Oganian? demanda Mathilda Larsen à voix basse.

Elle aussi regardait autour d'elle, sans plus de résultat que Malko.

— Je voudrais bien le savoir, soupira ce dernier.

Les nerfs à vif, il surveillait les marins en train de préparer la coupée. D'une minute à l'autre, Oganian allait apparaître. C'était trop facile. Inquiétant de facilité.

— Qu'allez-vous faire? demanda Mathilda.

Malko savait que sa marge de manœuvre était extrêmement étroite. Il fallait d'abord rassurer Valeri Leonid Oganian, effrayé par l'incident de Stockholm, essayer de le convaincre qu'il n'avait pas partie liée avec les Israéliens, gagner du temps afin de l'empêcher de se réfugier immédiatement en Union Soviétique. Ensuite, s'il parvenait à emmener le défecteur chez Donald Hamilton, la C.I.A. lui fournirait probablement d'autres moyens. Un sous-marin pouvait discrètement venir jusqu'à Grenze-Jacobselv embarquer les Oganian. Même s'ils n'étaient pas tout à fait d'accord... Mais auparavant Malko devait neutraliser la légaliste barbouze norvégienne.

Nouveau et bref coup de sirène.

Cette fois, l'Express côtier était à quai. Un camion s'approcha, en marche arrière. Malko fit un signe discret vers l'Audi. Elko et Milton s'en extirpèrent, les mains obstinément enfoncées dans les poches.

— Que vont-ils faire? demanda craintivement Mathilda Larsen.

— Nous protéger, dit sobrement Malko.

Il observait les gens penchés au bastingage, cherchant Oganian. Les quelques passagers faisaient la queue à la coupée pour descendre. Il se retourna. Toujours rien qui ressemble au K.G.B. Incroyable...

L'échelle de coupée frappa les planches du wharf. Les premiers passagers s'engagèrent sur la passerelle. Malko les scrutait un par un.

Pas d'Oganian. Il se rapprocha de Mathilda Larsen, de plus en plus nerveuse.

— Il faudrait aller se renseigner auprès de l'équipage.

— Attendez que tout le monde soit descendu, répliqua-t-elle. Le bateau est très grand.

Le jour se levait peu à peu. Une lueur maussade et grise. Il allait neiger encore. De lourds nuages flottaient au-dessus du fjord.

Malko se retourna pour la vingtième fois. Le wharf était vide. Presque tous ceux qui avaient attendu avec lui étaient en train d'étreindre un parent ou un ami.

Donald Hamilton s'approcha de lui, le nez rouge brique :

— Alors, où est-il?

Le flot des passagers se ralentissait. Milton Brabeck envoya tout à coup à Malko un coup de coude à étendre un mammouth.

— Le voilà! A l'intérieur. Derrière le hublot. J'ai vu son manteau.

Malko regarda dans la direction du salon avant, mais ne vit plus rien. Effectivement, il y avait encore des passagers à l'intérieur, en train de prendre leur petit déjeuner. Oganian avait très bien pu se cacher là. En attendant qu'on vienne le chercher. C'était l'explication de l'absence du K.G.B.

La porte du lounge s'ouvrit tout à coup sur l'abominable pardessus à carreaux de Valeri Leonid Oganian! Le défecteur avait en plus une chapka qu'il portait enfoncée jusqu'aux yeux, et des lunettes noires. Malko n'aperçut pas sa femme. Elle devait attendre à l'intérieur que la voie soit libre. Valeri Leonid Oganian ne semblait pas inquiet. Il disparut dans l'escalier menant au pont inférieur où se trouvait la passerelle. Malko en profita pour un ultime tour d'horizon. Au fond de sa poche, il tâta la crosse de son pistolet extra-plat.

Il se retourna. Ne vit qu'un homme trapu, un peu voûté, mal habillé, nu tête, assez âgé, au visage taillé à coups de serpe, debout près d'une Volvo grise d'un modèle très ancien. Ce n'était quand même pas ce retraité qui était chargé de la protection d'Oganian!

Celui-ci réapparut au bas de l'escalier. Toujours seul. Il s'arrêta, car deux marins étaient en train de descendre une malle sur l'étroite passerelle en pente raide.

Malko jeta un regard circulaire autour de lui. Rien dans le fjord, rien sur le wharf : A rêver. Derrière lui, son regard accrocha l'énorme aciérie qui dominait le port.

Sa façade était aveugle, sauf une chaîne sans fin aux énormes godets, destinée au chargement des bateaux. Malko discerna tout à coup quelque chose qui bougeait sur un des derniers godets de cette chaîne. Il regarda plus attentivement, luttant contre le froid qui lui brûlait les yeux et poussa une exclamation étouffée. Un homme était tapi dans un des godets, rigoureusement immobile, dominant le navire et le quai d'une centaine de mètres!

— Là-haut! Regardez!

Il prit Milton Brabeck par le bras.

Le gorille sursauta.

— Bon Dieu! Les Israéliens!

Il ne pouvait rien faire, même avec un 38 Magnum. La distance était trop grande. En regardant mieux,

Malko distingua deux silhouettes, l'une au-dessous de l'autre.

Ce n'étaient sûrement pas les agents du K.G.B. qui s'étaient mis sur ce perchoir incommode.

Malko tourna la tête vers l'Express côtier. Valeri Leonid Oganian allait s'engager sur la passerelle apparemment sans inquiétude. De tous ses poumons, Malko hurla à se faire péter les poumons!

— Oganian! Attention! Ne descendez pas.

Les rares personnes qui se trouvaient encore sur le wharf tournèrent des visages étonnés vers Malko. Oganian ne parut pas avoir entendu. Il mit le pied sur la passerelle.

— Oganian! Ne descendez pas.

Toujours aucune réaction. Malko avait crié en anglais, sachant que le défecteur comprenait cette langue.

Au même moment, il y eut deux détonations presque imperceptibles. Malko était certain qu'à part lui, personne ne les avait entendues. Valeri Leonid Oganian sembla trébucher sur la passerelle. Il se retint de la main gauche au filin d'acier, pivota sur lui-même, tomba à genoux. Une nouvelle détonation. La chapka s'envola, comme arrachée par un coup de vent.

Un marin de l'Express côtier se précipita pour l'aider, pensant qu'il avait glissé.

Plusieurs détonations assourdissantes se répercutèrent sur les parois du fjord. A genoux sur le wharf, Milton Brabeck, tenant son Magnum à deux mains pour avoir plus de précision, tirait sur les tueurs israéliens. Un petit nuage de poussière jaillit, près de la chaîne sans fin, mais à quelques mètres des deux hommes. A cette distance, il aurait fallu être Dieu le Père. La vie s'était brusquement arrêtée sur l'Express côtier et sur le wharf. Médusés, les Norvégiens contemplaient la scène incroyable.

Malko se rua vers le navire à quai.

Valeri Leonid Oganian se releva, se mouvant comme dans un film au ralenti. Il avait perdu ses lunettes noires. Les bras étendus devant lui, il tituba sur la passerelle, heurta le filin d'acier puis boula en avant comme un lièvre touché en pleine course. Cette fois jusqu'au quai où il resta immobile, étendu sur le ventre. Le visage contre les planches glacées et disjointes.

Plusieurs marins de l'Express côtier se précipitèrent croyant au malaise d'un ivrogne. Ils s'agenouillèrent près de lui, le retournèrent avec précaution. Mais les ivrognes ne saignaient pas ainsi. Le capitaine dégringola la passerelle à son tour, s'agenouilla près d'Oganian, l'examina quelques secondes, puis se redressa, bouleversé, incrédule. Le policier en uniforme fonça sur Milton Brabeck et le ceintura. Persuadé qu'il avait affaire à l'assassin! Mathilda Larsen tenta, en vain, de s'interposer. La confusion était à son comble. Les badauds avaient enfin compris qu'il se passait quelque chose d'anormal et vinrent faire cercle, autour du corps étendu.

— Mon Dieu! s'exclama Mathilda Larsen. Ils l'ont tué!

Donald Hamilton voletait de l'un à l'autre, complètement affolé.

— Il faudrait peut-être mieux que je ne reste pas là, murmura-t-il. On pourrait se demander ce que je fais ici.

Au point où ils en étaient... Malko du pied de la passerelle contemplait le cadavre de Valeri Leonid Oganian. Ivre de rage. Que cette longue poursuite se soit terminée sous son nez, par ce meurtre brutal le mettait dans tous ses états.

Il pensa soudain à Rika Oganian. Elle était sûrement à bord. Peut-être n'avait-elle pas vu le meurtre de son mari. Milton Brabeck, maîtrisé par le policier, était maintenant entouré d'un groupe hostile. Le vieux parabellum de Krisantem ne portait pas assez loin. Les Israéliens avaient assez de sang-froid pour attendre et abattre la femme quand elle sortirait...

Malko revint vers Mathilda Larsen en train de convaincre les Norvégiens qu'il ne fallait pas pendre tout de suite Milton Brabeck. Il l'attira à l'écart et lui glissa :

— Je vais chercher Rika Oganian. Expliquez à la police qui nous sommes et ce qui se passe. Qu'ils envoient tout de suite des gens dans l'aciérie. Qu'on mette les Israéliens hors d'état de nuire. Je ne sortirai qu'ensuite avec Rika Oganian.

Bousculant les badauds, il escalada la passerelle. Un marin norvégien tenta de lui barrer le chemin, mais il l'écarta d'un sourire. Il ne semblait plus rester aucun passager à bord de l'Express côtier. Il vérifia d'un coup d'œil le lounge de l'arrière, puis les deux salles à manger de l'avant. Grimpa en courant jusqu'au pont supérieur.

Personne.

Il redescendit, entreprit le tour des cabines. Toutes les portes en étaient ouvertes et les femmes de ménage les nettoyaient déjà. Là non plus, pas de Mme Oganian. Elle n'était quand même pas dans la cale! Et le *Polarlys* n'était pas le *Queen Elisabeth*... Au moment où il allait remonter sur le pont, il fut interpellé par un officier du bateau, qui parlait anglais.

Il examina Malko d'un air soupçonneux.

— Vous cherchez quelqu'un?

— Une amie, dit Malko. Enceinte. Blonde.

— Il n'y a plus personne à bord, Monsieur, réplique l'officier. Je peux vous l'affirmer. Je viens de tout vérifier pour voir si tous les gens n'avaient rien oublié. Votre amie a dû déjà descendre. Ou elle n'était pas sur le bateau.

Malko n'insista pas, revint vers la passerelle. Une voiture de police était arrêtée sur le quai. On avait jeté une couverture sur le cadavre de Valeri Leonid Oganian. Malko tourna la tête vers l'est. L'espion qui venait du soleil n'aurait jamais accompli sa dernière étape. Mais où était sa femme? Et pourquoi le K.G.B. n'était-il pas intervenu?

Il redescendit sur le wharf, s'approcha du groupe des policiers où Mathilda Larsen discutait avec animation. On avait passé les menottes à Milton Brabeck. Prudent, Elko Krisantem avait gagné l'autre extrémité du wharf. Il avait toujours eu horreur de la police. De toutes les polices. Cette aversion datait de sa période de tueur à gages, à Istanbul. Là où il avait connu Malko. Il n'avait jamais pu s'en défaire.

Mathilda s'approcha de Malko.

— Nous sommes obligés d'aller à la police. Ils fouillent l'aciérie. J'ai fait prévenir le colonel commandant la place. Il sait qui je suis.

L'affolement de la Norvégienne agaça un peu Malko. Après tout, ce n'étaient pas eux qui avaient tué Oganian.

— Ils ne vont quand même pas nous fusiller! remarqua-t-il. Il y a un point à éclaircir tout de suite. Je n'ai pas trouvé la femme de Valeri Leonid Oganian. Il faudrait faire fouiller le bateau par la police. Elle est en danger de mort.

Il s'approcha du corps étendu sur le wharf. Une large tache de sang s'en écoulait, déjà à demi gelée. Les Israéliens avaient utilisé des balles explosives. Malko s'agenouilla près du corps que l'on avait remis sur le dos et souleva la couverture.

Il resta figé de surprise.

Le visage rond et pâle aux pommettes saillantes et aux petits yeux obliques qui reflétaient maintenant la froide lumière grise du ciel n'était pas celui de Valeri Leonid Oganian.

CHAPITRE XI

Le policier en long ciré noir se releva, examinant des papiers qu'il venait d'extraire de la poche du mort. Il fronça les sourcils.

— Mais c'est du Russe!

Il déplia une carte, essayant de la déchiffrer. Comme beaucoup d'habitants de Kirkenes, il comprenait un peu la langue de leurs puissants voisins. Malko regardait le visage blême de l'inconnu. Il semblait dormir. Les balles explosives du fusil à lunette avaient fait éclater les plus gros vaisseaux de sa poitrine, provoquant une mort immédiate.

— On dirait que c'est un marin, conclut le policier norvégien.

Mathilda Larsen et Malko échangèrent un regard. Ce ne pouvait être que Piotr Sevchenko, le faux malade débarqué à Bodø du *Novosibirsk*. L'agent du K.G.B. venu en renfort, celui qui avait donné son Tokarev à Hakon Rasmussen. Mais qu'étaient devenus Valeri Leonid Oganian et sa femme?

Malko n'avait qu'une toute petite lueur d'espoir. Si les Oganian avaient été déjà en sécurité, le K.G.B. ne se serait pas donné la peine de monter la comédie de ce « faux » Oganian...

Milton Brabeck poussa un glapissement de détresse. Deux policiers l'emmenaient dans la Volvo noire et blanche. Mathilda Larsen rassura aussitôt Malko.

— Ils sont obligés de l'arrêter! Mais nous le ferons relâcher par le colonel Kaas, qui dirige ici le *Militar Forsvarets Forsoks-station* [1]. Nous allons le voir tout à l'heure.

— Venez avec moi interroger le capitaine du *Polarlys*, dit Malko. Il faut savoir ce qu'il est advenu des Oganian.

Mathilda Larsen lui emboîta le pas. Ils retrouvèrent le capitaine sur sa dunette. Pas encore revenu du drame brutal auquel il venait d'assister.

Mathilda Larsen se présenta et entreprit de lui raconter en norvégien l'odyssée des Oganian. Le capitaine avait bien remarqué Mme Oganian, mais pas son mari. Il fallut convoquer le chef-stewart. Lui se souvenait des trois passagers. Ils n'avaient pas bougé de leur cabine jusqu'à Vadsø, la précédente escale du *Polarlys*.

— Et ensuite? demanda Malko.

— Ils sont descendus, dit le chef-stewart. Cela m'a surpris de voir des étrangers à Vadsø en cette saison.

Malko remercia et redescendit sur la terre ferme, Mathilda Larsen sur ses talons.

Ivre de rage.

— Je croyais que les autorités norvégiennes devaient nous prévenir si les Oganian quittaient l'Express côtier? remarqua-t-il, d'un ton nettement acerbe.

Mathilda Larsen protesta.

— Le Polarlys est passé à Vadsø, il y a à peine trois heures. Ils n'ont pas eu le temps.

— Il faut filer à Vadsø, dit Malko.

On avait enlevé le corps du mystérieux Russe, et il ne restait qu'une tache de sang gelé sur le wharf.

[1] Sécurité militaire.

— De Vadso où ont-ils pu aller? Au cas où ils auraient filé entre les doigts des autorités.

— Dans trois directions, répondit Mathilda. Soit vers l'ouest en suivant la côte, pour rejoindre Alta et Lakselv. Soit vers le sud le long de la frontière de Finlande, mais la route est très mauvaise. Je ne pense pas qu'ils se soient lancés dans le Finmark en cette saison. Soit, ils peuvent rejoindre Kirkenes par la route.

— Combien y a-t-il de routcs de Vadsø à Kirkenes?

— Mais une seule, bien sûr!

— On met combien de temps?

— Cela dépend de la neige. Entre trois et cinq heures. Mais si les Oganian veulent passer directement en Union Soviétique, ils ne repasseront pas par Kirkenes. Il y a un embranchement juste après l'aéroport qui mène directement à la frontière.

— Allons récupérer Milton, dit Malko. Et ensuite nous fonçons sur Vadsø. Espérons que la police locale aura fait son travail.

— Je leur téléphonerai d'ici, promit Mathilda Larsen. Et je vais appeler le *Turist Hotel* pour qu'ils nous trouvent une voiture à louer.

*
* *

Le colonel Harald Kaas était sec comme un bouleau gelé. Les lèvres serrées sur une pipe trapue, en tenue de combat verdâtre, les cheveux gris coupés ras, il symbolisait parfaitement ce qu'il était : un officier de carrière, sans problème de conscience.

Le siège de la *Grenzepoliti* [1] se trouvait dans un long chalet de bois sombre sans étage, hérissé d'antennes de radio, au milieu d'un jardin enneigé. Les murs du bureau du colonel, centre nerveux de la

[1] Police des frontières.

défense de la frontière, étaient couverts de cartes. Dans un coin, Donald Hamilton tenait sagement sur ses genoux une grande enveloppe jaune. Laissant la parole à Mathilda Larsen. Celle-ci parlait sans arrêt, expliquant la mission de Malko. Finalement, le colonel cessa de tirer sur sa pipe.

— J'ai reçu des instructions d'Oslo, expliqua-t-il. Je dois vous aider, dans les limites de la loi. M. Brabeck n'ayant commis aucun délit sérieux, je vais le faire relâcher. Mais vous devez me donner votre parole d'honneur de respecter dorénavant le calme du pays. Nous ne pouvons accepter que des étrangers armés règlent leurs comptes dans Kirkenes.

Un téléphone sonna sur son bureau et il répondit. Dès qu'il eut raccroché il annonça :

— La police vient d'arrêter les deux hommes qui ont tué ce Russe, sur la route de l'aéroport. Ils ont des passeports israéliens. Ils seront déférés à la justice.

Un ange passa, aux ailes cliquetantes de menottes... Malko comprit le message et se hâta de détourner la conversation.

— Vous connaissez notre problème. Que pouvons nous faire?

Le colonel se leva et alla se planter devant la carte. Malko l'y suivit. A l'est de Kirkenes la frontière formait une sorte de boucle se terminant à l'océan Arctique. Une route l'épousait pendant trois ou quatre kilomètres, s'en éloignait ensuite, coupant à travers la taïga, pour retrouver la frontière matérialisée par la rivière, Jacobselv, une dizaine de kilomètres avant Grenze Jacobselv, le hameau situé à l'extrême nord, en bordure de l'océan Arctique.

Le colonel Kaas montra un point sur la carte, à l'est de Kirkenes :

— Voici un des postes de passage. Il est fermé. Je ne peux ouvrir qu'après consultation préalable de mon homologue soviétique... A Boris Gleb, nous filtrerons tout le monde... Mais ensuite, avant d'arriver à Grenze Jacobselv, il suffit de franchir la rivière Jacobselv. De notre côté, il n'y a pas de barbelés.

Malko comprit que le Norvégien n'était pas chaud du tout pour se lancer dans une affaire d'espionnage ne concernant pas directement la Norvège.

— La route n'est pas interdite à la circulation? demanda-t-il. Il n'y a aucun barrage?

— Aucun. Tout le monde peut aller librement à Grenze Jacobselv. L'été les touristes essaient même de voler les poteaux-frontière.

Malko était livré à lui-même. Il fallait intercepter Oganian avant qu'il ne s'approche de la frontière.

Il se leva :

— Colonel, je vous remercie... Nous allons chercher notre ami, Mr. Brabeck.

Le colonel Kaas les raccompagna dans le petit couloir. Donald Hamilton se confondit en remerciements, caquetant comme un vieil ara. Dès qu'ils furent dehors, il tendit à Malko l'enveloppe brune.

— J'ai reçu ceci de l'U.S.I.S. [1] de Tromsoe, dit-il. Cela peut vous intéresser. Il s'agit d'un major du K.G.B. qui se trouve en ce moment à Boris Gleb, comme barman. Il y a tout son curriculum vitæ.

Cela confirmait ce que Malko pensait : le K.G.B. avait bien l'intention de faire transiter les Oganian par Kirkenes.

*
* *

Malko attendait avec impatience, à côté de la Volvo toute neuve, bleu roi. Mathilda Larsen dis-

[1] United States Information Service.

cutait avec animation depuis dix minutes avec le loueur.

— Que veut-il? s'impatienta Malko.

Elle sourit pour dissimuler son embarras.

— Etes-vous sûr que vous savez conduire sur la neige.

— J'affirme sous serment que j'ai déjà vu de la neige, dit Malko, et qu'on lui paiera sa voiture si on la casse.

Il fallait partir coûte que coûte. Sinon, les Oganian leur fileraient définitivement entre les doigts. Elko Krisantem et Milton Brabeck attendaient sagement, déjà assis dans la Volvo. Et il commençait à neiger : de petits flocons qui pouvaient vite se transformer en blizzard... Enfin, le loueur céda. Pendant quelques centaines de mètres, tandis qu'il montait vers la sortie de Kirkenes, Malko zigzagua légèrement. Le sol était totalement gelé et il avait l'impression de conduire un traîneau. Mathilda lui jeta un coup d'œil inquiet.

— Ça va?

— Comme sur des roulettes, affirma Malko.

Il accéléra, déjà plus sûr de lui. Chaque voiture qui le croisait soulevait un nuage de poussière blanche. Dieu merci, il n'y avait pas beaucoup de circulation. Très vite toute trace de civilisation disparut, laissant la place aux fjords, aux lacs et à la « vidda », la toundra accidentée. Malko ralentit en arrivant à un grand carrefour : la bifurcation pour la frontière partait de là. Aucune voiture n'était arrêtée aux stations-service, et il continua. Un peu plus loin, ils passèrent l'embranchement de l'aéroport. Ils croisèrent quelques camions. Il neigeait de plus en plus. Malko dans un virage freina un peu trop tard et sentit la Volvo partir. Droit vers le ravin...

Il redressa de justesse et s'engagea dans une longue

ligne droite vallonnée, bordée en contrebas à droite par un petit lac. Un violent coup de klaxon le fit sursauter. Il regarda dans le rétroviseur. Un camion avait surgi derrière lui, roulant à une vitesse effarante pour l'état de la route. Il aperçut au volant un jeune aux longs cheveux blonds qui lui fit un signe impérieux.

Visiblement excédé par sa lenteur.

Docilement, Malko serra à droite. Le camion surgit aussitôt à sa hauteur, dans un grondement de moteur. Instinctivement, Malko appuya encore sur la droite, aveuglé par les projections de neige. Mais le camion semblait ne plus accélérer, se maintenant à la hauteur de la Volvo.

Les roues droites de la Volvo mordirent sur le bas-côté enneigé. Toute la carrosserie en trembla.

Malko freina désespérément. Le camion, aussitôt, se rabattit brutalement, lui coupant la route. Les ridelles accrochèrent l'aile avant gauche de la Volvo. Déportée par le choc, la voiture plongea vers le bas-côté. Impuissant, crispé, à son volant, Malko entendit Mathilda Larsen hurler, vit en un éclair la surface blanche du lac gelé venir vers eux. Au même moment, le conducteur du camion donna un violent coup de volant pour revenir au milieu de la route.

Mais, emporté par son élan, le lourd véhicule patina sur le sol gelé. Les roues arrières partirent vers le fossé, amorçant un tête-à-queue, dans un nuage de neige poudreuse.

Les roues avant de la Volvo rebondirent sur le rebord du fossé qui fit, office de tremplin. La tête de Malko porta violemment sur le montant gauche de la carrosserie. Il eut un éblouissement et sentit ses mains devenir moites et molles sur le volant.

Avant de perdre conscience, il eut le temps de

penser qu'ils allaient briser la carapace de glace et s'engloutir dans l'eau glaciale.

La Volvo rebondit et atterrit les quatre roues sur la glace. Il y eut un craquement sinistre mais la surface gelée ne céda pas.

La voiture, tournoya comme une toupie, filant à toute vitesse vers le centre du lac, là où l'eau n'étaient pas encore gelée... Elko Krisantem ouvrit sa portière et se laissa bouler à l'extérieur, sur la glace.

*
* *

Arne Jacobsen eut un juron désespéré quand il réalisa qu'il avait perdu le contrôle du camion. Il donna un violent coup de volant à gauche mais ne réussit qu'à déséquilibrer encore plus le lourd engin. Le véhicule effectua un tête-à-queue complet, jaillit comme une fusée par-dessus le remblais et plongea droit vers le lac en contrebas. Accroché à son volant, Arne Jacobsen ne pensa même pas à sauter. Le camion filait sur la surface gelée comme un caillou. Il y eut un craquement sourd. La roue avant gauche venait de s'enfoncer d'un coup jusqu'au moyeu. Le camion pivota autour, se renversa. Cette fois, la glace céda d'un coup sur une grande surface. Lentement, le camion commença à couler. Arne Jacobsen s'extirpa de sa cabine, à moitié assommé, suffoquant déjà dans l'eau glaciale. Il essaya de remonter sur la glace mais, glissant, ne put y parvenir. Il resta accroché à un gros morceau de glace flottant, le bas du corps dans l'eau...

Avec désespoir, il lança un appel au secours.

Mais de la route en surélévation, on ne pouvait le voir. Et sa voix était étouffée par la neige qui tombait de plus en plus épaisse.

*
* *

Milton Brabeck se laissa tomber hors de la voiture à son tour, mais resta accroché à la portière. Elko Krisantem avait attrapé le pare-chocs arrière au vol à pleines mains et se laissait déjà traîner pour freiner la Volvo.

La glace était de plus en plus mince.

Il y eut soudain un choc imperceptible. Les roues venaient de heurter une souche prise dans la glace. Cette fois, la Volvo s'immobilisa pour de bon, au beau milieu du lac. Presque aussitôt, une des roues arrières s'enfonça jusqu'au moyeu avec un craquement sec.

— Allongez-vous! cria Mathilda Larsen à Milton Brabeck et à Krisantem qui se relevaient.

Ils obéirent, et, en rampant sur les coudes et les genoux, vinrent ouvrir la portière de Malko, puis firent glisser son corps à l'extérieur, l'étendirent sur la glace.

Mathilda Larsen, à son tour, se laissa glisser avec précaution hors de la Volvo qui risquait à chaque seconde de s'engloutir. La neige tombait maintenant à gros flocons.

Un cri s'éleva, un peu plus loin, sur le lac. Elko tourna la tête et aperçut l'épave du camion qui flottait encore. Le Turc hésita, mais Malko n'avait toujours pas repris connaissance...

Sous l'œil offusqué de Krisantem, Milton le gifla. Malko ouvrit les yeux. Mathilda éprouva une impression atroce : les yeux dorés étaient vides, sans expression, sans vie.

— J'ai froid, dit-il, où sommes-nous?

Il aperçut le visage de Mathilda Larsen, penché sur lui :

— Qui êtes-vous? demanda-t-il

Elko et Milton mirent plusieurs secondes à réaliser la vérité : le choc avait fait perdre la mémoire à Malko!

— Bon sang, fit Milton. Il a perdu la boule!

Il se sentait pris de panique au milieu de ce lac gelé, dans ce décor irréel, et spectral.

— Elko, qu'est-ce que vous faites ici? demanda Malko d'une voix sévère. Vous devriez être en train de surveiller les charpentiers. Ils vont encore casser ces tuiles qui valent les yeux de la tête.

Malko se croyait en Autriche!

Milton et Elko le tâtèrent sur toutes les coutures. Il ne souffrait d'aucune blessure apparente. Impossible de connaître la gravité de son état. Au même moment, les cris reprirent, venant du camion en train de couler.

— Ils vous appellent, Elko, dit Malko d'un ton sans réplique. Allez-y.

Elko Krisantem hésita, puis se dit qu'il ne fallait peut-être pas contrarier Malko. Il s'éloigna dans la direction d'où venaient les cris. Si le camionneur était encore vivant, il avait un compte à régler avec lui.

*
* *

Avec ses cheveux trempés descendant jusqu'aux épaules, Arne Jacobsen ressemblait à une Ophélie de cauchemar. Accroché des deux mains au bloc de glace friable, dans l'eau, jusqu'à la poitrine, il essayait de ne pas lâcher prise. Sa seule chance était de parvenir à remonter sur la glace. Personne ne pouvait tenir longtemps dans cette eau glaciale.

Quand il aperçut une ombre ramper vers lui, il hurla de plus belle. Ses mains s'engourdissaient, seconde après seconde.

Elko Krisantem, claquant des dents, malheureux

comme un chat, s'approcha le plus près possible du jeune camionneur, et examina la situation. S'il le tirait à lui par la main, il risquait d'être entraîné à son tour. S'il allait chercher du secours, Dieu sait où, l'autre avait cent fois le temps de couler. Or, il avait furieusement envie de savoir qui lui avait demandé de provoquer cet accident... Et il ne voulait pas tellement du bien à ce jeune homme. S'allongeant complètement, Elko Krisantem tira de sa poche son mortel lacet.

L'autre se trouvait à moins d'un mètre de lui. Avant que le chauffeur du camion ait eu le temps d'avoir peur, le lacet lui enserrait le cou. Elko Krisantem enroula l'autre extrémité autour de son poignet et tira d'un coup sec. Le lacet comprima brutalement les carotides du jeune camionneur. Le froid était si vif qu'il eut l'impression qu'on lui coupait la tête. Le bras tendu, à plat-ventre sur la glace, Krisantem le maintenait ainsi sans tirer. Le hippie ne pouvait tenter de défaire l'étreinte mortelle sans couler aussitôt.

Il poussa un grognement horrifié et adressa un regard suppliant à Krisantem. Le Turc eut un sourire innocemment cruel et l'injuria d'une voix posée dans sa langue avec une grande profusion de termes orduriers. Puis, subodorant que l'autre n'avait pas été élevé à Istanbul, il demanda en anglais.

— Où est Oganian?

Arne Jacobsen parlait peu et mal anglais. Mais il comprit aussitôt. Pourtant, il décida de ne pas parler. Il détestait les Américains.

— Aidez-moi, dit-il, comme s'il n'avait pas entendu la question.

Sans changer de position, Elko Krisantem donna un petit coup sur le lacet et attendit. Il avait quand même moins froid que l'autre...

Le hippie ne sentait déjà plus ses jambes, ni son

bassin. Une ankylose sournoise commençait à lui serrer la poitrine. Le froid montait impitoyablement. Il comprit qu'il était sur le point de mourir. Il leva un visage désespéré vers Krisantem.

— *Please!*

— *Where is Oganian?* répéta gentiment le Turc.

Pour se réchauffer, il tira un peu sur le lacet, étranglant encore plus sa victime. Ivre de terreur, le hippie se mit à l'injurier en norvégien, épuisant ses dernières forces. Soudain, une partie du bloc de glace auquel il s'accrochait, s'effrita. Il ne tenait plus que par la main gauche. La peur de mourir fut soudain la plus forte.

— Ils viennent par la route, hurla-t-il, dans une Volvo rouge! Je ne voulais pas vous tuer. Seulement vous empêcher de...

Il mélangeait l'anglais et sa langue natale.

Elko Krisantem était peu familier avec le norvégien. La plus grande partie de la phrase fut perdue pour lui. Il ne retint qu'une chose : Volvo rouge. Le hippie tournait au blanc violacé. Le froid et le lacet.

— Quand? insista Krisantem.

— *Now* [1], cria Arne Jacobsen. *Now*.

Elko Krisantem commençait à avoir très froid, lui aussi.

— *Please*, supplia le jeune camionneur.

Le Turc eut pitié de ce jeune homme qui avait si froid. D'un coup sec, il tira sur son lacet.

Arne Jacobsen poussa un cri étranglé. Le peu d'air qui passait encore dans sa trachée-artère disparut. Instinctivement, il lâcha son bloc de glace pour tenter de desserrer l'étreinte mortelle. Aussitôt, le poids de son corps l'entraîna vers le fond. Sa tête disparut sous l'eau. Il était trop faible pour

[1] Maintenant.

lutter. L'eau s'engouffra dans ses poumons, le suffoquant presque instantanément.

Elko Krisantem, avec l'habileté d'un prestidigitateur, desserra d'un coup le lacet et le récupéra.

Le corps du camionneur s'enfonça dans l'eau sombre. Satisfait, le Turc battit en retraite. C'était quand même moins fatigant que de creuser une tombe. Surtout dans de la terre gelée...

La neige tombait en flocons de plus en plus serrés. Il voyait à peine à dix mètres devant lui et faillit ne pas retrouver ses compagnons.

Il trouva Malko debout, appuyé à la Volvo, encadré de Mathilda Larsen et de Milton Brabeck. Les flocons commençaient à les transformer en bonhommes de neige.

— Bon sang! Où étiez-vous? demanda Milton Brabeck.

— Je m'occupais du type du camion, fit évasivement le Turc. Comment va le Prince?

— Pas brillant, dit Milton Brabeck.

Malko poussa tout à coup un gémissement et, se prit la tête à deux mains. Krisantem remarqua que son regard avait repris son expression habituelle... Son amnésie n'avait duré que quelques minutes.

— J'ai mal, dit Malko. Horriblement. Personne d'autre n'est blessé?

— Nous sommes tous O.K., affirma Milton. Il faut regagner la route pour chercher du secours.

Avec l'aide de Milton Brabeck, Krisantem entreprit d'aider Malko à marcher. Elko se pencha à l'oreille de Malko et murmura une longue phrase en turc. Juste au moment où Mathilda Larsen s'inquiétait.

— Qu'est-il arrivé au conducteur du camion?

Krisantem baissa les yeux, confus, et dit du bout des lèvres.

— Il s'est noyé.

Connaissant Krisantem, Malko préféra ne pas insister. Il se sentait l'esprit un peu plus lucide, en dépit des élancements atroces dans sa tête. Mais ce que venait de lui apprendre Krisantem était plus important que tout.

— Nous restons au bord de la route, annonça-t-il. Pour intercepter les Oganian.

Milton Brabeck sursauta :

— Avec ce temps! Vous êtes blessé.

Malko grimaça un sourire crispé. Par moment, il avait envie de hurler de douleur.

Ils arrivaient au pied du talus et entreprirent de l'escalader pour regagner la route. La neige tombait toujours aussi drue.

Serrés les uns contre les autres, abrités contre un arbre, Malko, Milton, Elko et Mathilda attendaient stoïquement. On se serait cru aux meilleurs jours de Stalingrad.

Déjà cinq voitures avaient stoppé, et Mathilda Larsen, après des explications embrouillées, avait eu toutes les peines du monde à les faire repartir.

On les prenait pour des fous...

Peu à peu, la neige avait fait place à un vent glacial qui dégageait le ciel.

— On va crever, grommela Milton Brabeck.

Elko était vert; rêvant à un poêle comme un chien rêve à un os... Derrière eux, le lac avait repris une surface lisse. A part deux petits monticules blancs...

— Combien de temps allons-nous rester? demanda timidement Mathilda Larsen.

Malko consulta sa montre. Il se sentait au bord de l'évanouissement. Déjà quarante-cinq minutes qu'ils se gelaient. Peut-être pour rien.

Milton Brabeck ne quittait pas des yeux le haut de la côte à l'ouest. A s'en faire pleurer les yeux. Il se raidit : un véhicule venait d'arriver au sommet de la côte, roulant vers eux. Une grosse voiture de couleur sombre.

— Eh! Attention. Ça pourrait être ça.

Malko s'arracha à son arbre. La voiture grossissait. Il reconnut l'avant caractéristique d'une Volvo, et son cœur battit plus vite.

La voiture était rouge!

— C'est eux, s'écria-t-il.

— Laissez-moi faire! dit Elko Krisantem.

Quand la Volvo rouge ne fut plus qu'à deux cents mètres il se planta au milieu de la route, faisant signe à la voiture de s'arrêter. Le conducteur ne ralentit pas immédiatement, puis donna un coup de frein trop brusque qui déporta la voiture. Il ne pouvait passer sans écraser Krisantem. Le capot s'arrêta à moins d'un mètre du Turc.

Aussitôt, Milton décolla de son arbre, tenant ostensiblement à bout de bras son « 38 » Magnum...

Si c'étaient d'innocents touristes, ils allaient avoir un infarctus. Les attaques de diligences se faisaient rares en Norvège... Impossible de voir l'intérieur de la Volvo. Les glaces étaient obscurcies par le givre. Seul Krisantem, placé devant le pare-brise, savait à quoi s'en tenir.

Malko arriva à son tour à la hauteur de la Volvo rouge et posa la main sur la poignée de la portière, côté conducteur. Milton fit le tour par l'arrière en courant.

— Attention, votre Altesse! cria Krisantem.

CHAPITRE XII

Il y eut une explosion sèche et un petit trou rond apparut dans la glace givrée, juste à côté du visage de Malko. Ce dernier fit un bond en arrière, ouvrant la portière en même temps. Milton Brabeck fit de même de l'autre côté et braqua aussitôt son « Magnum » sur les passagers de la Volvo. Valeri Leonid Oganian brandissait un petit automatique noir. Il tira encore une fois dans la direction de Malko, puis essaya de refermer la portière.

— Assassins! cria-t-il.

Rika Oganian, emmitouflée dans un manteau de renard, poussa un cri perçant quand le canon du « 38 » Magnum s'appuya contre son cou. Valeri Leonid Oganian tourna la tête. Aussitôt, Malko lui assena une manchette sur le poignet. Le petit automatique noir tomba sur la route et glissa jusqu'au fossé.

— Ma femme est enceinte, cria Oganian. Ne la tuez pas!

Tout à coup, il reconnut Malko.

— Vous!

Malko fit un geste discret à Milton qui éloigna son pistolet de Rika. Avant tout, il fallait rassurer les Oganian.

— Vous n'avez rien à craindre de nous, dit Malko. A Stockholm, les Israéliens m'ont surpris aussi. Si nous vous attendions ici, c'est parce que vos amis ont essayé de nous tuer. Nous n'avons plus de voiture. Aussi, nous allons utiliser la vôtre si vous voulez bien...

C'était une clause de style...

Mathilda Larsen s'approcha.

— Je représente le gouvernement de ce pays, annonça-t-elle. Je vous garantis qu'il ne vous sera fait aucun mal.

Malko en profita pour dire gentiment :

— Venez à l'arrière, vous serez mieux...

Le Soviétique obéit avec des gestes lents et se retrouva entre Malko et Krisantem. A l'avant, Milton Brabeck se serra contre la pulpeuse Mathilda Larsen. Rika Oganian ne voulait pas être à côté de lui...

Le plus difficile commençait. Jamais Mathilda Larsen n'allait accepter que l'on enlève du territoire norvégien deux étrangers non consentants... Il fallait convaincre Oganian et empêcher le K.G.B. de le retrouver entre-temps.

Ou tant que la C.I.A. n'aurait pas trouvé une astuce pour biaiser avec les Norvégiens...

Milton démarra avec précaution. Aussitôt Rika tourna un visage tragique vers Malko. Encore belle, malgré ses traits tirés et ses yeux hagards :

— Je vous en prie! Nous avons eu tellement de malheurs. Laissez-nous partir en Russie.

*
* *

Plus un mot n'avait été prononcé depuis la supplication de Rika Oganian. Malko luttait contre des vertiges effroyables qui lui donnaient envie de hurler. Oganian regardait fixement devant lui et sa femme reniflait de temps en temps...

Il n'y avait qu'un seul endroit où Oganian serait provisoirement en sécurité : chez Donald Hamilton.

C'était la course contre la montre. Le K.G.B. croirait encore quelques heures à un retard dû à des causes naturelles. Ce n'est pas le camionneur qui leur apprendrait quoi que ce soit...

Ils arrivaient à Kirkenes. La haute cheminée de l'aciérie était déjà en vue. Mathilda Larsen se retourna et demanda d'une voix égale :

— Où allons-nous?

— Chez notre ami, fit Malko sans se compromettre.

Moins on prononçait de noms, mieux cela valait. La Norvégienne prit l'air contrarié.

— Pourquoi n'allons-nous pas au *Turist-Hotel*? Ce serait préférable...

— Oui, pourquoi? renchérit soudain Valeri Leonid Oganian, devenu subitement nerveux. Vous n'avez pas le droit de nous enlever. C'est illégal? Je vais...

Il eut beaucoup de mal à terminer sa phrase, parce que le canon du vieil Astra de Krisantem s'était logé entre ses incisives. Le Turc avait toujours eu horreur des discussions oiseuses. Choquée, Mathilda Larsen tourna la tête.

— C'est pour votre propre sécurité, tenta d'expliquer Malko.

Mathilda Larsen n'insista pas. Mais Malko savait que ce n'était que partie remise. Ils traversèrent Kirkenes, montèrent le raidillon de l'hôpital et stoppèrent devant la maison de bois de Donald Hamilton. Malko descendit et sonna.

L'Américain ouvrit tout de suite.

— Nous avons de la visite, annonça Malko.

Donald Hamilton battit des ailes de joie, tendit le cou vers la Volvo, l'œil rond derrière les lunettes d'écaille.

— Fantastique! dit-il d'une voix dont l'enthousiasme sonnait faux.

C'est la première fois qu'il était mêlé à une opération vraiment « noire » et il n'était pas très tranquille. Poussés affectueusement par Krisantem et Milton Brabeck, les Oganian entrèrent dans la maison. Mathilda Larsen s'arrêta sur le pas de la porte, le visage sévère.

— Vous n'entrez pas? demanda Malko, sentant que les problèmes commençaient.

La Norvégienne secoua la tête :

— Non. Il faut que je rende compte immédiatement au colonel Kaas.

Malko hésita. Avec une furieuse envie de lui faire partager le sort des Oganian. Mais c'était trop risqué. Le colonel Kaas ne semblait pas avoir un sens de l'humour très développé. N'étant pas un superman, il ne pouvait pas se mettre sur le dos, le K.G.B., les Israéliens et les Norvégiens. Se rapprochant de Mathilda, il lui adressa le regard le plus charmeur qu'il put s'extraire. De l'or liquide. Cherchant à ranimer l'étincelle qui les avait rapprochés de temps en temps.

— Vous n'avez pas confiance en moi?

Mathilda resta de glace.

— Dans ce cas précis, non, dit-elle.

Malko se rapprocha encore et la prit par le bras. Elle se dégagea vivement comme si elle craignait qu'il l'entraînât de force dans la maison.

— J'ai besoin d'un certain délai, plaida Malko. Je vous affirme qu'il n'est pas question de recourir à la violence...

Elle se dégela un peu.

— Je vous crois. Mais je ne peux pas préjuger de l'attitude de mes supérieurs.

Elle le quitta brusquement et s'éloigna à pieds dans la neige. Malko entra dans la maison. Oganian et sa femme s'étaient installés, raides comme des piquets, sur le bord de deux fauteuils. Malko entraîna Donald Hamilton dans son bureau, ferma la porte et demanda :

— Est-ce que le K.G.B. sait qui vous êtes?

L'Américain eut un geste évasif :

— Je ne sais pas. Pourquoi?

— Pour savoir si nous allons être attaqués au mortier ou non.

Malko retourna dans la pièce voisine. Il s'assit en face de Valeri Leonid Oganian.

— Monsieur Oganian, dit-il, je suis autorisé à vous faire la proposition suivante : nous nous chargeons de votre sécurité et vous dites aux autorités norvégiennes que vous partez de votre plein gré aux Etats-Unis. Nous vous...

Oganian l'interrompit sèchement.

— Je ne partirai pas aux Etats-Unis, ni mort, ni vivant. Si vous refusez de me relâcher, je ferai la grève de la faim. Je veux regagner mon pays. Avec ma femme.

C'était l'impasse.

Malko repartit dans l'autre pièce, téléphona à John Gate.

Le chef de la Station de la C.I.A. avait dû dormir avec le téléphone sous son oreiller : il laissa tout juste à Malko le temps de décrocher, puis rugit de joie lorsqu'il apprit que les Oganian étaient sous contrôle.

— Bravo, dit-il. Fantastique. Ne bougez pas. J'avertis immédiatement les Norvégiens pour qu'ils ne nous mettent pas de bâtons dans les roues. J'ai fait un *deal* avec eux.

Fatigué par son accident, Malko ne prolongea pas la conversation. Après avoir raccroché, il alla s'étendre sur le lit et sombra dans un demi-sommeil.

*
* *

Donald Hamilton secouait Malko comme un prunier. Malko s'éveilla en sursaut.

— La police! fit Donald Hamilton.

Malko bondit du lit et s'approcha de la fenêtre : une Volvo noire et blanche de la police bloquait la porte. Mathilda Larsen en émergea le visage grave. Malko tira Donald Hamilton en arrière.

— Il y a une sortie derrière?

— Non.

— Eh bien, il n'y a plus qu'à leur offrir Oganian... sur un plateau d'argent.

Mathilda Larsen les avait bien eus! Il alla à sa rencontre, contenant sa rage. Tout ce mal pour rien! C'est le K.G.B. qui allait bien rire...

*
* *

Malko et Mathilda Larsen se toisèrent sans aménité. Toute leur complicité oubliée. Les Oganian se redressèrent, une lueur de triomphe dans le regard.

Donald Hamilton se faisait tout petit.

— Il faut que je vous parle seul, dit la Norvégienne à Malko.

Malko lui désigna le bureau.

— Je suis à votre disposition.

Mathilda Larsen referma soigneusement la porte du bureau derrière elle. Elle avait repris l'attitude de leur première rencontre à Stockholm. Dignité et Devoir.

— J'ai une offre à vous faire, annonça-t-elle, qui va sûrement vous faire plaisir.

Malko eut un sourire ironique.

— Cela m'étonnerait. Vous venez chercher Oganian avec la police et vous voulez que je vous remercie...

La Norvégienne eut un sourire évasif.

— Ce n'est pas tout à fait cela. Autrement, je ne serai pas en train de parler avec vous.

Malko reprit un peu d'espoir.

— Je vous écoute.

— Je dois vous transmettre une offre, détailla Mathilda Larsen. Elle vient du responsable de la *Overvakinsgsgenesten*. Bien entendu, elle n'a rien d'officiel et serait démentie si vous en faisiez état...

Malko commença à être sérieusement intrigué.

— Au fait, dit-il.

— Nous sommes respectueux des droits des gens, continua Mathilda Larsen, avec une lenteur impitoyable, mais nous respectons nos alliés et nous avons certains problèmes. Nos services ont réalisé depuis le début de l'histoire Oganian que la pénétration soviétique dans ce pays était plus dangereuse que nos évaluations.

Voilà qui allait faire plaisir aux barbouzes de l'O.T.A.N.

— Donc, continua Mathilda Larsen, nous souhaiterions identifier les agents soviétiques opérant dans le Finnmark. Vous pourriez nous aider.

Malko ne comprenait plus du tout.

— Qu'attendez-vous de moi?

Mathilda Larsen soutint son regard, avec un sérieux imperturbable.

— Il semble que tout l'appareil clandestin du K.G.B. à Kirkenes soit mobilisé pour accueillir M. et Mme Oganian. La seule façon de les identifier, de les faire se découvrir, serait de se faire passer pour eux. La police les arrêtera ensuite, dès que l'opération sera terminée...

Malko était médusé. C'était le *deal* de John Gate? Jamais il ne se serait attendu de la part des

Norvégiens droits et candides à cette proposition tordue. Encore quelques candidats à la Médaille d'or de l'hypocrisie. Et s'il y avait de la casse, c'est sur son cercueil qu'on mettrait des fleurs. Les Norvégiens tireraient honorablement leur épingle du jeu... Une objection lui vint immédiatement à l'esprit :

— Et Rika Oganian? Je peux à la rigeur me faire passer pour Oganian, mais Milton Brabeck est loin d'avoir le charme de cette jeune femme blonde. Même en le rasant de très près.

— Je viendrai avec vous, annonça tranquillement Mathilda Larsen...

Décidément, Malko n'était pas au bout de ses surprises...

— Vous! Mais vous n'avez aucune expérience de ce genre d'opération... Cela peut-être extrêmement dangereux...

La Norvégienne eut un sourire plein de défi.

— La *Overvakingsgenesten* n'est pas la C.I.A. mais il ne faut pas nous sous-estimer.

Malko secoua la tête.

— Ce que vous proposez est idiot. On nous a sûrement repérés à l'arrivée de l'Express côtier. Ils s'apercevront tout de suite que nous ne sommes pas les Oganian.

Mathilda Larsen tenait à son idée.

— C'est ce qui peut arriver de pire, concéda-t-elle. Mais, même dans ce cas, nous en tiendrons au moins un et nous pourrons remonter la filière... Cela nous suffit.

— Bien, dit Malko. Quel serait donc votre plan?

— Suivre la filière si c'est possible jusqu'à l'extrême limite : la frontière soviétique. Au dernier moment, le Grenze-Politi interviendra.

— S'ils interviennent trop tard, souligna Malko, s'il y a la moindre erreur, nous nous retrouvons en Union Soviétique. Vous aurez encore une chance de vous en tirer, mais moi, je me retrouverai, au mieux, dans une mine de sel. Et j'ai toujours eu horreur du travail manuel.

La C.I.A. avait essayé quelques mois plus tôt d'infiltrer un agent à Boris Gleb. Il était bien passé, mais n'était jamais ressorti. Trois semaines plus tard, le gouvernement soviétique avait annoncé qu'il s'était pendu dans sa cellule de la prison de Mourmansk...

Le sourire de Mathilda Larsen devint dangereusement enjôleur.

— On dit que vous êtes très courageux. Que vous avez beaucoup de chances et que vous ne reculez devant aucun risque. En plus, je serai avec vous.

— Comme cela, je mourrai heureux, fit Malko, mi-figue, mi-raisin...

Pour la première fois depuis le début de leur conversation, la Norvégienne eut un éclat de joie authentique dans ses yeux.

— Mais non! Nos gens arriveront à temps. Vous savez, comme la cavalerie américaine contre les Indiens, dans les Westerns...

Elle semblait sincèrement s'amuser. Totalement inconsciente.

Autrement dit, les Norvégiens ne seraient pas trop regardants sur la façon dont la signature serait obtenue. Et si Oganian partait ficelé sur une civière, on pourrait toujours prétendre que c'était pour l'empêcher de tomber. C'était réconfortant de voir que la civilisation avait pénétré jusqu'à cette partie reculée du monde.

Et que tous les services secrets se ressemblaient. Raison d'Etat d'abord. Et tant pis pour la chair à canon.

L'opération offrait un risque considérable. Evidemment, il y avait peu de chance que les « locaux » aient jamais rencontré le défecteur. Le plus dangereux était le barman de Boris Gleb qui, lui, était major du K.G.B. Heureusement, il était de l'autre côté de la frontière.

Mais il restait un os. Un vrai tibia de diplodocus.

— Nous ignorons totalement ce que les Oganian devaient faire en arrivant à Kirkenes, souligna Malko. Qui ils devaient rencontrer, et où? Et, à part eux, je ne vois pas qui pourrait nous le dire.

« Il va falloir les convaincre, ajouta-t-il, plongeant ses yeux d'or dans ceux de Mathilda Larsen. Cela risque d'être désagréable et difficile.

Un ange, portant la déclaration des Droits de l'Homme sur son cœur, passa.

La Norvégienne ne se démonta pas.

— Je pense que vous êtes assez intelligent pour y arriver.

Malko se dit que s'il soumettait le problème à Milton ou à Elko, la sensibilité de Mathilda Larsen risquait d'être choquée... Il valait mieux employer la psychologie. Une idée lui traversa le cerveau.

— Très bien, dit-il. Venez et confirmez exactement ce que je dirai.

Il lui expliqua son plan. Mathilda Larsen écouta attentivement. Puis, elle dit d'une voix altérée :

— Vous êtes un monstre...

Par moment, Malko se demandait s'il n'y avait pas une parcelle de vraie dans cette affirmation. Un de ses ancêtres, trois siècles plus tôt, avait acquis une assez mauvaise réputation dans la région de Liezen, à cause de sa fâcheuse habitude de s'amuser à accoupler les jeunes paysannes de son fief aux chiens de sa meute. L'atavisme présentait certains dangers...

— Dieu est avec nous! affirma-t-il pour réconforter Mathilda Larsen.

***

Valerie Leonid Oganian resta de marbre. Comme s'il n'avait pas entendu la question de Malko. Il se tourna vers, Mathilda Larsen :

— Je croyais que vous me protégiez?

La Norvégienne soutint son regard, mais son menton tremblait un peu.

— J'ai reçu des instructions différentes...

Le défecteur serra les lèvres sans répondre. Rika Oganian retenait ses larmes, les deux mains croisées sur son ventre.

— Avec qui aviez-vous rendez-vous à Kirkenes? répéta Malko.

Oganian releva la tête.

— Inutile d'insister, je ne vous le dirai pas.

Malko eut un sourire froid et détaché.

— Très bien, je n'insiste pas. Vous allez sortir de cette maison librement.

Une brève lueur de soulagement, vite éteinte, passa dans l'œil d'Oganian. C'était trop beau.

— Qu'est-ce que cela veut dire?

— Avant, je dois vous avertir de quelque chose, continua Malko. Vous aviez échangé votre manteau avec votre compagnon, n'est-ce pas? Quand il a débarqué de l'Express côtier, ce matin, votre ami a été tué de deux balles explosives avant même qu'il mette pied à terre. Ceux qui ont tiré sur lui sont toujours à Kirkenes. Ils se sont aperçus de leur erreur et vous attendent. La police norvégienne n'interviendra pas. Vous savez de qui il s'agit. Ils sont venus de très loin et n'abandonneront pas.

Oganian leva vers Mathilda Larsen un regard plein de haine.

— Vous allez faire cette ignominie?

La Norvégienne avala sa salive, mais ne répondit pas. Morte de honte.

Malko sentit qu'elle allait craquer et vola à son secours.

— Votre femme partira d'ici la première, dit-il à Oganian. Cela sera un bon test...

Rika sursauta, tourna un regard horrifié vers son mari.

Tout à coup, ses traits parurent se liquéfier, se déformer. Elle poussa un cri rauque, se leva et se précipita sur Oganian. Accroché à lui, elle eut une vraie crise d'hystérie, pleurant, suppliant, gémissant, implorant son mari.

— Ne me laisse pas! Ils vont me tuer. Je ne peux plus. Je veux rentrer!

Elle se plia en deux, se tenant le ventre à deux mains, la voix changée :

— Mon ventre, j'ai mal.

Valeri Leonid Oganian se leva, vint s'accroupir près de sa femme, la serra contre lui, puis chercha le regard de Malko :

— Très bien, dit-il. J'accepte. Mais s'il arrive quoi que ce soit à ma femme, vous n'aurez pas un mot de moi.

Malko n'éprouva aucune joie de cette pitoyable victoire.

— Où et avec qui aviez-vous rendez-vous? demanda-t-il.

— Devant le monument aux Morts soviétiques, dit Oganian, soit à midi, soit à six heures. Je ne sais pas avec qui. Mon contact doit me dire qu'il a des oranges de Jaffa...

Malko consulta sa montre : cinq heures. Il était juste temps.

— Parmi ceux qui devaient vous accueillir il y en a-t-il qui vous connaissent personnellement?

Oganian secoua lentement la tête. Il ne comprenait pas encore tout.

— Je ne crois pas.

— Vous resterez ici, dit alors Malko. Vous devez comprendre que si vous tentiez de vous échapper vous mettriez vos vies en danger et, qu'en conséquence, vous vous exposez à une réaction brutale...

— J'ai compris, grommela Oganian.

Avec Milton Brabeck et Krisantem, les Oganian étaient en bonne main.

Malko s'approcha du « gorille » américain.

— Vous ne bougez pas d'ici tant que je n'ai pas réapparu. Et vous ne laissez personne emmener M. ou Mme Oganian. Donald assurera la liaison avec notre ami de Bodø.

Milton Brabeck eut un sourire aussi poli que sinistre.

— S'ils bougent les oreilles, ils sont morts.

Elko Krisantem ne dit rien, mais fixa Rika Oganian avec une expression telle que son fœtus dut faire un saut dans son ventre...

Mathilda Larsen avait déjà ouvert la porte. Malko la rejoignit et la prit par le bras.

— D'abord, dites à ces policiers de s'en aller, ordonna-t-il. Ensuite, nous allons rendre visite à votre ami le colonel. Je veux être sûr que tout est prévu...

Subjuguée, Mathilda Larsen marcha jusqu'à la Volvo noire et blanche. Malko se demanda quel jeu elle jouait vraiment.

*
* *

— Nous aurons un barrage ici et un autre là. Faute de franchir ces deux points, on ne peut atteindre la frontière...

Le colonel Kaas montrait deux points sur la

carte, bloquant les sorties nord et sud de Kirkenes.

Malko regarda pensivement la carte.

— Supposons qu'ils forcent ce barrage ou qu'ils le contournent. Que se passera-t-il?

— Je ne pense pas qu'ils se dirigeront vers le sud, dit le colonel, la rivière est trop large. Au nord, le poste de Boris Gleb filtrera tout le monde, et je ferai effectuer des patrouilles. De plus, j'aurai un hélicoptère prêt à intervenir. Mais vous ne risquez rien...

Il tapota la carte.

— Impossible de passer hors de la route, le terrain est trop difficile. Or, il n'y en a qu'une.

Effectivement, le dispositif semblait bien verrouiller l'accès de la frontière. Malko soupira :

— Espérons que nous n'aurons pas de mauvaises surprises. Nous sommes entièrement entre vos mains. Tenez-vous prêts. Je pense qu'ils tenteront de nous faire passer ce soir... Et ne sous-estimez pas les Russes. Autrement, nous nous retrouvons à Vorkuta [1].

Il eut une pensée fugitive pour Alexandra et pour son château. C'était idiot de finir une balle dans la tête dans la toundra sibérienne... Mais il était pris dans l'engrenage.

Mathilda Larsen ne semblait pas partager son inquiétude. De nouveau, Malko la sentait ouverte à son charme. Comme si elle avait été heureuse de vivre cette aventure avec lui.

***

Bien que l'énorme soldat de bronze ne soit qu'à dix mètres, on distinguait à peine sa silhouette tant la neige tombait drue. De temps en temps, Malko

[1] Célèbre camp de concentration de Sibérie.

mettait en marche les essuie-glaces de la Volvo. Le chauffage marchait sans arrêt comme le moteur. Il était six heures et demie et rien ne s'était encore passé.

Mathilda Larsen, bougea, mal à l'aise. Comme si elle réalisait enfin les dangers de leur entreprise.

— Je n'ai pas l'air très enceinte, dit-elle. A propos, quelle langue suis-je supposée parler?

— L'hébreu et l'anglais, dit Malko. Dieu merci, l'hébreu est encore peu répandu à Kirkenes.

De temps en temps, un piéton passait près de la Volvo, mais personne ne s'était encore arrêté!

— J'ai peur que votre beau plan ne tombe à l'eau, dit Malko. Ils ont dû découvrir quelque chose et nous allons rester ici jusqu'à la Grande Nuit...

Mathilda n'eut pas le temps de répondre. On venait de frapper un coup léger contre la glace de la portière de Malko. Ce dernier sentit un brusque picotement sur le dessus de ses mains : signe du danger... Il empoigna son pistolet de la main droite et commença à baisser la glace de la gauche.

Si l'envoyé du K.B.G. le reconnaissait, il avait intérêt à être très rapide...

CHAPITRE XIII

Un visage ouvert aux traits épais, des yeux très bleus, une chapka noire... Une silhouette athlétique. L'homme était inconnu de Malko.

Il examina d'un coup d'œil l'intérieur de la Volvo, puis dit aussitôt en anglais :

— J'ai des oranges de Jaffa.

— Je suis Valeri Leonid Oganian, répondit Malko.

Le visage de l'homme s'éclaira aussitôt.

— Partons vite, dit-il.

Il monta dans la Volvo à l'arrière et, dès qu'il fut à l'intérieur, ôta sa chapka, serra vigoureusement la main de Malko. C'était un géant blond, au visage taillé à coups de serpe, avec des yeux bleus perçants.

— Vous avez fait bon voyage?

— Difficile, dit Malko. Il y avait beaucoup de neige sur la route, c'est pourquoi nous sommes en retard. Nous sommes très fatigués, ma femme et moi. J'espère que nous partirons ce soir.

Le Norvégien se rembrunit.

— C'est impossible, malheureusement. Quand j'ai vu que vous n'étiez pas là à midi, j'ai décommandé le dispositif. Mais demain vous serez en sûreté...

« Les problèmes commencent », se dit Malko.

— Où allons-nous, alors?

— Dans un endroit sûr, affirma le Norvégien. Il dit à Malko de remettre en route, et ils desdendirent tout doucement vers le centre de Kirkenes, passant devant le bâtiment de la police... Puis, le Norvégien lui fit remonter vers la sortie nord-ouest, une petite artère enneigée calme et déserte. Presteveien. Enfin, à la hauteur d'une grande construction moderne, ils obliquèrent dans un raidillon en pente pour finalement s'arrêter devant une petite porte. Leur guide sortit le premier, l'ouvrit et leur fit signe d'entrer.

Malko et Mathilda entrèrent dans un bureau dépouillé et anonyme. Le grand bâtiment semblait désert. Le Norvégien, leur « hôte », ferma la porte à clef et leur fit face, radieux :

— Je m'appelle Kyrre Hansen, dit-il. Je suis heureux de vous aider.

Il sortit une bouteille d'aquavit de sous le bureau et trois verres, les remplit. Ils trinquèrent. Malko sentait Mathilda terriblement tendue. Pourvu qu'elle ne se coupe pas... Il se demandait où ils se trouvaient.

— Où sommes-nous? demanda-t-il.

Le Norvégien eut un rire finaud.

— Au Badstva-Swøhne Basseng [1]. Je suis le directeur et j'ai toutes les clefs. A partir de six heures, il n'y a personne. Ici, c'est mon bureau et à côté, il y a une pièce où loge normalement le gardien. Mais il est malade, à l'hôpital. C'est dans son lit que vous allez coucher.

Il ouvrit une porte et montra un lit avec l'éternel édredon à la norvégienne.

Malko commençait à se détendre un peu. Visiblement, le Norvégien n'avait aucun soupçon de leur

[1] Sauna-piscine municipale.

véritable identité... Mais ils étaient à la merci d'une question banale. Par exemple qui avait donné la Volvo rouge aux Oganian? Heureusement qu'il avait son pistolet extra-plat.

Il remarqua :

— C'est fantastique de nous aider ainsi. Vous prenez de gros risques...

Kyrre Hansen eut un rire gai.

— J'en ai couru de pires pendant la guerre contre les Allemands! J'étais en Russie et je venais effectuer des opérations de partisans ici, quand les Allemands occupaient la ville. Beaucoup de mes camarades sont morts. Et je n'ai pas oublié que ce sont nos amis russes qui nous ont fait retrouver la liberté. Aussi, je suis content de leur donner un coup de main maintenant...

— Je crois que nous allons nous coucher... dit Malko.

Moins ils parleraient, mieux cela vaudrait...

— Bien sûr, bien sûr, fit Kyrre. Vous êtes fatigués. Je vais aller prévenir de votre arrivée, cacher votre voiture et je reviendrai. Je coucherai dans le bureau dans un sac de couchage. C'est plus sûr.

Il ouvrit un tiroir de son bureau et fit sauter pensivement un objet oblong et noir dans sa main, avant de le mettre dans la poche de sa canadienne...

Malko reconnut une grenade quadrillée... De quoi tuer cinquante personnes.

— Souvenir de guerre, dit joyeusement le Norvégien... Cela peut servir. Nous n'avons pas que des amis ici, avec ces fichus Américains. Il paraît qu'ils veulent que le pipe-line du gaz sibérien se termine ici. Nous n'aurons plus de poissons dans nos lacs...

Malko le coupa, « inquiet ».

— Comment allons-nous passer la frontière?

Kyrre Hansen eut un sourire rassurant :

— Ne craignez rien. Il n'y a rien de plus facile.

— Mais les patrouilles? demanda Malko.

Kyrre eut de nouveau son sourire finaud :

— Nous connaissons leurs heures. Quelqu'un nous renseigne. Nous sommes très forts. Comme du temps des Allemands...

— C'est fantastique, dit Mathilda Larsen d'une voix blanche, en anglais.

Kyrre Hansen avait déjà la main sur le bouton de la porte. Il se retourna et dit :

— *Nié skoutchaytié no dielaytié gloupastiey na krovatié!* [1]

Instantanément, le cerveau de Malko réagit. Dieu merci, lui aussi parlait russe. Avec l'accent, mais le Norvégien ne semblait pas le parler parfaitement non plus...

— Nous sommes trop fatigués, fit-il, dans la même langue.

Hansen sourit.

— Cela fait plaisir de parler russe...

Il referma la porte. Le moteur de la Volvo gronda. Malko regarda Mathilda Larsen. Est-ce que le partisan avait voulu leur tendre un piège? Est-ce qu'il se méfiait ou, seulement, aimait parler russe.

— Cela marche au-delà de nos espérances, remarqua-t-il. Je crois que, pour l'instant, il n'y a qu'à se coucher...

Elle le suivit comme une automate, commença à ôter ses bottes. Lorsqu'il ne lui resta plus que ses collants et un pull-over, elle se glissa rapidement sous l'édredon. Elle avait des jambes superbes, pleines et longues. Aussitôt, elle se tourna contre le mur.

Malko se dit qu'il avait bien droit à une petite revanche. Tranquillement, il se déshabilla entière-

[1] Ne vous ennuyez pas, mais ne faites pas de folies sur le lit!

ment et, nu, se glissa à son tour dans le lit. Mathilda se rencogna encore un peu plus de son côté.

*
* *

Janos Gyarmathy, le pianiste hongrois, avait fait plusieurs fausses notes depuis le début de la soirée, mais personne ne l'avait remarqué. Il était nerveux. Les choses ne se passaient pas comme prévu. Les Oganian s'étaient volatilisés au lieu d'être à Kirkenes à midi. Le jeune Arne Jacobsen, envoyé pour intercepter les agents de la C.I.A., avait disparu également. La seule bonne nouvelle était l'arrestation des deux Israéliens, assassins de Piotr Sevchenko. Mais le major Kosarev allait être furieux de la perte de ce dernier que le vieux Jacobsen était allé accueillir à l'arrivée de l'Express du Nord. Il n'avait pu sauver leur camarade, mais, au moins, avait repéré leurs adversaires.

Ce qui était incroyable, c'était la disparition de son fils, Arne. Pourtant, on ne se volatilisait pas ainsi avec un camion...

Sans cesser d'effleurer les touches de son harmonium, Janos Gyarmathy gardait un œil sur Donald Hamilton en train de déguster son éternel cognac au bord de la piste de danse. Il y avait une certaine ambiance à cause du dîner offert par le Conseil municipal de Kirkenes.

Sonia, la grande serveuse, passa près de lui, portant son plateau. Elle s'arrêta, ramassant un verre vide et souffla :

— Ils sont arrivés. Mais il y a eu du grabuge. On va avoir besoin de toi... A tout à l'heure, dans ta chambre.

Janos Gyarmathy, cette fois, ne fit pas de fausse note. Tuer était son travail habituel. Il se dit seulement qu'il risquait encore de se coucher très tard...

*
* *

Le vieux Petter Jacobsen frottait ses mains calleuses l'une contre l'autre d'un air absent, encore plus voûté que d'habitude. Il avait passé des années à piocher le charbon et son dos ne s'était jamais complètement redressé. Ses yeux semblaient encore plus bleus que d'habitude dans son visage rude creusé de rides profondes. C'était un homme simple et pudique et il ne savait pas pleurer.

Il leva la tête vers Sonia et Janos debout près du lit où il s'était assis.

— Ils l'ont étranglé, gronda-t-il. Comme un lapin pris au collet. Il était tout bleu...

— Comment l'as-tu trouvé? demanda doucement Sonia.

Cela le soulageait de parler.

— J'ai suivi la route. Partout où il aurait pu avoir un accident. Le camion n'avait pas coulé complètement. La glace l'avait pris. Avec une gaffe j'ai retrouvé le corps de Arne. Il allait avoir vingt-trois ans... Sa mère ne sait pas.

Sonia fixait le visage tragique du vieux mineur, bouleversée. C'était un de leurs plus fidèles compagnons. Dix ans plus tôt, il avait purgé trois ans de prison pour espionnage au profit de l'Union Soviétique. Il était ressorti plus communiste que jamais... Pendant la guerre, il avait, lui aussi, été entraîné à Mourmansk. C'est lui qui avait proposé son fils pour stopper les agents américains...

— Il faut venger Arne, dit fermement Sonia.

Janos Gyarmathy ne renchérit pas. La vengeance ne faisait pas partie de son univers.

— J'ai mon fusil, fit sombrement Petter Jacobsen. Quand l'Américain va sortir, je vais le tuer. Puisque les autres sont partis.

Janos Gyarmathy commença à montrer quelques signes de nervosité. On l'avait convoqué pour un travail sérieux et il se trouvait en pleine vendetta.

— C'est imprudent, remarqua-t-il.

Le vieux mineur haussa les épaules.

— Je suis vieux, je n'ai rien à perdre. Même si je retourne en prison, cela m'est égal...

Mais à Sonia, cela ne lui était pas égal... Des hommes comme Petter étaient précieux. Ils avaient assez servi le Parti pour qu'on les aide à leur tour. Elle posa la main sur l'épaule de Petter Jacobsen.

— Petter, nous allons t'aider.

Janos ouvrit la bouche pour dire quelque chose, puis se rappela à temps que Sonia prenait ses ordres directement du major Mischa Kosarev. Quoiqu'il arrive, il était couvert.

***

Malko, qui ne dormait pas, entendit s'ouvrir la porte du bureau. A tout hasard, il empoigna la crosse de son pistolet extra-plat glissé sous le lit. La porte de la pièce s'entrebâilla et la voix de Kyrre Hansen demanda doucement :

— Vous dormez?

— J'arrive, fit Malko.

Il passa un pantalon et, torse nu, rejoignit le Norvégien dans le bureau voisin. Kyrre Hansen semblait contrarié et inquiet.

— Qu'y a-t-il? demanda Malko, pressentant la catastrophe.

Le Norvégien hocha la tête.

— Une vilaine histoire. Les Américains ont tué l'un des nôtres. Un brave petit qui avait accepté de rendre service, ce matin...

— Qu'est-il arrivé? demanda Malko.

— Il devait les empêcher de vous intercepter. Je

ne sais pas ce qui s'est passé. On l'a retrouvé mort, noyé dans un lac.

Malko revit le hippie dans son camion. Elko Krisantem y avait été un peu fort...

— Je vais coucher ici, annonça Kyrre Hansen. Si ces salauds tentaient quelque chose, nous pourrions les recevoir.

Il sortit la grenade de sa poche et la fit sauter dans sa main.

— Pendant la guerre, fit-il rêveusement. On foutait une grenade dégoupillée dans le pantalon des SS...

— Qu'allez-vous faire? demanda-t-il.

Kyrre Hansen eut un sourire glacial.

— Moi, rien. Je veille sur vous. J'ai prévenu que vous étiez enfin arrivés. Mais les camarades vont s'occuper de venger notre ami. Dès ce soir, c'est le chef des Américains qui va payer, puisqu'on ne sait pas où sont les autres...

Il commença à déboutonner sa chemise. Malko repartit dans leur chambre et secoua doucement Mathilda Larsen qui s'éveilla en sursaut.

— Qu'y a-t-il? murmura-t-elle d'une voix effrayée.

— Ils vont s'attaquer à Donald Hamilton.

La Norvégienne se serra peureusement contre lui. Son corps puissant et ferme était brûlant.

— Il faut faire quelque chose, dit-elle. Le prévenir...

Malko resta silencieux. L'Américain ne devait se méfier de rien et n'était pas fait pour la bagarre. C'était horrible de le laisser ainsi sans défense.

— La seule façon serait d'arrêter Kyrre Hansen, de sortir d'ici et d'aller prévenir Hamilton s'il est encore temps, murmura-t-il.

Mathilda Larsen médita presque une minute, puis dit d'une voix faible :

— J'espère qu'il s'en sortira.

Le sort de Donald Hamilton était scellé.

Ils restèrent tous les deux dans un silence insupportable, tendus, nerveux, guettant les bruits. Mais Kyrre Hansen semblait s'être endormi.

Mathilda Larsen respirait lourdement.

Il ne pouvait s'empêcher de penser au visage de perroquet triste de Donald Hamilton. A côté de lui, Mathilda Larsen gardait une immobilité de marbre. Mais elle ne dormait pas. Il entendit un bruit léger.

Elle pleurait.

*
* *

David Hamilton en était à son troisième verre de cognac. Le Gaston de Lagrange laissait sur son palais un goût fort et doux à la fois.

Peu à peu, une rassurante euphorie diluait son angoisse. Il avait laissé les Oganian sous la garde de Krisantem et Milton Brabeck et ne se faisait pas trop de souci. Mais le sort de Malko et de Mathilda l'inquiétait. C'est la première fois qu'il se trouvait mêlé à une action « noire », activité complètement différente de son rôle de « *covert political action* »

Il avait bien pensé ne pas venir au *Turist-Hotel* ce soir, mais il y venait tous les soirs. Son absence risquait d'alerter leurs adversaires.

Il était onze heures et demie, il était un des derniers clients. Depuis longtemps, le pianiste avait rangé son orgue et disparu. Donald Hamilton n'avait plus rien à faire. Même Sonia, la serveuse sculpturale, était partie. Il laissa cent couronnes sur la table et sortit de la salle à manger. Il était venu à pied, bien qu'il neige.

Cela lui fit du bien de retrouver la fraîcheur de la nuit. La neige s'était arrêtée de tomber. Le froid vif était encore supportable. Il s'engagea dans

Pasvikveien totalement déserte, Kirkenes dormait déjà. Le fjord brillait sous la lune éclairé de la lumière glaciale et spectrale que le reflet de la neige répand dans les soirées du nord. Il se dit que c'était une nuit idéale pour franchir la frontière clandestinement. La température allait encore tomber.

Des pas firent crisser la neige derrière lui. Il se retourna. Deux hommes étaient sortis du *Turist-Hotel,* un peu après lui. Probablement des clients attardés du bar. Ils marchaient vite, sans parler, se rapprochant de lui. Une brusque angoisse étreignit Donald Hamilton. A sa droite, Pasvikveien était bordée de bois. A gauche, il y avait quelques maisons éteintes. Il réprima une furieuse envie de courir se réfugier dans l'une d'elles. Mais le respect humain l'en empêcha. De quoi aurait-il eu l'air?

Les deux hommes arrivaient à sa hauteur. Une voix bizarre dit :

— Bonsoir, monsieur Hamilton.

Automatiquement, Donald Hamilton tourna la tête. Il eut le temps de reconnaître le pianiste du *Turist-Hotel.*

Celui-ci brandit un objet noir vers son visage.

Donald Hamilton, qui n'était pas armé, ouvrit la bouche pour crier. Il y eut un léger chuintement et il sentit un froid glacial lui paralyser le visage. Puis, il eut l'impression qu'une main d'acier lui écrasait le cœur. Tout cessa d'exister pour lui. Il tituba, cherchant désespérément son souffle, tomba à genoux dans la neige fraîche, puis de tout son long à plat-ventre.

***

La vieille Volvo grise conduite par Sonia s'arrêta à la hauteur du corps étendu. Sans un mot, les deux hommes le tassèrent par terre à l'arrière et montèrent dans le véhicule.

— Personne ne vous a vus? demanda Sonia en russe.

— Personne, répondit Janos Gyarmathy.

Petter Jacobsen demeura silencieux. Il ne se sentait pas vraiment vengé. Cela avait été trop vite. Il n'avait servi à rien!

— Où va-t-on le mettre? demanda Janos.

— J'ai une idée, dit Petter Jacobsen. Fais demi-tour.

***

Malko se réveilla le premier. Il écouta. Aucun bruit dans la pièce voisine. Mathilda dormait sur le ventre, tenant son oreiller à pleins bras, la croupe offerte, les jambes légèrement ouvertes dans une attitude d'abandon total.

La pensée de Donald Hamilton ramena Malko à la triste réalité.

Il fallait essayer d'entrer en contact avec l'Américain. S'il était encore temps. Il se leva doucement, sans que Mathilda bouge, s'habilla. Ecouta. Le silence. Il glissa son pistolet extra-plat dans sa ceinture et tourna le bouton de la porte. Le bureau était vide. Kyrre Hansen était parti. Mais il n'y avait pas de téléphone.

Il traversa le bureau et alla jusqu'à la porte. Un seul regard lui suffit : elle était fermée à clef et il n'y avait pas la clef... Ils étaient enfermés. Soit que le Norvégien se méfie d'eux, soit qu'il soit très prudent.

Furieux et déçu, Malko retourna dans la chambre. Ils étaient condamnés à jouer jusqu'au bout leur rôle d'évadés...

⁂

Le chauffeur du bus Alta-Kirkenes freina. Un homme se tenait sur le bas-côté de la route, dans la brume matinale. Souvent, des fermiers arrêtaient ainsi l'autobus, en dehors des haltes régulières. Le chauffeur ralentit encore et s'arrêta, dépassant un peu l'homme qui attendait.

Il jeta un coup d'œil dans le rétroviseur et vit avec surprise qu'il n'avait pas bougé. Cette immobilité lui parut étrange.

Sans réfléchir, il mit son frein à main, sauta à terre et se dirigea vers la silhouette immobile. Arrivé à un mètre de lui; il s'arrêta brusquement et poussa un juron étranglé.

C'était un mort qui était debout dans la neige. Gelé, raide comme un bonhomme de glace, les yeux glauques, le bras gauche le long du corps, le bras droit tendu vers le lac, comme un horrible signal. La neige s'était engouffrée dans la bouche ouverte, la remplissant.

Le chauffeur n'arrivait pas à détacher les yeux de l'abominable apparition. Les partisans russes, pendant la guerre, plantaient ainsi les SS qu'ils faisaient prisonniers, aux carrefours de la forêt. Et les laissaient geler vivants. Mais la guerre était finie depuis trente ans.

Il se signa machinalement. Dans les vieilles icones de Carélie, l'enfer est représenté par des blocs de glace.

CHAPITRE XIV

Ingrid Lantz achevait d'enfiler ses bottes lapones en cuir de renne, à la pointe relevée comme des babouches quand son mari rentra. Plein de neige, gelé et de mauvaise humeur. Le colonel Kaas l'avait expédié en patrouille au beau milieu de la nuit. Il avait enlisé son scooter des neiges dans un trou et lutté une heure avant de se dégager. Par — 20°.

La vision de sa femme maquillée, les jambes gainées de cuir, le ragaillardit. Elle était aussi fine et menue qu'il était massif. Toujours un peu absente. Elle ne disait jamais un mot plus haut que l'autre, impassible même quand il lui faisait l'amour. Il l'embrassa.

— Où vas-tu?

— Au Badstva, dit-elle d'une voix égale.

Elle se redressa, avec un sourire indifférent, mit le pied sur une chaise pour lacer sa botte et, dans ce mouvement, découvrit sa cuisse très haut, jusqu'au slip blanc. Le sang du lieutenant Lantz ne fit qu'un tour. Il se rapprocha et voulut la caresser. Au contact du renflement tiède du slip, ses doigts se crispèrent involontairement. Ingrid poussa un cri :

— Tu as les mains froides!

Il s'en doutait.

— Réchauffe-les moi.

— Je te dis que j'allais au Badstva, fit Ingrid. Ce soir.

D'habitude Jens Lantz se prêtait aux caprices de sa jeune femme. Mais cette résistance inattendue l'exaspéra. Il lâcha prise, mais des deux mains, la saisit aux hanches. Elle se débattit, en équilibre sur une jambe. Brutalement, il la fit tomber à genoux sur le tapis, face aux canapé, lui rabattant la jupe de tweed sur le dos. Il tira son collant sur ses cuisses, se défit lui-même rapidement.

Ingrid essaya de se débattre.

— Tu es fou! cria-t-elle.

Sauvagement, il s'enfonça en elle, avec la délicieuse impression de la violer.

Elle hurla, chercha à lui échapper.

Mais son mari enfonçant ses doigts dans ses hanches élastiques, commença à lui faire l'amour comme il ne l'avait pas fait depuis les bords du lac Inari, l'été, quand ils étaient fiancés. Très vite, la chair délicate s'assouplit pour l'accueillir. Ingrid ne criait plus. Elle gémissait, s'offrant à ses coups de boutoir. Il s'enfonça une ultime fois, envoyant sa semence le plus loin possible, se releva d'un bond et lui claqua les fesses :

— Maintenant, tu peux aller à ton Badstva!

Ingrid se redressa sans un mot. De nouveau, le visage lisse, comme si rien ne s'était passé. Elle se dit que c'était la première fois depuis longtemps qu'elle avait failli éprouver du plaisir.

***

Kyrre Hansen semblait de meilleure humeur. Il avait apporté la charcuterie et les poissons qui font le lot habituel des petits déjeuners norvégiens et regardait Malko et Mathilda se restaurer.

— L'Américain a payé, annonça-t-il, d'une voix égale.

Mathilda blêmit et Malko eut du mal à dissimuler sa rage. Ainsi, ses pires craintes s'étaient réalisées.

— Qu'est-il arrivé? demanda-t-il.

Le Norvégien haussa les épaules.

— Les camarades ont vengé Arne, dit-il sobrement. Vous devez vous en réjouir. C'était le plus dangereux. Les autres ne sont que des hommes de main...

Impossible de savoir s'il se moquait d'eux ou s'il était de bonne foi. Malko échangea un regard avec Mathilda. Leur position devenait de plus en plus inconfortable.

— Quand partons-nous? demanda-t-il.

Kyrre Hansen but une grande gorgée de lait.

— Ne craignez rien. Il n'y a rien de changé pour vous.

Malko voulut en avoir le cœur net.

— Quand j'étais en Suède, dit-il, j'ai été pourchassé par des Américains et des Israéliens. Que sont-ils devenus?

Kyrre Hansen eut un sourire rassurant.

— Pour les Israéliens, ne vous en faites pas. Ils ont été arrêtés après avoir assassiné votre ami Piotr. Je ne voulais pas vous le dire, pour ne pas vous troubler. Quant aux Américains, ils doivent vous chercher du côté de Vadsø. On ne les a pas revus par ici.

— Vous ne craignez pas que les Norvégiens renforcent la surveillance de la frontière? demanda Malko.

Kyrre Hansen secoua la tête.

— Là où nous passerons, il n'y a pas de problème.

Malko sentit un frisson désagréable le long de sa

colonne vertébrale. Le Norvégien était trop sûr de lui pour bluffer... Si les Russes le prenaient, jamais il ne reverrait l'Ouest. Certains agents de la C.I.A. croupissaient depuis des années dans des prisons chinoises ou russes, otages de la guerre froide.

Il réprima une furieuse envie de se lever et de partir.

— Espérons que tout se passera bien, dit-il à voix haute.

— Sûrement camarade, fit Kyrre Hansen. J'y veillerai.

Il jouait avec sa grenade défensive, une lueur dangereuse et gaie dans ses yeux bleus.

*
* *

Ingrid s'allongea avec délices sur les planches lisses du Badstva. C'était un sauna sec, sans vapeur.

La chaleur venait de conduites chaudes dissimulées derrière les parois de bois de la petite pièce.

Avec cette méthode, on pouvait supporter des températures de 125° ou 135°...

C'était délicieux après le froid du dehors. Sonia, assise à côté d'elle, l'observait avec une expression ambiguë.

Les deux femmes étaient nues, seules dans le petit sauna. A cette heure matinale, les habitants de Kirkenes travaillaient. Sonia avait gardé son inamovible chignon. Ingrid laissa glisser son regard sur son corps lourd et solide, presque le corps d'un homme, à part les hanches et la poitrine. Peu à peu la vapeur envahissait le sauna.

— Pourquoi viens-tu si tard? reprocha Sonia.

Ingrid s'allongea sur le dos, sur une des larges marches de bois, dans une attitude innocemment provocante, les jambes ouvertes. Elle sentait avec volupté la chaleur imprégner sa chair la plus secrète.

— A cause de Jens. Il est arrivé au moment où j'allais partir et... (Elle ajouta après quelques secondes.) Il m'a fait mal. Il est tellement brutal.

Instantanément, l'expression de Sonia s'adoucit. Elle se pencha vers la jeune femme et l'embrassa.

— Pauvre petite colombe.

Elle se laissa glisser aux pieds d'Ingrid, à genoux sur les planches imprégnées de vapeur, la tête appuyée contre une de ses cuisses. Ingrid ferma les yeux. Elle n'aurait jamais pensé que les doigts de Sonia fussent aussi adroits, efficaces, exercés. Allongée sur les planches, elle ne sentait plus la dureté du bois, se laissant entraîner dans l'orgasme sans résistance. Elle s'ouvrait et se tendait, allant au-devant de la main qui la fouillait inexorablement. Comme si Sonia avait voulu effacer le passage de Jens. Ingrid poussait de petits gémissements, guidait Sonia d'interjections honteuses, murmurées. Depuis qu'elles se connaissaient, c'est toujours elle qui subissait. Elles s'étaient rencontrées par hasard un jour au Badstva. Tout de suite, elle avait été séduite par la sûreté de Sonia, par son allure masculine.

La serveuse avait pratiquement violé Ingrid. La sensation que cette dernière avait ressenti était d'une intensité sans commune mesure avec ce qu'elle avait connu : elle était revenue au Badstva deux fois par semaine.

Ingrid trembla de toute sa chair, accrocha ses doigts dans le chignon de Sonia, comme pour la maintenir contre elle. Puis elle eut l'impression qu'une lave brûlante débordait d'elle, et glissa sur la marche inférieure, hoquetant, les jambes raides, étirées.

Sonia chercha son regard, une expression trouble dans les yeux.

— Tu as hurlé, ma colombe...

Ingrid baissa la tête : elle avait honte. Les deux femmes se relaxèrent plusieurs minutes, en silence. Puis Sonia demanda :

— Ton mari repart en patrouille ce soir?

Ingrid répondit sans hésiter.

— Oui, je crois. Il est de service au poste de Boris Gleb.

Nouveau silence. Puis Sonia demanda d'un ton enjoué :

— Les deux types de la route de Mourmansk sont toujours amoureux? Ils viennent toujours retrouver leurs petites amies à l'école de Tårnet?

Ingrid sourit.

— Oui.

Sonia se mit debout, attira Ingrid contre elle avec espièglerie. Cette dernière sentit le pubis dur heurter son ventre et fut de nouveau troublée.

— Je dois aller travailler, dit Sonia.

Ingrid pensa que c'était une très bonne journée. Sonia demanda doucement :

— Si ton mari n'est pas là ce soir, pourquoi ne viens-tu pas chez moi. Ce sera plus gai. Je vais te laisser la clef.

— Si tu veux, fit Ingrid.

***

La journée passait lentement. Malko broyait du noir. Kyrre Hansen ne s'était absenté que deux fois, pour une dizaine de minutes. De l'autre côté du building, ils entendaient du bruit, des cris, des rires. Les enfants jouaient à la piscine.

Impossible de savoir ce qui se passait. Mathilda

semblait très affectée par la mort de Donald Hamilton. La Norvégienne avait proposé à Malko de tout laisser tomber, de prévenir la police et de faire arrêter Kyrre Hansen. Et tant pis pour le reste de l'opération! Malko avait refusé.

Cela ne ressusciterait pas Donald Hamilton s'il était mort. Et il perdrait définitivement Valeri Leonid Oganian.

Mathilda remarqua :

— La nuit tombe.

Il était tout juste quatre heures.

Les jours étaient de plus en plus courts... Déjà, le soleil ne s'élevait jamais au-dessus de l'horizon. Malko regarda Mathilda Larsen :

— Vous êtes certaine du colonel Kaas? Vous avez entendu ce qu'a dit Kyrre Hansen ce matin. Il se fait fort de passer à travers les mailles du filet...

— C'est vrai, reconnut la Norvégienne, mais il ne sait pas que le colonel est sur ses gardes.

Leur discussion fut interrompue. Kyrre Hansen venait de rentrer dans le bureau. Malko s'approcha de la porte. Le Norvégien n'était pas seul. Il parlait avec animation. Tout à coup, une voix de femme lui répondit. Malko écouta attentivement : la voix de la femme lui était familière. Il se baissa et colla son œil au trou de la serrure...

Très vite, la femme qui parlait avec Kyrre Hansen passa dans son champ de vision.

Il eut l'impression de recevoir un bulldozer dans l'estomac! Se retournant, il demanda à Mathilda Larsen :

— Savez-vous qui est là, avec Kyrre Hansen?

Mathilda secoua la tête :

— Non.

— La serveuse du *Turist-Hotel.*

— Quoi!

La Norvégienne était stupéfaite. Malko se rapprocha et précisa.

— Elle nous a vus. Elle sait que nous ne sommes pas les Oganian.

Mathilda Larsen n'eut pas le temps de répondre : la porte de communication s'ouvrait.

CHAPITRE XV

Kyrre Hansen s'effaça pour laisser passer Sonia avec un sourire joyeux.

— Voilà nos amis! annonça-t-il en russe.

Sonia, engoncée dans un manteau de vison noir passa la porte et s'arrêta net en voyant Malko et Mathilda Larsen. Son visage refléta une surprise intense, puis aussitôt, une rage incroyable. D'un bloc, elle se retourna.

— Americaner!

Le sourire de Kyrre Hansen se figea. Il réagit avec une rapidité fulgurante. Plongeant la main dans sa poche, et en ressortant sa grenade défensive qu'il dégoupilla d'un geste sec. Malko avait sorti son pistolet, mais c'était déjà trop tard.

— Lâchez ce pistolet, gronda le Norvégien.

Malko hésita. Il vit les doigts de Kyrre Hansen se desserrer autour de la cuillère de la grenade. S'il déclenchait le détonateur, plus personne ne pourrait rien... Une grosse veine battait sur la tempe du Norvégien. Malko comprit qu'il était vraiment prêt à tous les faire sauter plutôt que de les laisser partir.

Il jeta son pistolet extra-plat sur le lit. Aussitôt Sonia se précipita et l'empoigna. Les yeux flamboyants de haine, elle vint se planter devant Mathilda :

— Qui êtes-vous? aboya-t-elle.

Mathilda soutint son regard.

— Je travaille pour la *Overvakingsgenesten,* dit-elle doucement. Vous feriez mieux de venir avec nous.

Sans répondre, Sonia la gifla à toute volée. Deux fois les larmes jaillirent dans les yeux de Mathilda. Elle esquissa un geste contre Sonia. Aussitôt, celle-ci fit un pas en arrière et braqua le pistolet sur Mathilda.

— Allez, salope! siffla-t-elle. Avance. Ou je te mets une balle dans le ventre.

Mathilda se figea. Malko vit ses lèvres trembler. Mathilda reprit son sang froid.

— Si vous me tuez, dit-elle, vous passerez le reste de votre vie en prison.

Sonia haussa les épaules.

— Idiote! Ce soir nous serons tous en Union Soviétique.

Mathilda Larsen ne put se retenir.

— Jamais vous ne passerez la frontière! cria-t-elle. Nous vous attendons.

Malko aurait voulu la faire taire. Sonia se calma instantanément, baissa son pistolet. Avec un sourire mauvais.

— Tiens, tiens. Mais tu vas nous rendre service!

Mathilda se mordit les lèvres. Sonia s'approcha tout près d'elle et murmura avec une méchanceté incroyable :

— Si tu ne parles pas, je t'arracherai moi-même les pointes des seins avec des tenailles.

Comme si elle en avait assez dit, elle vint se planter devant Malko, le pistolet braqué sur lui.

— Qui êtes-vous?

— Vous le découvrirez assez tôt, fit Malko.

Avec l'espoir de l'inquiéter, Kyrre Hansen, qui tenait toujours sa grenade à la main, s'approcha :

— C'est vous qui avez tué Arne?

— Je ne sais pas qui est Arne, dit Malko.

Il fallait avant tout gagner du temps. Le regard des yeux dorés soutint celui des yeux bleus du Norvégien. Celui-ci grommela quelque chose entre ses dents, puis recula. La découverte de leur subterfuge allait bouleverser les plans de leurs adversaires.

Sonia reprit la première son sang-froid.

— Attache-les, ordonna-t-elle, et va...

Elle avait parlé russe. Kyrre Hansen l'interrompit vivement.

— Attention, il parle russe!

Sonia jeta un coup d'œil vipérin à Malko et continua en norvégien, regardant Mathilda :

— N'essayez pas de vous évader.

Kyrre Hansen était sorti de la pièce. Il réapparut avec un rouleau de cordelette blanche. Il entreprit de ligoter d'abord Malko et ensuite Mathilda. Sans aucune douceur, tirant les nœuds aussi fort qu'il le pouvait. Mathilda laissa échapper un petit cri quand il ramena ses poignets derrière son dos.

Sonia les contemplait pensivement, les mains dans les poches de son manteau de fourrure.

— Où est Oganian? demanda-t-elle.

C'est la question que Malko attendait depuis le début.

— Hors de votre portée, dit Malko. A Bodø, dans les installations de l'O.T.A.N.

Sonia secoua la tête.

— Vous mentez! Vous n'avez pas eu le temps. Mais vous nous direz vite où il est. Vous, ou votre amie.

Le ton de sa voix fit froid dans le dos à Malko. Sonia se tourna vers Kyrre Hansen.

— J'ai une idée. Le Badstva est fermé au public aujourd'hui.

— Oui. Jusqu'à lundi matin.

— Parfait. On va les y mettre.

Kyrre Hansen ne discuta pas. Sans hésiter, il chargea Malko sur ses larges épaules. Ils suivirent des couloirs froids, arrivèrent à une minuscule pièce avec un large bat-flanc de bois sur lequel le Norvégien laissa tomber Malko sans douceur. Trois minutes plus tard, Mathilda fut déposée de la même façon.

— Mets le sauna en marche. Au maximum.

— La température va monter jusqu'à 150°, remarqua le Norvégien. Ils risquent d'étouffer ou de mourir s'ils ont le cœur fragile... On ne doit rester qu'une demi-heure.

Sonia ricana :

— Ils sont trop jeunes pour cela. Ils vont cuire en attendant que je revienne...

Ils sortirent du sauna, et Kyrre verrouilla la lourde porte. Aussitôt Malko demanda :

— Vous croyez que votre colonel va nous sortir de là?

Mathilda se força à sourire :

— Sûrement.

Sa voix n'était pas aussi ferme qu'elle l'aurait voulu. Personne ne savait où ils se trouvaient. Et dans quelques heures, ils seraient peut-être en Union Soviétique.

— J'espère que mes amis vont réagir, dit Malko. Mais ils ne connaissent pas le pays...

La chaleur sèche commençait à filtrer à travers le bois. Pour les faire bouillir, comme avait dit la douce Sonia. Malko se souvint d'une aventure semblable, aux Caraïbes, quelques années plus tôt. Il avait bien failli périr brûlé vif... Pourvu que Milton Brabeck et Elko Krisantem fassent quelque chose avant de le laisser transformer en pot-au-feu...

— Ils bluffent, dit-il. Ils ne veulent pas nous tuer.

Il n'en était pas absolument certain. Ils avaient découvert trop de choses.

*
* *

Janos Gyarmathy, le pianiste, lissait nerveusement ses cheveux plats. Son visage poupin avait une expression tendue. En l'absence du major Mischa Kosarev, le barman de Boris Gleb, c'est à Sonia que revenait le pouvoir de décision :

— Avant tout, dit-elle, il faut prévenir le camarade Mischa de la substitution. Petter va s'en charger. Il en a pour deux heures au plus.

Elle avait parlé d'un ton cassant, définitif. Janos Gyarmathy remarqua :

— Si cette femme est vraiment ce qu'elle dit, ils nous surveillent peut-être déjà. Il faut faire très attention...

— Je suis sûr qu'Oganian est à Kirkenes, martela Sonia. Il faut la retrouver.

Les colères du major Kosarev étaient extrêmement dangereuses. Janos décida de se ranger à l'avis de Sonia.

— Il faut faire parler les prisonniers, dit-il.

Kyrre Hansen fit la moue.

— Ce ne sera pas facile... L'homme est un professionnel... Et la femme. (Il hésita.) C'est une femme.

— Et alors? aboya Sonia.

Kyrre Hansen soutint son regard furibond.

— Alors, fit-il sèchement, je n'ai jamais torturé de femme. Même pendant la guerre. Et je ne vais pas commencer.

Sonia comprit qu'elle avait été trop loin. Elle n'avait pas été élevée avec les mêmes principes que le Norvégien. Mais Kyrre Hansen leur était très utile.

— Je n'ai pas parlé de torture, dit-elle plus doucement. Je l'interrogerai moi-même, avec Janos.

Janos Gyarmathy inclina la tête affirmativement. Torturer un veau, une femme, un enfant ou un chat lui faisait à peu près le même effet : aucun. Il avait dépassé depuis longtemps ce stade de sensibilité...

Ils restèrent silencieux un moment. Le petit appartement de Sonia, au-dessus du café *Ritz,* dans De Wessel Gate, était simplement meublé, avec comme seul luxe, une grande couverture en peau d'ours blanc débordant du lit étroit sur le plancher.

Sonia se leva, tendit la main vers Kyrre Hansen.

— Nous retournons là-bas. Donne-moi la clef.

Kyrre Hansen hésita. Puis, pour la première fois de sa vie, il fut lâche. Il prit la clef dans sa poche et la tendit à Sonia.

***

Milton Brabeck tournait en rond dans la petite pièce, sous le regard plein de haine des Oganian. Dans un coin, Elko Krisantem, son vieil Astra sur les genoux, surveillait les deux prisonniers.

Lorsque la police était venue, une heure plus tôt, ils avaient tout juste eu le temps de pousser les prisonniers dans l'escalier. Krisantem était resté avec eux, prêt à leur couper la gorge, au premier soupir... Mais les deux policiers en uniformes venaient seulement pour apprendre aux éventuels parents la découverte du corps de Donald Hamilton... Milton qui s'était présenté comme un ami du mort avait encaissé le choc...

Immédiatement, après le départ des policiers, il s'était rué sur le téléphone pour appeler John Gate.

— Je saute dans le premier avion, avait dit le chef de station de la C.I.A.

Depuis, Milton essayait de dissuader Elko Krisantem de passer les Oganian dans le poêle, en petits morceaux...

Valeri Leonid Oganian, devant la nervosité de l'Américain, ricana ironiquement :

— Bientôt, vous serez obligé de nous relâcher avec des excuses...

Le regard de Krisantem le fit taire. Le Turc lui faisait peur, avec sa cruauté instinctive. Rika murmura :

— Ne les excite pas.

— Si vous ne fermez pas votre gueule, avertit Milton je vous mets la tête dans la poêle devant votre bonne femme. Vous ferez un très chouette hamburger...

Oganian dissimula sa satisfaction. L'énervement de l'Américain signifiait que tout ne tournait pas rond pour leurs adversaires.

*
* *

Petter Jacobsen conduisait tout doucement. La route étroite et verglacée se faufilait entre les collines couvertes de neige de la *zidda*. Il n'avait croisé qu'un énorme chasse-neige depuis son départ de Kirkenes. Mais une patrouille de Grenze-politi l'avait stoppé à la sortie de Kirkenes. Fait inhabituel. La neige ne tombait plus, mais le ciel était bas et noir. Oppressant. Il avait mis près de deux heures pour parcourir les trente kilomètres. Il venait de rejoindre l'endroit où la route longeait la frontière soviétique.

Dans la courbe, surgit un des chalets des gardes-frontières norvégiens, sur la droite de la route. Les paires de skis étaient alignées contre l'extérieur du mur. Petter souhaita qu'ils ne lui demandent pas où il allait. Il n'y avait que quelques pêcheurs à Grenze Jacobselv en cette saison. Alors que l'été, les couples faisaient l'amour au bord de la mer de Mourmansk, dans l'étrange herbe de la toundra qui ressemblait à du blé germé.

Il dépassa quelques fermes isolées et s'arrêta sur le bord de la route.

Celle-ci longeait la rivière. De l'autre côté, à cinquante mètres, se dressait le mirador de bois des gardes-frontières soviétiques, avec deux soldats à casquette plate. Petter prit sa torche électrique la braqua sur le mirador et commença ses signaux en morse. C'était plus sûr qu'une radio. Le mirador était relié par téléphone au poste de Boris Gleb. Au fur et à mesure, ils transmettaient son message.

Il attendit quelques minutes. Puis des éclairs jaillirent du mirador. Petter nota mentalement la réponse. Ensuite il repartit, alla faire demi-tour près de la petite chapelle élevée sur un roc et reprit le chemin de Kirkenes.

*
* *

Malko se dit qu'il n'allait plus rester de lui qu'une petite flaque de sueur sur le plancher de bois. Il respirait à tous petits coups pour ne pas faire entrer trop d'air brûlant dans ses poumons. Le sang battait à ses tempes, son cœur faisait des bonds dans sa poitrine, ses vêtements étaient à tordre. D'habitude, on se déshabille pour le sauna.

A côté de lui, Mathilda gémissait, les cheveux collés par la transpiration. Elle avait l'aspect décourageant d'un sorbet mis au four.

Malko avait perdu la notion du temps, ignorant depuis combien de temps, ils étaient enfermés dans cette enfer sur mesure. Inexorablement, la chaleur continuait à sourdre des murs, et la sueur à jaillir de leur peau comme du lait. Il se demandait combien de temps son organisme tiendrait dans cette température... La soif le torturait.

Dans un effort désespéré, il parvint à se traîner jusqu'à la porte. Etendu sur le dos, il se mit à donner de violents coups de pieds dans l'espoir d'ameuter quelqu'un.

Au bout de dix coups, il dut s'arrêter, au bord de la syncope. Un peu plus tard, une clef tourna dans la serrure. Un fol espoir le fit se redresser. Il cria :

— Sortez-nous de là, vite!

— Nous ne sommes pas pressés, répondit la voix méchante de Sonia.

La Norvégienne était debout près de lui. Il retomba et un grand voile noir passa devant ses yeux. Quand il reprit connaissance, il était étendu sur un dallage qui lui parut délicieusement frais. Mathilda Larsen, à côté de lui, le visage bouffi, écarlate, les yeux fermés.

Impassible à côté de Sonia se tenait le pianiste du *Turist-Hotel*. Son épuisement était tel qu'il n'en fut même pas surpris.

— Nous voulons savoir où sont les Oganian, dit Sonia d'une voix égale. Et vite.

— Je vous l'ai dit, fit Malko. A Bodø.

Sonia lui donna un coup de pied entre les jambes. Il faillit hurler, se retint, pâlit, le cœur dans la gorge.

— Vous mentez!

Le pianiste s'approcha de Sonia et lui glissa quelques mots à l'oreille. Elle approuva aussitôt avec un sourire venimeux.

— Il a raison, fit-elle. Cette salope va parler plus vite que toi. J'ai une surprise pour elle.

Elle se baissa et défit les liens qui attachaient les chevilles de Mathilda Larsen. Puis elle la força à se mettre debout. Elle tenait à peine sur ses jambes. Sonia la poussa hors de la pièce brutalement.

Malko se redressa.

— Laissez Mme Larsen tranquille, cria-t-il. Elle ne sait rien.

Le pianiste tira une petite matraque en caoutchouc noir de sa poche et frappa Malko sur l'arête du nez. Cela lui fit un mal horrible.

— Vous aussi, vous devez parler, dit-il. Où sont les Oganian?

Il commença à frapper Malko méthodiquement, avec la petite matraque. Des coups secs, un peu partout, sur les reins, le sexe, le visage, les oreilles. Malko serrait les dents à se briser les mâchoires.

Tout à coup, un hurlement inhumain traversa la cloison. Une brève lueur passa dans les yeux du pianiste.

— Vous feriez mieux de parler, dit-il en russe. Sinon Mme Larsen va beaucoup souffrir...

*
* *

D'abord Mathilda Larsen ne comprit pas. Sonia l'avait étendue sur le bureau de Kyrre Hansen, les jambes liées aux pieds, grandes ouvertes, ses poignets liés fixés à l'autre pied pour la maintenir sur le dos. Elle se raidit quand la serveuse du *Turist-Hotel* lui arracha ses collants sans un mot. Submergée par une panique viscérale.

Sonia ouvrit son grand sac et en sortit un objet qui rassura d'abord Mathilda à cause de son aspect familier. Un « Baby-liss » comme elle en utilisait elle-même pour ses mise en plis.

Sonia s'accroupit et le brancha à une prise de courant. Puis elle s'approcha, enfonça le poing gauche dans le ventre de Mathilda Larsen pour l'immobiliser. De l'autre, elle pointa la tige ronde du « Baby-liss » entre ses cuisses et l'enfonça aussi loin qu'elle le put dans le vagin de sa prisonnière, tenant solidement le manche de bois.

Mathilda poussa un hurlement de bête blessée au contact de l'acier froid et lisse.

Sonia se pencha sur elle, un sourire venimeux sur ses lèvres minces.

— C'est froid... Mais ça va chauffer très vite. C'est une idée de Janos. Il paraît que c'est très efficace...

Mathilda se mordit les lèvres pour ne pas hurler de nouveau. Le « Baby-liss » chauffait très rapidement. Elle risquait d'être mutilée à vie ou de mourir.

— Laissez-moi, je vous en supplie, dit-elle. Vous êtes un monstre.

Sonia ne répondit pas, guettant son expression. D'abord Mathilda Larsen ressentit une impression délicieuse. Une chaleur douce emplissait son ventre.

Mais très vite cela devint intolérable, insupportable. Elle avait l'impression d'être en feu.

Elle se tortilla, essaya de rejeter l'instrument de son supplice, mais Sonia le tenait solidement.

— Parle, ma petite colombe, susurra-t-elle moqueusement. Ou tu ne pourras plus jamais baiser.

Brusquement, la douleur devint trop forte. Mathilda ne put plus se contrôler. Ses yeux se révulsèrent, son corps se tendit en arc de cercle. Elle exhala un hurlement inhumain, filé, horrible, puis retomba. Sonia retira l'engin déjà brûlant. Cela soulagea à peine Mathilda.

— Tu parles? redemanda Sonia.

Comme Mathilda ne répondait pas, elle enfonça de nouveau la tige ronde et brûlante, jusqu'à ce qu'elle heurte la paroi de l'utérus.

Le hurlement de Mathilda Larsen n'avait plus rien d'humain. De grosses gouttes de sueur perlaient à son front, sa bouche s'ouvrait et se fermait convulsivement. Sonia se pencha à son oreille.

— Quand j'aurai fini de ce côté, il restera encore l'autre... Il paraît que cela fait encore plus mal.

*
* *

Malko se redressa comme un fou, défiant la grêle de coups de matraque. Les cris de Mathilda Larsen lui donnaient la chair de poule. Sonia était en train de la tuer.

— Faites cesser cela! intima-t-il en russe.

— Vous parlez?

En dépit de ses liens, Malko se jeta sur lui. Tentative désespérée qui s'acheva sous un déluge de coups de matraque. Le pianiste s'écarta, quand même un peu essoufflé. Les hurlements entrecoupés de gémissements continuaient de l'autre côté de la cloison. Les yeux dorés de Malko étaient striés de filaments verts.

— Vous paierez cela, dit-il.

Le pianiste haussa les épaules.

— Vous devriez parler, sinon, elle va la tuer.

Avec des mots horriblement précis, il expliqua à Malko ce que Mathilda Larsen était en train d'endurer.

Malko se décida d'un coup.

— Qu'elle arrête immédiatement. Je vais parler.

Le pianiste partit dans la pièce voisine, revint avec Sonia. Mais Mathilda Larsen continuait à gémir.

— Alors? fit Sonia.

— Ils sont chez Donald Hamilton, dit Malko, sous la garde de deux de mes amis.

Sonia eut une brève lueur de triomphe dans les yeux.

— Très bien, dit-elle. Nous allons aller les chercher. Et nous vous emmènerons avec eux, quand nous les aurons récupérés.

Le regard de Malko était si glacial qu'elle détourna la tête. Il était certain qu'elle aurait aimé torturer encore Mathilda.

— Soignez-la, dit-il.

Ils étaient vraiment mal partis.

CHAPITRE XVI

Elko Krisantem regardait mélancoliquement la neige tomber de l'autre côté de la double fenêtre. Kirkenes paraissait en dehors du monde, dans un univers irréel, ouaté, silencieux. Inlassablement, l'aciérie continuait à cracher son panache de fumée blanche.

Milton essayait de s'intéresser à un vieil exemplaire du *New-Yorker* pour tromper sa faim. Ils n'avaient rien mangé depuis le matin. Donald Hamilton n'avait pas de vivres. Aucune nouvelle de Malko. Bien sûr, il y avait John Gate, mais il n'arriverait pas avant la fin de la journée. Les Oganian somnolaient.

— J'ai faim, dit soudain Elko Krisantem.

— Moi aussi, soupira Milton. Il va falloir acheter à bouffer.

Milton se sentait totalement perdu dans ce pays de neige à la langue rébarbative. Son inquiétude pour Malko grandissait. Pourvu qu'il ne soit pas déjà derrière le rideau de fer...

— Je vais acheter à manger, dit Krisantem d'un ton lugubre.

Il venait d'inspecter en vain la cuisine.

— Allez-y, dit Milton. Je vais garder les prisonniers.

Milton se méfiait un peu de la sauvagerie du Turc. Il ne tenait pas à se retrouver avec un viol et des oreilles coupées sur le dos.

Sans enthousiasme, Krisantem s'engonça dans sa vieille canadienne, vérifia que son Astra était dans sa ceinture avant de se lancer dans le froid. Dieu merci, Kirkenes était assez petit pour qu'il ne risque pas de se perdre.

Les Oganian ouvrirent les yeux en entendant la porte claquer. Milton eut un sourire menaçant.

— Ne vous imaginez pas que vous pouvez faire quelque chose. Sinon, je vous troue comme une écumoire...

Valeri Leonid Oganian referma les yeux sans répondre.

Milton s'entraîna à compter les flocons de neige. Perdant un peu le contrôle du temps. Un bruit de portières qui claquaient lui fit lever la tête. A travers la vitre, il aperçut une grosse voiture arrêtée devant la maison. Il se leva d'un bond, courut vers la porte. C'était peut-être Malko, ou John Gate.

***

Malko bougea un peu, pour éviter l'ankylose totale. Aussitôt, Sonia tourna la tête vers lui, alertée. Pourtant elle était armée, et ils étaient ficelés comme des saucisses. Depuis que le pianiste était parti, la serveuse s'était contentée de fumer cigarette sur cigarette, le pistolet de Malko sur les genoux.

On n'entendait pas un bruit dans le building désert. La neige qui tombait abondamment filtrait les bruits de l'extérieur. Malko se demandait ce que faisaient les Norvégiens. Donald Hamilton avait été assassiné, eux kidnappés, et rien ne bougeait. Cela devenait inquiétant. Ils risquaient de se retrouver à Mourmansk avec les Oganian. La C.I.A. n'irait pas les chercher là-bas. Mathilda recommença à gémir. Sonia avait remis ses collants en place, rabattu sa jupe, mais sans la panser. Ses brûlures devaient la faire horriblement souffrir... Elle était livide, avec des poches bistres sous les yeux. Parfois, Sonia lui jetait un regard plein de méchanceté. Malko était certain qu'elle l'aurait tuée, si le Russe n'était pas intervenu...

Mathilda ouvrit les yeux.

— J'ai mal, je saigne.

Malko tourna la tête vers Sonia.

— Faites quelque chose. Vous ne pouvez pas la laisser comme cela. Elle souffre horriblement.

— Elle ne souffrira plus longtemps... fit Sonia.

Mathilda se mordit les lèvres, se retourna, poussa un cri.

— Que voulez-vous dire?

La serveuse du *Turist-Hotel* eut un sourire venimeux.

— Vous ne pensez pas que nous allons nous encombrer d'une citoyenne norvégienne pour passer la frontière?

— Vous n'allez pas l'achever?

— Non. Nous la laisserons quelque part dans les bois. La nuit, il fait déjà — 10 ou — 20. Cela suffit. Elle ne sentira rien et on la découvrira au printemps seulement, la neige ne va plus s'arrêter.

Elle avait parlé sans élever la voix, détaillant complaisamment l'affreux projet. Mathilda s'arrêta de gémir, horrifiée.

— Vous ne pouvez pas faire cela, fit-elle.

— Qui va nous en empêcher, ma petite colombe? demanda ironiquement Sonia.

— Moi, dit Malko.

Sonia lui jeta un regard plein de dérision :

— Comment?

Malko ne répondit pas. Et pour cause. Seuls Milton et Krisantem pouvaient sauver la situation. Il espérait qu'à chaque instant la porte allait s'ouvrir sur eux et que la situation allait se retourner.

— Vous le verrez bien, dit-il, espérant inquiéter Sonia.

La serveuse alluma une nouvelle cigarette.

— Je ne verrai rien du tout, dit-elle. Demain vous coucherez à la prison de Mourmansk. Pendant que cette salope gèlera à mort.

Projet qui avait toutes les chances de se réaliser. Malko pensa à son château. Il risquait de finir vendu aux enchères. C'était dommage étant donné la sueur et le sang qu'il y avait investi. Il essaya de se consoler en se disant que, dans un million d'années, il ne resterait pas le moindre souvenir de lui et de ses vieilles pierres.

*
* *

Le sang transformé en plomb, Milton Brabeck fixa les deux hommes debout dans l'encadrement de la porte. Engoncés dans de lourds manteaux, massifs et blonds. L'un nettement plus âgé que l'autre. Le plus grand dit en mauvais anglais :

— Police norvégienne.

Déjà, il entrait. Milton n'osa pas s'y opposer. C'était sûrement la suite de l'enquête sur la mort de Donald Hamilton.

Le plus vieux suivit et referma la porte derrière lui. Peut-être un peu trop hâtivement. Milton, alerté par un sixième sens, plongea la main vers sa ceinture pour prendre son « 38 ». Il n'en eut pas le temps : par-derrière, le plus massif l'avait ceinturé! En même temps, le vieux lui braquait un P. 38 sur l'estomac. En dix secondes, il fut soulagé de son « 38 »

Magnum. Derrière lui, il entendit le hurlement de joie de Valeri Leonid Oganian.

— Enfin!

— Ne bougez pas. On ne vous fera pas de mal, dit le vieux Norvégien en mauvais anglais.

Tout à coup, Rika Oganian se rua sur Milton et le gifla à toute volée, puis tenta de lui arracher les yeux à coups d'ongles.

— Salaud, hurla-t-elle. Salaud!

Son mari la tira en arrière, le visage fermé.

— Viens, dit-il, nous n'avons pas le temps. Il y en a un autre.

Le gros Norvégien les poussait déjà vers la porte. Milton banda ses muscles, guettant une occasion de contrer ses adversaires. Celui qui le tenait le lâcha brusquement. Il ne vit pas venir le coup de matraque. Une lueur aveuglante l'éblouit, ses jambes se dérobèrent sous lui.

Il n'entendit même pas la porte se refermer sur les Oganian et ceux qui les emmenaient.

***

Malko entendit la voiture s'arrêter. Sonia eut un sale sourire.

— Les voilà, dit-elle.

Malko pensa qu'il retrouverait la foi de son enfance s'il voyait surgir Krisantem.

La porte s'ouvrit sur la silhouette massive de Kyrre Hansen. Derrière le Norvégien apparut la tignasse noire de Oganian. Les yeux de l'officier du K.G.B. brillèrent de joie en voyant Malko et Mathilda ligotés.

Sonia se jeta sur Rika Oganian et l'étreignit de façon plus que suspecte.

— Pauvre petite colombe!

Rika se dégagea et se laissa tomber sur une chaise.

— Je voudrais dormir, dit-elle. Je n'en peux plus.

Son ventre la tirait et elle sentait son enfant bouger. Sonia la fixa avec attendrissement.

— Je vais m'occuper de toi, ma colombe.

Malko se sentit envahi par le découragement. Krisantem et Milton Brabeck étaient morts ou hors de combat. Il n'avait plus beaucoup d'espoir de s'en sortir. La récupération des Oganian passait maintenant après le sauvetage de sa peau.

Kyrre Hansen se tourna vers lui :

— Nous partirons tous ce soir, annonça-t-il. Nous vous emmenons.

— Et Mme Larsen? demandaMalko.

Le Norvégien détourna un peu la tête.

— Nous l'emmenons aussi, dit-il.

— Ce n'est pas vrai, coupa Malko. Vous allez l'abandonner dans la neige et la laisser mourir sur place. Vous l'avez trop torturée pour la laisser vivre.

— Torturée!

Kyrre Hansen semblait sincèrement surpris. Choqué même. Extérieurement, à part sa pâleur, Mathilda Larsen ne présentait aucune trace de son supplice.

Malko détailla au Norvégien ce qu'elle avait subi. Il vit les poings de l'ancien partisan se crisper, ses yeux se durcir. D'un bloc, il se tourna vers Sonia.

Celle-ci se dressa.

— J'ai obéi aux ordres du camarade major Kosarev, dit-elle avec sécheresse. Apprendre avant ce soir où se trouvaient les Oganian...

Kyrre Hansen hésita puis dit à Malko :

— Dans ce cas, Mme Larsen sera soignée en Union Soviétique, il y a d'excellents médecins.

Sonia lui jeta un regard noir. Elle aurait sa revanche. Jamais Mischa Kosarev ne prendrait le risque de faire franchir la frontière à un membre des forces de sécurité norvégiennes.

Kyrre Hansen et les Oganian se retirèrent dans la pièce voisine, les laissant sous la garde de Sonia. Malko pensa amèrement que le K.G.B. était en train de remporter une victoire éclatante. Ils avaient tué Donald Hamilton, récupéré les Oganian, et lui en prime! Beau triplé.

La porte se rouvrit sur Kyrre Hansen. Malko demanda aussitôt :

— Vous avez tué mes amis?

Le Norvégien eut l'air profondément choqué.

— Nous ne sommes pas des assassins fascistes, fit-il sèchement. Ils n'ont aucun mal.

Malko dissimula sa satisfaction. Vivant, Elko Krisantem allait partir comme un lévrier sur sa trace. Il connaissait l'entêtement et la ruse du Turc. Ils auraient dû le tuer... Milton lui fournirait un excellent appui tactique. Il n'y avait plus qu'à attendre. Et à prier.

***

Elko Krisantem laissa tomber l'énorme paquet de harengs fumés qu'il serrait contre son cœur. Ce qu'il avait trouvé de plus mangeable au supermarché de Kirkenes. A quatre pattes, Brabeck secouait la tête en essayant de se remettre debout. Le Turc se précipita, aida le gorille, l'installa dans un fauteuil.

— Qui a fait cela? rugit-il. Qu'est-ce qui s'est passé? Où sont-ils?

Milton avait l'impression d'avoir une course de bulldozers dans le crâne...

— Des types, fit-il sobrement. Ils se sont fait passer pour des flics...

Les deux hommes se turent, pensant la même chose. Quelque chose avait déraillé sérieusement dans le plan de Malko.

— Il n'y a qu'à fouiller toutes les maisons, proposa Elko Krisantem, ce n'est pas grand.

Quand les Turcs massacraient les Arméniens, ils avaient fouillé des villages beaucoup plus importants. Le Turc était une âme simple. Milton essaya de lui faire comprendre qu'il y avait une certaine différence entre la Turquie et la Norvège, bien qu'elles soient situées sur le même parallèle.

Milton se massa la nuque et conclut :

— Je vais filer à l'aéroport attendre John Gate. Allez au *Turist-Hotel*. C'est encore ce qu'il y a de plus pratique...

Cette maison déserte l'oppressait maintenant. Et de l'hôtel ils pourraient manger et téléphoner... Si au moins Chris Jones avait été là. Mais il était toujours dans son lit d'hôpital à Bodø. Il enfila son manteau et poussa Krisantem devant lui.

Les deux hommes s'éloignèrent de la maison de Donald Hamilton, sans éteindre la lumière. La neige crissait sous leurs pas.

— Où peut bien être le Prince? soupira Elko Krisantem.

Il se faisait un sang d'encre pour son maître. Milton Brabeck grommela :

— Notre seule chance, c'est de les retrouver tous d'un coup...

Cela n'en prenait pas le chemin.

*
* *

John Gate hurlait dans son laryngophone pour dominer le bruit de fond des parasites. Le petit bimoteur, secoué comme une feuille morte dans le blizzard, fonçait vers Kirkenes. La tempête de neige faisait rage sur toute la Norvège du nord et il n'était même pas sûr de pouvoir se poser à Kirkenes.

— Colonel, martela-t-il, il ne faut pas que ces

gens passent de l'autre côté. C'est une question vitale pour la sécurité des Etats-Unis.

Le colonel Kaas faillit en briser le tuyau de sa pipe.

— Je ne peux pas faire de miracle, se défendit-il. J'ai un hélicoptère qui ne peut pas voler pour l'instant à cause du temps et en moyenne un garde-frontière par deux kilomètres. J'ai prévenu tous mes hommes, j'ai envoyé des patrouilles spéciales en scooter des neiges et à ski. Mes hommes feront l'impossible. Normalement, il ne devrait pas y avoir de problèmes car mes patrouilles bloquent les routes d'accès à la frontière.

John Gate s'arracha un remerciement et dit avant de couper la communication radio :

— Je vous tiens personnellement responsable de ce qu'il peut arriver. C'est à l'instigation des autorités norvégiennes qu'un de nos meilleurs agents s'est mis entre les mains du K.G.B.

« J'espère arriver à Kirkenes dans deux heures environ. Je me mettrai immédiatement en contact avec vous.

CHAPITRE XVII

Sonia enfila son manteau de vison, prête à partir, et cria à Kyrre Hansen.

— Je m'en vais. Je dois être à l'hôtel à sept heures.

Les idées défilaient dans le cerveau de Malko à la vitesse d'un kaléidoscope. Milton Brabeck et Elko Krisantem devaient ratisser la ville à sa recherche. Comment leur faire savoir où il se trouvait?

En train de boutonner son manteau, Sonia le fixait avec une ironie méchante. Kyrre Hansen était reparti dans la pièce voisine, laissant la porte ouverte.

Cela donna brusquement une idée à Malko. Il y avait une chance sur dix mille que cela marche. Mais le Seigneur lui devait bien une petite faveur...

Il entreprit d'écarter l'une de l'autre ses mains liées derrière son dos. Heureusement, les liens étaient assez lâches pour qu'il puisse bouger les doigts. Il parvint à saisir la chevalière qu'il portait à l'annulaire de la main gauche entre le pouce et le majeur de sa main droite et entreprit de l'arracher de son doigt. Le froid avait resserré les chairs et il y parvint facilement. Il se retourna sur le côté et fit glisser la chevalière sur le parquet, à une trentaine de centimètres derrière lui.

Il attendit quelques secondes pour reprendre son souffle, puis se remit sur le dos. Sonia allait sortir. Il l'appela :

— Avant de partir, voulez-vous me rendre un service?

La serveuse du *Turist-Hotel* eut un regard incrédule :

— Un service?

Malko désigna sa chevalière d'un geste du menton.

— Ma chevalière a glissé de mon doigt. Pouvez-vous la ramasser et me la remettre?

Lentement, Sonia s'approcha, se baissa et prit l'objet dans le creux de sa main. Elle l'examina avec attention puis baissa la tête vers Malko, toujours allongé sur le sol.

— Qu'est-ce que c'est? demanda-t-elle d'une voix froide.

— Les armes de ma famille, dit Malko. Trois marteaux sur fond de gueule et...

Elle l'interrompit :

— Je ne comprends rien à votre charabia... C'est de l'or?

Tranquillement, Sonia passa la chevalière à son petit doigt gauche et admira sa main étendue.

— Elle me va bien, remarqua-t-elle.

— Rendez-la-moi, protesta Malko d'une voix altérée.

Sonia secoua la tête lentement.

— Non.

— Mais cette chevalière est dans ma famille depuis plusieurs siècles, protesta Malko. Vous n'avez pas le droit...

— De toute façon, là où vous allez, vous n'en aurez plus besoin, ricana Sonia. Elle est mieux à mon doigt qu'à celui de la femme d'un gardien de la prison de Mourmansk.

— Je ne veux pas que vous la voliez, protesta Malko.

Sonia éclata de rire.

— J'ai toujours eu envie d'une belle bague en or... Comme cela je penserai à vous.

Elle contempla la bague une dernière fois avant de mettre ses gants. Attiré par le bruit de la discussion, Kyrre Hansen passa la tête à la porte. Voyant que Malko ne disait rien, il se contenta de recommander à Sonia.

— Ferme la porte à clef.

Sonia sortit sans regarder Malko, et il entendit tourner la clef dans la serrure. Son cœur cognait dans sa poitrine. Sonia portait son dernier et fragile espoir. Qui dépendait d'un Himalaya de « si ».

*
* *

Elko Krisantem confectionnait nerveusement des boulettes de pain, berçant son angoisse des mélodies vieillotes distillées par l'orgue japonais du pianiste hongrois. Il avait à peine touché à sa soupe au lait de renne et à son saumon. Milton Brabeck n'était pas revenu de l'aéroport avec John Gate.

Le Turc se rongeait les sangs, tout en essayant de se persuader que son maître s'était déjà sorti de situations aussi délicates. La frontière russe était trop près pour permettre beaucoup d'erreurs... Elko Krisantem s'était passionnément attaché à Malko qu'il avait jadis voulu assassiner, à Istanbul. A la vie étrange du château de Liezen, au mélange de faste et de dettes, aux caprices de la pulpeuse Alexandra. Tout ce qui composait la vie de Son Altesse Sérénissime le Prince Malko, dernier des Linge.

Il décida d'aller attendre au bar et appela d'un geste la grande serveuse à l'éternel chignon. Il était un des derniers clients. Les Norvégiens dînaient à cinq heures trente... La serveuse déposa une soucoupe sur la table avec l'addition. Elko Krisantem allait tirer un billet de sa poche, quand son regard se figea. C'était incroyable, impensable! Au petit doigt de sa main gauche, la serveuse portait la chevalière du Prince Malko.

Paralysé, Elko Krisantem ne pouvait détacher les yeux de la main rougeaude et épaisse. Son premier réflexe fut de sauter à la gorge de la fille, de lui déchirer les carotides à coups de dents... Krisantem avait viré au gris. Il arriva à se contrôler d'un effort surhumain, saisissant l'importance de sa découverte. Avec un sourire crispé, il déposa une poignée de billets dans la soucoupe et se leva, baissant les yeux pour que la fille ne puisse voir l'intensité de son regard noir...

Krisantem sortit de la salle à manger, marchant comme un automate. Il était sûr de ne pas se tromper. Régulièrement, il nettoyait la chevalière de son maître. Aucun doute possible.

Une sainte colère envahit le Turc. Si cette fille portait cette chevalière, c'est que son maître était mort.

Il fallait donc le venger.

Nerveusement, sa main se noua autour de son lacet au fond de sa poche. Il n'avait plus qu'une idée : la tuer. Et avant, la faire parler. Toujours pas de Milton. Il se passerait de l'Américain. Avec son vieil Astra et son mortel lacet, Krisantem se sentait de taille à affronter n'importe qui. Il s'installa dans un fauteuil du bar, surveillant la porte du *Turist-Hotel*. Le sang battant dans ses tempes. La serveuse n'habitait pas l'hôtel. Elle allait donc sortir, son service terminé.

*
* *

— Nous partons.

Kyrre Hansen aida Malko à se mettre debout, sans défaire ses liens. Malko se dit que son plan n'avait pas réussi, que c'était la fin. Il restait encore les barrages de gardes-frontières du colonel Kaas. Silencieux, les Oganian sortirent de la pièce voisine.

— Et Mme Larsen, demanda Malko.

Cette dernière était toujours étendue sur le plancher, livide, les narines pincées, avec des alternatives de lucidité et d'inconscience.

— Nous l'emmenons aussi.

— Elle risque de mourir, dit Malko. Vous en serez responsable.

Kyrre Hansen ne répondit pas. Prenant un grand sac de jute, il entreprit d'y enfourner Mathilda Larsen, en commençant par les jambes... Quand la tête disparut, Malko eut envie de vomir. Mathilda avait ouvert les yeux et quêté silencieusement son aide...

Aussitôt, l'athlétique Norvégien chargea le sac sur son épaule et sortit. Une petite camionnette était arrêtée devant la porte. Le panneau arrière rabattu. Avec un chargement de sacs identiques. Il posa Mathilda dessus. Près de la voiture, le vieux partisan au dos voûté, attendait, les mains dans les poches de sa canadienne, imperturbable.

Kyrre Hansen fit signe aux Oganian.

— Montez à l'avant.

Ils s'installèrent dans la cabine, serrés l'un contre l'autre. Il ne restait plus que Malko. Celui-ci regarda avec horreur le Norvégien déplier le sac où on allait l'enfermer.

Il ferma les yeux, cherchant à se raccrocher à une pensée agréable. Alexandra et son charme discret.

Les soirées fastueuses du château de Liezen, quand il oubliait son métier de barbouze de luxe...

Le sac recouvrit la tête, la poussière du jute le fit tousser. C'était fini. Il sentit Kyrre Hansen le soulever avec un han de bûcheron.

Le Norvégien le déposa sans douceur sur les autres sacs et referma le panneau de la camionnette. Malko entendit une discussion en norvégien, puis la camionnette s'ébranla avec une secousse.

Direction Mourmansk.

***

Elko Krisantem jurait sans interruption à mi-voix, planté devant l'affiche placardée dans le hall de l'hôtel avertissant en trois langues de ne pas s'approcher à plus de mille mètres de la frontière... Et de ne pas chercher à photographier. La serveuse risquait de sortir d'une seconde à l'autre. Il se rua au bureau, griffonna un message pour l'Américain. Disant seulement qu'il suivait la fille et qu'elle portait la chevalière du Prince Malko...

A peine avait-il fini que Sonia le frôla, emmitouflée dans un vison foncé. Elko la laissa sortir, puis se rua derrière elle. A temps pour la voir s'éloigner à pieds, sur la gauche dans Pasvikveien.

Elko marchait d'un pas rapide, sur le bas-côté de la route, descendant vers le centre, et tourna à droite dans Solmedovveien. Le Turc hâta le pas pour se rapprocher, serrant amoureusement son lacet au fond de sa poche.

Des enfants jouaient sur des traîneaux, des voitures passaient, les petites maisons de bois étaient éclairées. Spectre silencieux et mortel, Krisantem se fondait dans l'obscurité.

Arrivée dans le centre, Sonia tourna dans DC Wessel Gate, la rue principale. Elle n'alla pas loin, s'engouffrant dans une petite porte, dans l'immeuble du café *Ritz*. Elko attendit plusieurs minutes planté devant la vitrine d'un photographe, puis, entra à son tour. L'escalier de bois mal éclairé était désert. Le Turc monta tout doucement jusqu'au second, découvrant un petit palier avec deux portes. De la musique filtrait à travers l'une d'elles. Une carte de visite était épinglée : SONIA WOLD. Elko Krisantem hésita. La rumeur du café d'en dessous lui parvenait, couvrant les craquements du plancher. Il s'approcha de l'autre porte, colla son œil à la serrure. Le noir. L'appartement était vide.

Il attendit, se confondant dans l'obscurité du palier, reprenant sa respiration. Puis, reculant, pour prendre son élan, il se jeta de toutes ses forces contre la porte de Sonia Wold.

*
* *

Petter Jacobsen conduisait lentement la petite camionnette, sur la route verglacée. Ils venaient de passer le pont en aval de Boris Gleb, apercevant les lumières du village. Les Oganian ne disaient pas un mot.

— Attention, dit le vieux partisan. Nous passons la zone dangereuse.

La route montait. Cinq cents mètres plus loin, à droite, se trouvait l'embranchement menant à Boris Gleb, surveillé par un important poste de la Grenze-Politi. Les Oganian se raidirent, inspectant les bouleaux bordant la route. Tout à coup des lumières brillèrent. Deux véhicules militaires étaient stoppés au croisement, plusieurs soldats autour d'eux.

Les phares les éclairèrent. Ils ne bronchèrent pas, furent avalés par l'obscurité. Petter Jacobsen exulta :

— Ils surveillent seulement la route de Boris

Gleb! Mais, attention, il y a encore un endroit dangereux. Un point de passage.

Encore un kilomètre de virages, puis Valeri Leonid Oganian aperçut dans la lueur des phares un écriteau jaune indiquant : Sovjetsamveldet.

Là aussi, un véhicule militaire était arrêté dans l'obscurité. Ils passèrent sans encombre. Cent mètres plus loin, ils doublèrent une patrouille de gardes-frontières à ski...

— Ils vont se geler toute la nuit, pouffa le vieux partisan.

Un peu plus loin, la route tourna vers la gauche, s'éloignant de la frontière. Les prochains barrages seraient beaucoup plus loin, avant d'arriver à Grenze Jacobselv, là où, de nouveau la route collait à la frontière. Mais ils n'iraient pas si loin.

La tension tomba. Ils roulèrent encore une vingtaine de minutes, puis Petter Jacobsen ralentit et s'arrêta sur une petite aire de stationnement dans l'ombre d'un grand hangar. La neige s'était arrêtée. La lune éclairait, de l'autre côté de la route, un grand bâtiment avec un clocher qui le faisait ressembler à une église. A côté, une piste s'enfonçait dans la toundra, se séparant de la route principale.

— Il faut attendre ici, expliqua en mauvais anglais le Norvégien aux Oganian.

Le vieux partisan stoppa le moteur, et très vite, un froid glacial envahit la cabine. Oganian pensa, qu'à l'arrière, Malko et Mathilda Larsen devaient geler encore plus... Le silence était absolu.

***

— J'ai une surprise pour toi, annonça joyeusement Sonia.

Elle sortit de son sac un petit paquet et le tendit à Ingrid. Celle-ci s'était allongée, nue, sur la grande couverture d'ours blanc qui recouvrait le petit lit et la descente de lit.

Sonia la contempla, les mains sur les hanches, tandis qu'elle défaisait le paquet.

— Ce que tu es belle, murmura-t-elle.

Les longs cheveux bruns d'Ingrid cachaient en partie sa poitrine. Elle semblait fragile et pure. Sonia mourait d'envie de la prendre dans ses bras, de la faire crier, de la mettre à sa merci.

Ingrid sortit une paire de gants jaunâtres et sourit, ravie.

— Ce sont des gants en peau de chien, précisa Sonia. On me les a apportés de Finlande pour toi.

Sonia sortit une bouteille de vodka et remplit deux verres. Puis, elle mit sur l'électrophone un disque de chants lapons. Des Lapons fripons... Les chansons étaient plus que gaillardes... Ingrid sourit, amusée, but sa vodka d'un coup, en redemanda. Sonia lui en versa généreusement. Elle avait du mal à contrôler son désir. Comme elle aurait voulu être un homme! Pouvoir pénétrer sauvagement la frêle Ingrid, l'écarteler.

Ingrid se laissa aller en arrière, langoureusement. Sonia glissa à genoux sur la couverture blanche. Lentement, les mains d'Ingrid descendirent vers son ventre, ses doigts glissèrent, tirèrent la peau fragile pour faciliter la caresse.

Cette offrande excita Sonia au plus haut degré. Sa langue dansait un ballet endiablé contre la chair tendre de Ingrid, attentive à la montée de son plaisir.

Il y eut comme un coup de tonnerre dans la pièce. Sonia se redressa à temps pour voir la silhouette d'un homme qui avait roulé par terre après avoir défoncé la porte d'un coup d'épaule. Ingrid hurla de terreur.

En un éclair, Sonia reconnut Krisantem et comprit immédiatement.

Ingrid cherchait déjà à s'enrouler dans la couverture d'ours. Sonia fonça droit sur l'intrus qui venait de se relever. Elle crocha dans son entrejambe et serra de toutes ses forces.

Elko Krisantem poussa un jappement sourd, sous la douleur fulgurante. Pendant quelques secondes, il fut incapable de réagir. Sonia serrait de toutes ses forces, comme elle aurait pressé une orange, avec une vigueur incroyable pour une femme.

Avec un rugissement de bête blessée, Elko Krisantem parvint à se redresser. Mais Sonia ne lâchait pas prise, et il sentit qu'il allait s'évanouir. Férocement, il envoya le genou en avant, écrasant la bouche de Sonia, la rejetant en arrière.

Cette fois, elle lâcha prise. Krisantem, encore ébloui de douleur, tituba vers elle, son lacet à la main. Sonia plongea sous le lit, ressortant une baïonnette aiguisée comme un rasoir.

La tenant à deux mains, la lame horizontale, elle fonça sur Krisantem, tentant de l'éventrer.

Automatiquement, Krisantem creusa le ventre et croisa les poignets devant lui, déviant la lame. Puis, il tordit le poignet droit de Sonia qui lâcha la baïonnette avec un grognement de rage.

En un éclair, elle se retrouva avec le lacet de Krisantem autour du cou.

Ils roulèrent sur le lit, écrasant Ingrid qui poussa un hurlement hystérique. Elle plongea vers la porte, toujours nue comme un ver. Elko Krisantem, d'une main, la saisit par les cheveux et la rejeta par terre, à côté du lit, pleurant, criant, en proie à une véritable crise de nerfs.

Sonia cherchait désespérément à défaire le lacet. Sa bouche saignait, son précieux chignon n'était plus qu'un souvenir... Elle se débattait, distribuant de furieux coups de pieds, griffant le Turc, essayant de lui crever les yeux. Elle glapit d'une voix étranglée :

— Aide-moi! frappe-le!

Mais Ingrid était paralysée de terreur. D'abord elle avait cru à une tentative de viol. Maintenant, elle sentait qu'il y avait autre chose. Jamais elle n'aurait imaginé que Sonia, la douce, puisse être cette bête fauve...

Krisantem parvint enfin à s'assurer une prise solide. D'un coup de poignet, il serra le lacet.

Les yeux de Sonia lui sortirent de la tête, la faisant ressembler à un crapaud. Son corps se raidit, elle grogna, la langue hors de la bouche. Ingrid poussa un hurlement de folle, se rua sur Krisantem. Le Turc desserra imperceptiblement son étreinte : il ne voulait pas que Sonia meure tout de suite. D'un coup de coude, dans l'estomac, il expédia Ingrid par terre, lui jetant :

— Si tu essaies de partir, je te tue.

Elle ne comprit pas, mais s'immobilisa sur la fourrure blanche, terrorisée. Avec son visage zébré de coups de griffes, ses yeux noirs farouches, Krisantem n'était pas particulièrement rassurant.

Il se pencha sur Sonia, ôta brutalement la chevalière. La serveuse retrouva un peu de force pour hurler. Elle avait l'impression que le Turc lui avait arraché le doigt.

— Où as-tu volé cela, chienne? demanda-t-il aimablement.

Sonia ne répondit pas, reprenant son souffle. Il fallait tenir. Le regard de Krisantem tomba sur la baïonnette et un vieux souvenir lui revint en mémoire.

D'une secousse, il jeta Sonia sur le plancher, la tenant toujours par le lacet. De l'autre main, il rafla la baïonnette, la brandit au-dessus de la tête de Sonia, en enfonça la pointe dans son oreille droite, lui clouant la tête contre le plancher. Les yeux agrandis de terreur, coincée entre le mur et Krisantem, Ingrid se sentait devenir folle. Couchée maintenant sur le côté, à demi étranglée, Sonia jappa quand la pointe aiguë atteignit son tympan, déchirant le cartilage. Le sang commença à couler à flots sur la fourrure blanche.

Elko Krisantem se pencha :

— En Corée, dit-il, quand un Chinois ne voulait pas parler, on le passait au « tourniquet »... Avec une baïonnette comme celle-ci. On traverse la tête, d'une oreille à l'autre... Ensuite, il n'y a plus qu'à faire tourner la baïonnette pour ronger le cerveau. Il paraît que c'est très douloureux.

Sonia sentait la brûlure de la pointe acérée. Elle tenta de ne pas céder à la panique.

— Vous n'oserez pas, marmonna-t-elle. On va venir.

— Tu as tué le Prince, fit Krisantem, tu vas payer.

Il pesa sur la baïonnette. Le hurlement de Sonia n'eut plus rien d'humain. Ingrid poussa un soupir et s'affala contre le mur, évanouie.

— Ce n'est pas vrai, il n'est pas mort! glapit Sonia.

Une panique viscérale la submergeait.

— Alors, où est-il?

Les élancements dans le crâne de Sonia devenaient insupportables. Ses barrières psychologiques s'effondrèrent d'un coup.

— Ils sont partis tous, murmura-t-elle. Vers la frontière.

Krisantem fit pénétrer la lame encore de quelques millimètres, arrachant un nouveau hurlement.

— Tu mens, dit-il. Les gardes-frontières sont prévenus.

Le sang coulait sur le visage de Sonia, jusqu'à sa bouche. Elle allait se vider.

— Non, je ne mens pas, dit-elle précipitamment. Ils vont passer par l'ancienne route de Mourmansk qui n'est pas surveillée.

— Il n'y a pas de Norvégiens au bout? demanda Elko, soupçonneux.

Sonia gémit :

— Si... Non, ils se sont arrangés.

Elko Krisantem commençait à croire qu'elle disait la vérité.

— Il y a longtemps qu'ils sont partis?

— Deux heures, fit Sonia. Vous ne les rattraperez jamais.

Immédiatement, elle comprit qu'elle n'aurait jamais du dire cela. L'œil du Turc brilla d'un éclat féroce, tout de suite éteint.

Du menton, il désigna Ingrid, gémissant dans sa demi-inconscience.

— Et elle, qui est-ce?

— Une amie.

— Et encore?

Sonia avala un peu de sang.

— La femme d'un officier de la Grenze-Politi.

— Tiens, fit Krisantem.

Il en savait assez. Sonia remuait comme un ver coupé.

— Lâchez-moi maintenant, supplia-t-elle, je vous ai tout dit.

— Sûrement, fit Krisantem.

De tout son poids, il pesa sur la baïonnette, l'enfonçant verticalement. Il n'aurait jamais cru que cela pénètre si facilement. Le jappement inhumain acheva de réveiller Ingrid.

Krisantem sentit la lame arrêtée par quelque chose de dur. Il mit quelques secondes à réaliser que c'était le plancher. Il avait traversé la tête de

Sonia d'une oreille à l'autre. La bouche ouverte, le regard fixe, la serveuse du *Turist-Hotel,* foudroyée, n'avait plus que quelques frémissements d'agonie. Curieux, Krisantem fit tourner la baïonnette dans la blessure. Il ne réussit qu'à la faire saigner un peu. Le corps de Sonia se détendit dans un ultime sursaut d'agonie.

Une main devant sa bouche, incapable d'articuler un son, Ingrid contemplait la tête inondée de sang de Sonia clouée au sol par la baïonnette.

Krisantem se releva, récupéra son lacet, et prit Ingrid par le bras, la faisant lever. Elle le regarda avec terreur persuadée qu'il allait la tuer aussi.

— Où est ton mari?

Ingrid se mordit les lèvres.

— Je ne sais pas.

Elko la gifla. Pas très fort. Assez pour qu'une ecchymose apparaisse sur la peau de la joue.

— Il est en service, murmura-t-elle. Au poste de Boris Gleb.

Elko avait déjà son plan en tête. A force de vivre avec Malko, il était devenu plutôt inventif.

— Habille-toi, dit-il.

Ingrid eut un haut-le corps.

— Vous n'allez pas m'emmener le voir?

Elko eut un sourire venimeux.

— Tu préfères que je t'étrangle tout de suite?

Tremblant comme une feuille, Ingrid ramassa un petit slip blanc et l'enfila en reniflant. Elko la bouscula un peu.

— Dépêche-toi.

Ingrid acheva de se vêtir, blanche comme un cierge.

Krisantem la poussa dans l'escalier, referma la porte tant bien que mal. Chaque seconde comptait. S'il prenait le temps de faire intervenir officiellement les Norvégiens, son maître aurait le temps d'arriver jusqu'à Vorkuta.

— Tu as une voiture ? demanda-t-il.

Elle hocha affirmativement la tête.

*
* *

Valeri Leonid Oganian avait l'impression que ses pieds étaient transformés en blocs de glace. Cela faisait plus d'une heure qu'ils se gelaient dans la camionnette arrêtée dans le noir. Il avait du mal à lutter contre son angoisse.

— Que se passe-t-il? demanda-t-il à voix basse à Petter Jacobsen.

Ce dernier désigna à travers le pare-brise les points lumineux de deux cigarettes. Deux skieurs étaient arrivés un quart d'heure plus tôt et s'étaient arrêtés sous l'auvent du grand bâtiment, en face d'eux.

— Les deux qui attendent là-bas, ce sont des gardes-frontières, au poste qui se trouve au bout de la route de Mourmansk. Ils ont rendez-vous avec des filles comme tous les dimanches. Elles ne sont pas encore arrivées.

« Bon Dieu, pourvu qu'elles viennent », pensa Oganian.

Les deux Norvégiens gardes-frontières avaient parcouru vingt-cinq kilomètres à ski pour leur rendez-vous galant... Plus la même distance pour revenir... Il faut dire que les distractions étaient rares le long de la frontière. Celles-ci venaient de l'hôpital de Kirkenes. C'était une des informations précieuses communiquées par Ingrid à Sonia.

Il y eut un bruit de moteur et une vieille Saab apparut, venant de Kirkenes. Ses phares éclairèrent les deux soldats qui gesticulèrent avec leurs bâtons. La voiture stoppa, les filles descendirent, se jetèrent dans les bras des soldats. Ceux-ci, après avoir posé leurs skis contre le mur, s'entassèrent dans la Saab qui fit demi-tour.

Ils n'avaient pas l'impression de commettre une faute bien lourde. Il ne se passait jamais rien sur l'ancienne route de Mourmansk construite par les Allemands durant la guerre, fermée depuis au trafic civil.

Aucun chasse-neige ne la dégageait et elle était difficilement praticable.

Les Russes avaient ôté le pont sur la rivière, et, la plupart du temps, leur poste n'était même pas occupé.

*
* *

Le moteur de la camionnette toussa et repartit enfin. Valeri Leonid Oganian avait les nerfs comme une pelote d'épingles. Petter sourit, rassurant.

— Il n'y en a plus pour longtemps maintenant.

L'ancienne route de Mourmansk montait vers la colline sombre couverte de bouleaux. Pas la moindre trace de roues. Lentement, pour ne pas patiner, le Norvégien s'y engagea avec précautions. Il lui faudrait une heure et demie pour arriver au pont.

Mischa Kosarev les attendait de l'autre côté.

CHAPITRE XVIII

Le regard du lieutenant Lantz vacilla derrière ses grosses lunettes d'écaille. L'imploration muette d'Ingrid lui noua l'estomac, tout autant que la présence inquiétante de l'inconnu aux farouches yeux noirs qui l'accompagnait.

Il fallait un motif grave pour que sa femme vienne lui rendre visite dans ce poste... Le soldat qui leur avait ouvert attendait. Lantz le renvoya avec un sourire contraint.

— Ça va. Je n'ai plus besoin de toi.

Le soldat s'éclipsa dans la chambrée voisine, où d'autres gardes-frontières jouaient aux cartes. Le poste était construit à droite de la route de Boris Gleb, sur une petite éminence. Le lieutenant Lantz fit entrer sa femme et Krisantem dans le « foyer », une pièce en longueur décorée de photos de tanks soviétiques, et referma la porte.

— Tu sais bien que tu n'as pas le droit de venir ici, dit-il. Je vais me faire mettre aux arrêts par le colonel.

— C'est moi qui l'ai amenée, coupa Krisantem, en anglais.

Le lieutenant le toisa, instinctivement hostile, devinant un drame :

— Qui êtes-vous? Que faites-vous avec ma femme?

Elko Krisantem n'était pas décidé à se laisser interroger.

— Vous comprenez l'anglais? demanda-t-il.

— Oui, fit le lieutenant.

Ingrid éclata en sanglots et se laissa tomber sur la banquette. Le lieutenant regarda avec inquiétude la porte. Pourvu qu'un soldat ne vienne pas. Comme dans un cauchemar, il entendit les horribles choses que lui racontait l'inconnu...

Elko Krisantem ne mâchait pas ses mots.

— La fille qui se tape votre femme travaille pour le K.G.B., dit-il. Elle a participé à l'enlèvement du Prince Malko, et au moins à un meurtre. Je les ai trouvées ensemble. Et elle a communiqué aux Russes les renseignements donnés par votre femme.

Le lieutenant Lantz se passa une main sur le front, l'air égaré. C'était un cauchemar! Ingrid qui passait ses soirées à tricoter! Une espionne doublée d'une lesbienne. Elle qu'il accusait de toujours provoquer les hommes, amoureuse d'une autre femme. C'était dément. Il se tourna vers Ingrid, effondrée sur la banquette, sanglotant silencieusement...

— C'est vrai? demanda-t-il d'une voix misérable.

Elle répondit d'une voix presque inaudible.

— Oui.

— Mais pourquoi?

Ingrid secoua la tête.

— Je ne sais pas. Je m'ennuyais. Je ne croyais pas que c'était grave...

Anéanti, le lieutenant se laissa tomber sur la banquette à son tour. Il se voyait déjà devant le tribunal militaire, déshonoré, dégradé. Ingrid en prison. Leur vie brisée.

Des larmes obscurcirent ses lunettes.

Elko Krisantem lui mit une main sur l'épaule. Le Turc aimait bien les militaires. Ce lieutenant effondré lui faisait pitié.

— Ecoutez, fit-il. Tout cela peut rester entre nous... Mais il faut m'aider.

Le lieutenant releva la tête :

— Qu'est-ce que vous voulez?

— Nous sommes protégés par le colonel Kaas, expliqua Elko. Mais le temps que je l'alerte, qu'il réagisse, le Prince sera chez les Soviétiques. Je connais l'armée. Je veux que vous alertiez le colonel pendait que j'essaie de les rattraper avant qu'ils ne franchissent la frontière.

Le lieutenant Lantz essayait de rassembler ses esprits.

— La route de Mourmansk, murmura-t-il. Ils ne doivent pas avancer vite. Il faudrait couper à travers la Vedda et les rattraper avec un scooter des neiges.

— Qu'est-ce que c'est? demanda Krisantem.

— Un véhicule à chenille de caoutchouc tous-terrains, expliqua le lieutenant. Il passe partout. Nous nous en servons pour les patrouilles.

L'œil du Turc brilla.

— On peut mettre une arme dessus?

— Oui.

— Très bien, fit Krisantem. J'ai vu ce qui me fallait, au râtelier près de la porte. Une M.G. 42 [1].

— Mais il faut la permission du colonel, s'insurgea le lieutenant Lantz. Je ne peux pas vous laisser emmener ainsi une mitrailleuse de l'armée norvégienne.

Le regard de Krisantem s'assombrit.

— Ou vous me procurez ce que je vous demande ou je livre votre femme à la police.

Le lieutenant Lantz ne réfléchit pas longtemps. Il se leva très pâle.

— Très bien, dit-il. J'espère que cela ne tournera pas trop mal...

[1] Mitrailleuse allemande.

Krisantem l'accompagna dans la petite entrée. Deux mitrailleuses étaient retenues dans un râtelier par des chaînes. Le lieutenant prit une clef dans sa poche et défit le cadenas. Le Turc sortit du râtelier l'arme automatique.

— Et les munitions?

Silencieusement, le lieutenant Lantz ouvrit un placard, prit deux boîtes de cinq cents cartouches. Surveillant la porte de la chambrée. Ses hommes risquaient de se poser des questions en le voyant voler une des armes collectives du poste... Il en avait des sueurs froides, mais n'arrivait pas à détester Ingrid.

— Le scooter est dehors dans un autre bâtiment, dit-il.

Krisantem prit la M.G. 42 sur son épaule et sortit, suivi du lieutenant portant les deux boîtes métalliques. La neige avait cessé de tomber mais le ciel restait bouché et le plafond bas. Ils descendirent le sentier qui menait à la route de Boris Gleb. Le lieutenant s'arrêta devant un petit hangar qu'il ouvrit. Krisantem s'accroupit et ouvrit la culasse de la mitrailleuse. Il y glissa l'extrémité d'une des bandes de cartouches, actionna le levier d'armement. L'arme était prête à servir.

Mille deux cents coups minute. Les Allemands l'avaient étudiée en 1942 pour arrêter les hordes soviétiques. Elle était toujours en service dans plusieurs armées européennes. Krisantem passa la paume sur le métal glacé. Il se retrouvait en pays de connaissance...

Il y eut une pétarade dans le hangar, vite étouffée. Une forme étrange sortit lentement de l'ombre : le scooter des neiges.

Le lieutenant Lantz stoppa à côté de Krisantem, prit une torche électrique en caoutchouc noir accrochée à l'engin, l'alluma et la braqua sur sa monture. Cela avait la forme d'un vrai scooter, mais les roues étaient remplacées par une large chenille en caoutchouc et un petit patin à l'avant servant à le diriger. Le moteur tournait régulièrement.

— Vous allez savoir le conduire? demanda le lieutenant.

— Montrez-moi.

Le Norvégien expliqua rapidement à Krisantem le maniement des diverses commandes. C'était aussi simple qu'un vélomoteur. Dans le guidon était fixée une boussole.

Krisantem prit la M.G. 42 et la fixa par des sangles prévues à cet effet sur le scooter des neiges. Le lieutenant Lantz murmura :

— Je risque cinq ans de forteresse en vous donnant cette mitrailleuse.

— Je vous la rapporterai, promit Krisantem. Et je vous assure que, si je les rattrape, on vous félicitera.

Cela ne semblait pas évident au lieutenant Lantz. Elko Krisantem lui prit l'engin des mains et l'enfourcha.

— Dès que je serai parti, dit-il, vous alerterez le colonel. Il pourra peut-être faire quelque chose. Maintenant, je vais dans quelle direction?

Le lieutenant éclaira une carte sous plastique fixée à côté de la boussole. La zone-frontière.

— Nous sommes ici, expliqua-t-il. Vous allez couper plein est à travers les bois jusqu'à ce que vous rencontriez l'ancienne route de Mourmansk. Vous ne pouvez pas vous tromper, il n'y en a qu'une. Ensuite, vous la suivrez... Avec ça, vous irez beaucoup plus vite qu'un véhicule à roues. La route est déjà enneigée.

— Comment est le terrain? demanda Krisantem.

Le lieutenant fit la grimace.

— Accidenté. Vous allez avoir du mal. Il faut vous asseoir comme cela.

Il s'assit sur l'engin, à demi agenouillé, montrant à Krisantem comment garder son équilibre.

— O.K., fit le Turc. J'y vais.

Chaque seconde perdue risquait de coûter la liberté à Malko.

— Le plein est fait. Quatre heures de route.

Krisantem s'installa, manœuvra la poignée des gaz. Cela lui rappelait la Corée.

— Servez-vous du phare! cria le lieutenant.

Krisantem démarrait déjà. Il zigzagua un peu sur la route pour tâter son engin, puis plongea sur la pente douce semée de bouleaux parallèlement à la frontière. A sa droite, la route descendait vers Boris Gleb. L'engin se conduisait avec une relative facilité. Heureusement, qu'il avait son phare pour éviter les arbres. Une branche lui fouetta le visage et il jura. Cela n'allait pas être une partie de plaisir... Pourvu qu'il arrive à temps.

*
* *

La camionnette n'arrivait pas à dépasser vingt à l'heure en seconde, engluée dans la neige profonde. De chaque côté de la piste, il y avait des congères de plus d'un mètre. Le moindre faux coup de volant et ils s'enlisaient pour de bon. Oganian était hypnotisé par le vallonnement infini et blanc autour d'eux. La route montait et descendait, tournait, s'allongeait, serpentant dans la toundra accidentée. Le vieux partisan norvégien conduisait avec des grâces de ballerine, faisant patiner l'embrayage, changeant de vitesse sans arrêt.

— On est encore loin? demanda Oganian.

— Dix kilomètres.

Cela semblait infiniment long. Le paysage monotone donnait l'impression qu'on n'avançait pas...

Valeri Leonid Oganian sourit à sa femme.

— Nous sommes presque arrivés.

— J'ai mal au ventre, gémit-elle.

CHAPITRE XIX

L'hélicoptère volait aux instruments, perdu dans un impénétrable brouillard blanchâtre, à très petite vitesse. Près du pilote, John Gate écarquillait les yeux, essayant vainement d'apercevoir quelque chose. Il avait fallu toute son insistance, l'arrivée du colonel Kaas et le récit du lieutenant Lantz pour obtenir que le pilote décolle.

— S'ils essaient de passer par la route de Mourmansk, avait affirmé le colonel, ils vont se heurter aux hommes de notre poste.

Seulement, la radio dudit poste ne répondait pas...

Depuis une demi-heure, l'appareil suivait la frontière de Grenze Jacobselv à Boris Gleb, sans rien voir. A l'arrière, six gardes-frontières armés de fusils d'assaut tenaient compagnie à Milton Brabeck. L'hélicoptère était relié par radio au P.C. des gardes-frontières où se tenait le colonel Kaas.

— On rentre? proposa le pilote.

Ils survolaient l'Océan arctique, un peu au nord de Grenze Jacobselv. L'hélicoptère vira. On ne voyait toujours rien. John Gate avait envie de crier d'énervement. Nou seulement, il échouait dans sa mission, mais il perdait un de ses meilleurs agents. L'addition était lourde...

— Faisons encore une rotation, proposa-t-il.

Il voulait croire au miracle. Si seulement le temps se dégageait.

*
* *

Elko Krisantem jura à faire tomber le ciel, donna un coup de guidon désespéré, mais ne put éviter la souche à demi enterrée dans la neige. Dévié par le choc, le scooter des neiges bascula sur la gauche, projetant le Turc à terre, et continua tout seul. Un arbre arrêta brutalement la chute de Krisantem qui se releva aussitôt.

Le scooter gisait vingt mètres plus bas, moteur calé. Enfonçant dans la neige jusqu'aux genoux, Krisantem le rejoignit. Il était en sueur, épuisé. Ce voyage était un cauchemar! La taïga broussailleuse semée de bouleaux et de petits lacs était tellement accidentée qu'il avait dû changer cent fois de direction pour contourner ses obstacles naturels. Mais Krisantem continuait, entêté comme une fourmi... Il souffla une seconde. Le silence était absolu. Il ignorait totalement où il se trouvait, combien de chemin il avait parcouru... A grand-peine, il releva le lourd scooter, donna un coup furieux au kick. Le moteur repartit. Krisantem allait réenfourcher l'engin quand un effroyable juron lui échappa.

La M.G. 42 avait disparu!

Sans elle, ce n'était pas la peine de continuer. Il repartit à quatre pattes dans la neige, s'énerva, jura, glissa. Pas de M.G. 42. Il continua, éclairant le sol de sa torche électrique. Finalement, il retrouva la mitrailleuse fichée dans une crevasse. Le temps de la rattacher, il perdit encore cinq minutes.

De nouveau il fonça, ankylosé par la position incommode. Ayant l'impression de ne pas avancer.

Le sous-bois était toujours le même. Il n'avait coupé aucun chemin, bien qu'il se soit efforcé de toujours aller vers l'est. Angoissé, il se demanda s'il n'était pas en train de tourner en rond...

Accroché à son volant, il ne voyait que l'espace éclairé par le phare directement devant lui. Il zigzaguait, évitant les arbres, les fossés. Peu à peu, il lui sembla que le terrain devenait un peu plus plat. Il accéléra. La chenille de caoutchouc mordait merveilleusement dans la neige. Tout à coup, il se trouva devant un véritable mur de près d'un mètre de haut.

Il n'eut pas le temps de l'éviter et plongea dedans jusqu'au guidon. Le moteur cala. Krisantem se dégagea, jurant et crachant de la neige. Il était obligé de faire demi-tour.

Il s'avança pour sonder l'épaisseur de la muraille de neige. Il enfonçait jusqu'à la taille. Il parcourut ainsi trois ou quatre mètres et, d'un coup, creva le mur de neige.

A gauche et à droite, le ruban plus clair d'une piste s'enfonçait dans l'obscurité.

La route de Mourmansk.

Elko Krisantem avait envie d'embrasser la neige! Il balaya le sol du faisceau de sa torche et jura : des traces fraîches de roues avaient tracé des ornières. Une voiture venait de passer. Certainement le véhicule qui emmenait Malko. Comme un fou, le Turc replongea dans la congère, creusant comme un castor pour frayer un passage au scooter. Sur la route, il allait pouvoir filer à plus de trente à l'heure...

Dès qu'il eut amené le lourd engin sur la route, il l'enfourcha et fonça vers l'est. Tremblant d'arriver trop tard.

*
* *

La camionnette ripa légèrement. La roue arrière gauche entra dans la neige profonde et commença à patiner. Petter Jacobsen essaya de passer en première, mais dut débrayer pour ne pas caler. Il se tourna vers Oganian.

— Il va falloir descendre. Pour pousser.

— On ne va jamais y arriver! fit Oganian.

Ils descendirent dans la neige, inspectèrent l'arrière. La roue était enlisée jusqu'au moyeu. Ils tentèrent de l'arracher, sans y parvenir. Oganian commençait à paniquer.

— Seuls, nous n'y arriverons jamais, dit le Norvégien, essuyant son front en sueur.

— Déchargeons, proposa Oganian.

Ils abaissèrent la porte arrière, posèrent d'abord dans la neige les sacs contenant les prisonniers, puis déchargèrent les autres, les jetant dans le fossé au fur et à mesure... Dix minutes de travail acharné... Ensuite, ils installèrent Rika Oganian, muette de fatigue, au volant et commencèrent à balancer le véhicule.

Enfin, la camionnette s'arracha!

Ils remirent les prisonniers à l'arrière et repartirent. Même le vieux partisan n'en pouvait plus. Son dos lui faisait mal à hurler.

Oganian se raidit tout à coup :

— Vous n'avez rien entendu?

Petter Jacobsen tendit l'oreille.

— Qu'est-ce qu'il y a?

— Un bruit de moteur?

Le Norvégien écouta à son tour. Brusquement angoissé.

Mais la route de Mourmansk était silencieuse et déserte comme la surface de la lune.

— C'est notre propre moteur, dit-il. Repartons.

Rika Oganian se mit à pleurer.

— Nous n'y arriverons jamais, dit-elle.

Valeri Leonid Oganian lui prit la main et la serra sans mot dire. Cette route était infernale. Petter repartit doucement. Il ne restait plus que cinq kilomètres avant la rivière.

*
* *

Elko Krisantem coupa son moteur et piqua du nez dans la congère. Heureusement que ses yeux de chat lui avaient permis de deviner une masse noire arrêtée devant lui. Le temps s'était brutalement éclairci, le temps d'un éternuement, sous l'empire d'un vent violent.

Elko Krisantem prêta l'oreille et entendit des voix! Cette fois, c'était eux!

Il hésita, ignorant à combien d'adversaires il avait affaire et la raison de leur arrêt. C'était dangereux de se présenter sur la route découverte. Il attendit, rongeant son frein, cherchant une solution. Puis, un bruit de moteur lui parvint : le véhicule repartait. Aussitôt, il remit en marche le scooter des neiges. Il ne voyait qu'une solution : les dépasser et leur tendre une embuscade.

A cet endroit le long de la route, le terrain était à peu près plat, et les congères ne dépassaient pas cinquante centimètres de haut. De biais, il la franchit comme un tank, et plongea dans la taïga, la manette des gaz à fond. Le bruit de son propre moteur était couvert par celui de l'autre véhicule dont il ne craignait pas de se faire repérer. Les dents serrées, il fonçait, contournant les plus gros obstacles. Tout dépendait de la vitesse que pouvait réaliser sur la route enneigée le véhicule qu'il poursuivait...

*
* *

— Nous y sommes!

Le visage ridé de Petter Jacobsen rayonnait de satisfaction. La route s'élargissait en une sorte de demi-lune gagnée sur la forêt de bouleaux. Plus loin à droite, on apercevait un chalet de bois : le poste militaire norvégien. Aucune lumière.

Valeri Leonid Oganian essaya de percer l'obscurité autour de lui, regarda le chalet éteint.

— Vous êtes certain pour les Norvégiens?

Le vieux partisan eut un rire joyeux.

— Ils sont à Kirkenes!

Oganian ouvrit la portière.

— Alors, allons-y vite.

— Attendez, dit Petter Jacobsen. On ne peut pas traverser comme cela. Ils vont venir nous chercher avec un canot. Je vais signaler que nous sommes là.

Il descendit du véhicule, s'éloigna dans l'obscurité vers la rivière. A cet endroit, elle mesurait environ deux cents mètres, charriait déjà des glaçons. Dans deux semaines, au plus tard, elle serait totalement gelée, jusqu'en avril.

Oganian sentait son cœur cogner contre ses côtes, comme pour s'échapper de sa cage thoracique... Son pays était là à portée de la main.

— Nous sommes arrivés, dit-il à voix haute pour réconforter sa femme.

*
* *

Le major Mischa Kosarev se retenait de fumer depuis une heure et était d'une humeur massacrante. Il avait passé par-dessus son uniforme une veste molletonnée de l'armée soviétique pour lutter contre le froid. Autout de lui, une section de gardes-frontières à casquettes plates, engoncés dans de lourdes tuniques, attendaient silencieux comme des blocs de glace.

Petter Jacobsen avait près de deux heures de retard. Mischa n'aimait pas cela.

Il se redressa pour scruter l'autre rive de la rivière. Rien que le noir. Aucun signe de vie, du côté du poste norvégien.

Les piles du pont détruit prenaient des allures fantomatiques dans l'obscurité. Mischa Kosarev prêta l'oreille. Un bruit de moteur se rapprochait. Et, tout à coup, il vit les phares.

C'était eux.

Le véhicule stoppa à une centaine de mètres de la rivière, éteignit ses phares. Les gardes-frontières soviétiques étaient déjà en train de s'activer. L'un d'eux se glissa en pataugeant dans les hautes herbes de la rive plate et maréchageuse, jusqu'au dinghy équipé d'un petit moteur. Les autres vérifièrent leurs mitraillettes. Normalement, ils n'auraient pas à s'en servir. Si l'information donnée par Ingrid Lantz était exacte. Le major Kosarev se sentit soudain d'humeur joyeuse.

A son tour, il s'avança vers la rive. Les derniers nuages disparaissaient chassés par le vent glacial qui soufflait de l'Océan arctique, Mischa Kosarev leva le visage vers les étoiles, goûtant une fois de plus le subtil enchantement des nuits du Grand Nord.

Soudain, une lampe électrique clignota trois fois rapidement de l'autre côté de la rivière. Le signal que tout allait bien. Mischa Kosarev lança un ordre bref à voix basse :

— Le bateau! Vite.

Les gardes-frontières se précipitaient déjà. Le major Kosarev pataugea dans l'eau glacée qui entra dans ses bottes et monta dans le dinghy. C'était grisant, même pour lui, d'aller chercher quelqu'un de l'autre côté! Surtout sans risques. Un des gardes-frontières mit le moteur en route et ils coupèrent à travers le courant.

La lune se refléta tout à coup dans l'eau noire.

*
* *

Petter Jacobsen revint en courant aussi vite qu'il le pouvait à la camionnette.

— Descendez! cria-t-il.

Valeri Leonid Oganian sauta dehors et tendit la main à sa femme. Elle ne bougea pas, soudain pliée en deux.

— Viens, dit-il.

— Je ne peux pas, murmura-t-elle d'une voix blanche. J'ai mal. Mon ventre.

Indécis, il regarda vers la ligne de bouleaux, de l'autre côté de la rivière : son pays.

— Fais un effort, supplia-t-il.

Petter Jacobsen fit le tour du véhicule, ouvrit l'arrière.

Il jeta à terre le sac contenant Malko. Il l'ouvrit et le dégagea. Malko était bleu de froid. Il ne sentait plus ni ses mains ni ses pieds. Petter Jacobsen l'aida à se mettre debout, sans défaire ses liens. Malko dut s'appuyer à la camionnette pour ne pas tomber... Il regarda autour de lui.

— Où sommes-nous? demanda-t-il.

Petter Jacobsen tendit la main vers la rivière.

— Union Soviétique, dit-il.

Malko comprit que c'était fini. Il avait perdu. Résigné, il regarda le ciel. Une longue écharpe lumineuse ondulait d'est en ouest, brillante, piquetée de lueurs plus vives, comme un ballet spectral.

Une aurore boréale, phénomène électrique courant dans le Grand Nord. C'était d'une beauté féérique. Malko oublia ses soucis pendant quelques secondes. Mais, aussitôt, l'instinct de conservation le rappela à la réalité. Il fit quelques mouvements pour assouplir ses muscles, sautilla sur place.

Petter Jacobsen sortit le sac contenant Mathilda Larsen en ahanant. Il la déposa par terre et l'ouvrit. La jeune femme était inanimée, les traits tirés, les lèvres pincées.

— Elle est morte? dit Malko.

Petter se pencha sur la jeune femme, lui tapota les joues l'air embarrassé et secoua la tête : elle respirait faiblement. Heureusement, le froid avait mis sa douleur en hibernation et elle souffrait moins.

Il y eut un bruit de moteur. Petter Jacobsen partit en courant vers le pont. Aussitôt Malko partit en sautillant, à pieds joints, comme un enfant jouant à la marelle : s'il parvenait à gagner le couvert, les autres ne perdraient peut-être pas de temps à le chercher. Cela lui faisait mal au cœur d'abandonner Mathilda Larsen, mais il ne pouvait rien pour elle.

Il entendit des cris et des exclamations étouffées, et tourna la tête vers la rivière. Plusieurs silhouettes entouraient Petter Jacobsen.

Malko mesura la distance qui lui restait à parcourir avant de disparaître : au moins quarante mètres.

Toute sa volonté tendue, il avançait centimètre par centimètre. Des voix en russe lui parvinrent, parlant avec animation. Pas la moindre trace de Norvégiens! Il était ivre de rage en pensant à la promesse du colonel : la frontière était verrouillée...

Il fit un bond plus important qui le déséquilibra et il tomba, se meurtrissant sur le sol gelé. Il se releva tant bien que mal. Un cri le fit sursauter.

— *On oubiegayet!* [1]

C'était Valeri Leonid Oganian. Les conversations s'arrêtèrent aussitôt. Une autre voix hurla.

— *Poymatié yevo!* [2]

Trois silhouettes se détachèrent du groupe près de la pile du pont et coururent vers lui. Il distingua les casquettes plates. Des gardes-frontières soviétiques.

[1] Il se sauve!
[2] Rattrapez-le!

CHAPITRE XX

Les détonations claquèrent tellement rapprochées qu'elles ne formaient qu'un seul staccato déchirant et soyeux. Deux des gardes-frontière soviétiques qui couraient vers Malko semblèrent pris de la danse de Saint-Guy. Ils boulèrent dans la neige, fauchés par la rafale. Le troisième hésita puis se jeta à plat ventre, pendant sa casquette plate.

Le silence retomba quelques secondes. Total.

Malko réprima un hurlement de joie. Ce ne pouvaient être que Milton et Krisantem. Il roula sur lui-même, cherchant à deviner d'où venaient les coups de feu, et parvint à s'abriter derrière une roulotte militaire sur cales.

L'étonnant silence fut rompu par une pluie de vociférations en russe et une longue rafale de mitraillette. Mais on ne tirait par sur Malko. Oganian remonta en toute hâte dans la camionnette à côté de sa femme.

Le garde-frontière qui avait perdu sa casquette se releva, la mitraillette à la hanche. Une longue rafale de la mitrailleuse le coupa pratiquement en deux. Cette fois, plusieurs armes automatiques répliquèrent, de la pile du pont. Malko ressentit un choc violent dans la jambe droite : une balle venait d'arracher le talon de sa chaussure! On tirait aussi sur lui. Une voix cria en russe :

— Tirez!

Il y eut l'explosion sourde d'une grenade défensive quelque part sur sa droite. Là où devait se trouver la mitrailleuse. Puis de nouveau le silence. Le cœur de Malko s'arrêta de battre. Ceux qui étaient venus à son secours avaient peut-être été tués. Mais aussitôt, une longue rafale claqua sur la pile de l'ancien pont, là où s'abritaient les Soviétiques. Une mitraillette répliqua, et le cœur de Malko se remit à battre. Mais sa situation n'avait rien de confortable. S'il bougeait, les mitraillettes russes le cloueraient au sol...

Par contre, les Russes ne pouvaient pas venir le chercher.

Il pensa à Mathilda, étendue près de la camionnette. Pourvu qu'elle ne soit pas touchée par une balle perdue...

Les adversaires s'observaient. Ce n'étaient sûrement pas les Norvégiens qui étaient venus à la rescousse. Ils se seraient déjà montrés.

Une voix appela de la rivière :

— Oganian!

Oganian se laissa glisser hors de la camionnette, essaya de tirer sa femme. Celle-ci cria d'une voix hystérique :

— N'y va pas, ils vont te tuer.

On l'appela encore. Mais il ne pouvait pas laisser Rika, et elle refusait de sortir de la camionnette. Les positions étaient figées. Les Russes ne pouvaient pas éternellement rester sur la rive norvégienne... Malko comprit qu'ils allaient tenter l'impossible...

Effectivement, un projecteur s'alluma soudain près de la pile du pont, balayant les arbustes rabougris couverts de neige de la toundra. La mitrailleuse cracha furieusement, il y eut un bruit de verre, des cris et l'obscurité retomba.

De nouveau, on hurla des ordres en russe. Une mitraillette vida son chargeur, plusieurs grenades éclatèrent. Deux gardes-frontières plongèrent le long de la rive pour prendre à revers la mitrailleuse.

Les Oganian dans la camionnette se tenaient cois. Malko commençait à se dire que ça tournait mal. Les Russes étaient trop nombreux et décidés.

***

L'hélicoptère était au-dessus de Boris Gleb. On apercevait le grand pont métallique qui enjambait la rivière, un peu au sud et les lumières de la centrale hydro-électrique. Le voyant rouge de la radio s'alluma. Le pilote écouta et se tourna vers John Gate.

— La station numéro six signale des rafales d'armes automatiques au sud de leur poste.

— Nom de Dieu! fit John Gate. Foncez.

— C'est par là, dit le pilote encerclant une zone sur la carte plastifiée, accrochée à son genoux.

John Gate se pencha à son tour.

— Cela pourrait être le long de l'ancienne route de Mourmansk.

— Ce n'est pas impossible, reconnut le pilote.

Maintenant, tous les postes-frontière étaient en éveil. Le combat durait depuis une dizaine de minutes. Le colonel Kaas cherchait à joindre son homologue soviétique, grâce au téléphone « rouge » installé dans son P.C., en face du point de passage d'Andenes.

Le temps était totalement dégagé et l'étendue neigeuse de la toundra luisait doucement sous l'hélicoptère. Milton Brabeck et les soldats norvégiens vérifièrent leurs armes.

Dans dix minutes, l'appareil serait dans la zone de combat.

*
* *

Elko Krisantem claquait des dents, coincé entre deux rochers gelés qui formaient une faille naturelle, le protégeant des éclats de grenades.

La M.G. 42 était brûlante, et il n'avait pas de canon de rechange. Il écarquilla les yeux, cherchant à percer la pénombre. Il avait tout juste eu le temps de s'installer avant l'arrivée de la camionnette. Le scooter était inutilisable, ayant déchenillé. Elko avait parcouru les cent derniers mètres, la mitrailleuse sur l'épaule comme au bon vieux temps de la Corée... Il était inquiet. Les Soviétiques allaient tenter de l'encercler. Le Turc ne voyait pas comment faire évoluer la situation, pour, au moins, récupérer Malko.

Il tâta la boîte de cartouches. Une soixantaine, pas plus... La M.G. 42 tirait vite. Ensuite, il n'aurait plus que son Astra et son lacet... C'était léger contre un détachement russe...

Il perçut soudain des frôlements entre la berge et l'endroit où il se trouvait. Il tira son Astra et le posa près de lui.

Il aperçut plusieurs silhouettes rampant en direction de Malko et de la camionnette. Les Russes attaquaient des deux côtés... Il caressa la détente de la M.G. 42, hésita. S'il se découvrait, c'était la dernière rafale qu'il tirait. S'il ne faisait rien, les Russes s'emparaient de Malko... Il avait une seconde pour résoudre le problème.

Il appuya sur la détente de la M.G., la sentit tressauter contre son bras. Les silhouettes s'arrêtèrent, se confondirent avec le sol. Malko avait un sursis de quelques minutes. Mais une voix russe chuchota derrière lui, à moins de dix mètres.

— Il est là.

***

Valeri Leonid Oganian était littéralement enroulé autour de Rika. Elle tremblait tant que le mouvement se transmettait à lui, égrenant des mots décousus en hébreu, des lambeaux de prière, se taisant quand les armes crachaient. Pourtant, aucune balle ne s'était enfoncée dans la carrosserie de la camionnette. Oganian guettait le moment où il allait pouvoir foncer, parcourir les quelques mètres qui le séparaient de la liberté...

Il ignorait si l'homme qui servait la mitrailleuse avait l'ordre de tirer sur lui ou non. C'était un risque qu'il ne pouvait prendre. Surtout avec Rika. Il sentait que les Russes tentaient une manœuvre d'encerclement. S'ils réussissaient à neutraliser leur adversaire, en quelques secondes, Oganian serait à l'abri...

— Prépare-toi, souffla-t-il, à Rika, il va falloir courir.

— Je ne peux pas ! sanglota-t-elle. Vas-y, laisse-moi, laisse-moi.

Il lui caressa les cheveux, elle se débattit.

La mitrailleuse s'était tue. Tout à coup la voix de Mischa Kosarev s'éleva :

— Oganian, vous êtes vivant?

— Oui, hurla Oganian, je suis là.

— Ne bougez pas, nous allons venir. Ne bougez pas.

Ainsi, on ne l'abandonnait pas. Des coups de feu éclatèrent sur la droite. L'homme à la mitrailleuse avait été pris à revers...

Une grenade explosa. La mitrailleuse ne crachait plus. Oganian tira Rika par la main :

— Viens!

— Non.

Oganian s'énerva :

— Viens, bon sang, sinon, nous ne pourrons plus partir.

— Je m'en fous, cria la jeune femme. Je m'en fous. Je ne veux pas que mon enfant meure.

Elle semblait ne pas entendre...

Un bruit de moteur leur fit lever la tête. Une lueur rouge avançait en clignotant au ras des arbres.

Un hélicoptère!

Qui ne pouvait être que norvégien, étant donné la direction d'où il venait. Des exclamations en russe fusèrent près du pont. Les Russes avaient aperçu aussi l'hélicoptère. Oganian entendit la voix de Mischa Kosarev.

— Au bateau, vite. Emmenez les corps.

Les gardes-frontières survivants se ruèrent sur les cadavres de leurs trois camarades et les traînèrent jusqu'au dinghy. L'hélicoptère bourdonnait maintenant au-dessus d'eux. Oganian pouvait sentir le souffle du rotor.

— Oganian, vite! cria Mischa Kosarev.

Oganian bondit hors de la camionnette. La mitrailleuse semblait définitivement hors de combat.

Mischa Kosarev courut à sa rencontre, l'étreignit rapidement, à la russe.

— Bravo! camarade Oganian, viens vite.

— Ma femme!

— Va la chercher.

L'hélicoptère descendit encore. On avait l'impression qu'il allait se poser sur leurs têtes. Un puissant projecteur s'alluma à l'avant de son fuselage, balaya la clairière et s'immobilisa sur le groupe des gardes-frontières russes en train de rembarquer.

L'un d'eux leva sa mitraillette. A cette distance, il pouvait facilement faire sauter le rotor de queue. Mischa Kosarev hurla de tous ses poumons :

— *Niet!*

Abattre un hélicoptère militaire norvégien! Il en avait des sueurs froides. Le Russe baissa son arme. Mais, maintenant, ils étaient pris dans le faisceau lumineux. Il y avait sûrement des soldats à bord. Il fallait à tout prix éviter l'affrontement... Kosarev prit Oganian par le bras :

— Viens.

Rika était toujours dans la camionnette. Oganian fit brusquement demi-tour et courut dans sa direction, laissant Mischa Kosarev médusé.

Dans un grand froissement de pales, l'hélicoptère se laissa tomber, écrasant les buissons gelés de la toundra, à trente mètres d'eux...

***

Elko Krisantem tira deux fois au jugé avec son Astra, puis roula sur lui-même dans la neige. Juste au moment où la rafale de la mitraillette russe hachait la neige, là où il se trouvait une seconde plus tôt. Deux Russes découvrirent la M.G. 42 avec un rugissement de joie. Il n'y avait pas de quoi : la bande ne contenait plus que quatre cartouches...

Accroupi, Elko Krisantem se préparait à vendre chèrement sa vie, quand il entendit le ronflement de l'hélicoptère. Les deux Russes l'entendirent aussi et se mirent à courir vers la rivière. Krisantem se redressa et courut dans la direction où se trouvait Malko.

Celui-ci était toujours derrière la roulotte. Krisantem plongea près de lui et, immédiatement, commença à défaire ses liens.

— Son Altesse doit avoir très froid, dit-il d'une voix altérée.

Dans les moments graves, Elko Krisantem devenait très stylé.

— Les mains, fit Malko, détache-moi les mains.

Elko Krisantem s'exécuta.

L'hélicoptère était maintenant au-dessus d'eux. Les Russes refluaient. Il se massa les poignets.

— Où est Oganian? demanda-t-il.

Le Turc secoua la tête.

— Là-bas...

Il désignait la camionnette.

— Passe-moi ton pistolet, dit Malko.

Maintenant, c'était sa revanche. La crosse chaude de l'Astra lui fit du bien. Pour éviter de se trouver dans le feu des armes russes, il plongea dans la toundra, effectuant un léger détour. Une branche lui fouetta douloureusement le visage, il faillit se déboîter la clavicule en tombant, mais il surgit sur la rive marécageuse près de la pile du pont. Juste entre le dinghy plein de gardes-frontières russes et Oganian en train de lutter avec sa femme.

Mischa Kosarev l'aperçut et cria :

— Abattez-le.

Il arracha la mitraillette d'un des gardes-frontières et tira lui-même sur Malko. Mais à cause du déséquilibre du bateau, la rafale se perdit dans les arbres. Malko courut vers la camionnette, Oganian l'aperçut.

Au même moment, l'hélicoptère se posa avec un bruit sourd. Mischa Kosarev donna un violent coup de pagaie à la berge pour repousser le dinghy. Il ne pouvait pas se laisser surprendre en territoire norvégien.

— Oganian! hurla-t-il.

Le bateau de caoutchouc était déjà à un mètre du bord. Entre lui et Oganian se dressait Malko.

*
* *

Valeri Leonid Oganian tirait de toutes ses forces sur le bras de Rika, mais elle ne voulait pas s'extraire de son refuge. C'était pourtant une question de secondes. Il savait que Mischa Kosarev allait l'abandonner, qu'il ne pouvait pas se battre contre les Norvégiens. Même pour lui. Et il ne pouvait pas partir sans Rika...

Celle-ci semblait être devenue folle. Elle s'arcboutait comme une bête, en bavant, sans l'écouter, assourdie par le grondement du gros hélicoptère.

Oganian entendit les cris derrière lui, la rafale de mitraillette, se retourna et vit Malko. Une rage aveugle l'envahit. Il était perdu! Une dernière fois, il tenta d'entraîner Rika. En vain.

Alors, il fonça vers la rivière. Malko leva son pistolet, lui cria :

— Oganian! N'allez pas plus loin, je tire.

D'où il était, Oganian voyait le dinghy à dix mètres du rivage. Jamais il ne la rattraperait. Une rafale claqua, et Malko dut s'effacer derrière un arbre.

Comme un fou, Oganian partit en courant parallèlement à la berge. A l'aventure. Malko démarra derrière lui.

— Oganian, revenez, revenez!

Les soldats de l'hélicoptère et Milton Brabeck surgirent, entourèrent la camionnette. Rika poussa un hurlement de bête.

— Leonid!

Mais Valeri Leonid Oganian ne l'entendit pas. Derrière lui, il entendait les pas de Malko. La barque était déjà à mi-chemin de la rivière.

Brutalement, Oganian bifurqua vers les hautes herbes de la berge. Malko n'eut pas le temps de le rattraper : le fugitif plongea dans l'eau noire et glaciale de la Jacobselv d'un seul trait comme un champion olympique. Un hurlement s'éleva du dinghy.

La tête de Valeri Leonid Oganian réapparut. Il dérivait à plusieurs mètres du bord. Puis elle disparut. Il eut beau scruter l'eau noire, il ne vit rien. Un groupe le rejoignit. Des soldats norvégiens avec un projecteur, et John Gate, échevelé et essoufflé :

— Où est-il?

Malko désigna la rivière.

Aussitôt, un des soldats braqua le projecteur sur la rivière. Aucune trace d'Oganian. Personne ne pouvait survivre plus de quelques minutes dans cette eau glaciale...

— Il s'est noyé, fit John Gate d'une voix blanche.

Malko n'arrivait pas à détacher son regard de l'eau qui luisait faiblement sous le clair de lune...

— Il y a encore sa femme, dit-il.

Le dinghy des Russes avait disparu dans l'obscurité de l'autre rive.

Malko arriva dans la clairière pour entendre les hurlements stridents de Rika Oganian. Trois Norvégiens avaient réussi à l'arracher de la camionnette, mais elle se débattait comme une tigresse. Soudain, elle poussa un hurlement strident et se prit le ventre à deux mains.

— Bon Dieu, cria John Gate, elle va accoucher. Foutez-la dans l'hélicoptère!

Deux Norvégiens parvinrent à étendre la jeune femme sur une civière et l'emmenèrent en courant. Malko se précipita vers Mathilda Larsen. Un Norvégien barbu lui faisait boire de l'aquavit. Elle cligna des yeux en reconnaissant Malko puis eut une grimace de douleur.

— La cavalerie est quand même arrivée à temps, murmura-t-elle.

Puis, ses yeux se refermèrent et elle dit des mots sans suite. Le Norvégien la souleva dans ses bras et partit vers l'hélicoptère. Près de Malko, John Gate secoua la tête d'un air dégoûté.

— Quelle merde!

— C'est, le moins qu'on puisse dire, fit Malko en écho.

Les détonations faisaient encore vibrer ses tympans, comme le « plouf » d'Oganian.

Dans une heure, toute l'armée norvégienne serait là. Un peu tard. Malko se sentit soudain terriblement las.

— Je voudrais un bain chaud, dit-il. Et un bon somnifère... Je n'en peux plus.

John Gate lui mit la main sur l'épaule.

— Ce n'est pas de votre faute. Vous avez fait un boulot fantastique. Le principal, c'est qu'Oganian n'ait pas pu passer de l'autre côté... Et nous avons sa femme.

Malko ne répondit pas. Ce n'était pas sa vision des choses.

***

Le petit hôpital perché sur la colline à l'ouest de Kirkenes ressemblait à un chalet avec ses parois de bois. Malko se retourna pour le regarder une dernière fois. Il était arrivé juste à temps pour voir mourir Mathilda Larsen. Lorsqu'on l'avait amenée à l'hôpital, sa tension n'était plus que de 5 et son rythme cardiaque, incontrôlable. Le choc l'avait tuée. Pour elle la cavalerie était arrivée trop tard...

Les médecins norvégiens n'avaient pu la sauver. Ses blessures avaient déclenché une foudroyante septicémie qu'il aurait fallu enrayer immédiatement. Elle avait souffert horriblement et, quand Malko l'avait revue, son visage portait déjà les stigmates de la mort. Il ne s'y était pas trompé. Mathilda avait payé cher sa première expérience de vie aventureuse. Il s'en sentait aussi coupable que ceux qui l'avaient embarquée dans l'histoire Oganian.

— Dépêchons-nous, dit John Gate, nous allons rater l'avion de Bodø.

Malko remonta dans la voiture. Elko Krisantem et Milton Brabeck étaient tassés à l'arrière de la grosse Volvo. Le colonel Kaas conduisait.

Il commençait à neiger. Le colonel gardait un visage de pierre. Il était hiérarchiquement responsable de la faute des deux gardes-frontières.

— Et Rika Oganian? demanda Malko.

John Gate secoua la tête :

— Rien à faire. Juste après sa fausse couche, elle a cessé de parler. Elle est prostrée, comme atteinte de schizophrénie. Les Norvégiens refusent même de nous la laisser voir... Cela peut durer des mois. Ou des années...

C'était complet. L'opération Kirkenes avait coûté cher. Sans parler des gardes-frontières russes que les Soviétiques s'étaient bien gardé de mentionner. Il aurait fallu avouer qu'ils se trouvaient sur le territoire norvégien. D'un commun accord, tout le monde avait tiré un voile pudique sur les performances de Elko Krisantem.

Janos Gyarmathy avait été arrêté dans l'aéroport de Lakselv alors qu'il s'enfuyait. Et le colonel Kaas avait passé l'éponge sur le « prêt » du lieutenant Lantz. Il ignorerait toujours les liens de sa femme avec Sonia.

La voiture s'engagea sur le pont coupant le fjord. On apercevait déjà les bâtiments du petit aéroport.

Malko se tourna vers John Gate.

— Vous ne savez toujours pas pourquoi Oganian était si pressé de regagner l'Union Soviétique?

L'homme de la C.I.A. secoua la tête.

— Non.

Etrange. Malko avait hâte de se retrouver à Liezen, pour l'anniversaire d'Alexandra. Au moins l'argent de la C.I.A. servirait à quelque chose.

CHAPITRE XXI

— Son Altesse est servie, annonça Elko Krisantem.

Avec sa tunique blanche boutonnée ras du cou, le Turc avait grande allure. Un peu moins voûté que d'habitude. Il avait consenti à se débarrasser de son Astra. Comme pour les grandes occasions.

Trois énormes chandeliers éclairaient d'une lumière douce l'immense salle à manger au plafond récemment refait. Les boiseries avaient été amoureusement patinées à la main par deux vieux Autrichiens dont l'un était mort durant le travail. De grandes glaces au mercure se renvoyaient l'image des invités tandis qu'ils se plaçaient.

Malko regarda Alexandra, debout à une extrémité de la table. Pour son anniversaire, il lui avait fait venir de Paris un fourreau d'Azarro dont l'opulence ne le cédait qu'à l'indécence. Un long gant de brocart argent décolleté devant jusqu'au sternum et ouvert derrière jusqu'aux fossettes des reins...

Un vieux baron bavarois en avait frisé l'apoplexie et n'avait dû qu'à une rasade de J and B à étendre un buffle de ne pas succomber.

Alexandra échangea un regard tendre avec

Malko. Elle était heureuse. Il était revenu et vivant. Il avait oublié qu'elle était si belle.

Dès que le Dom Pérignon fut servi, Alexandra leva sa flûte.

— Buvons à notre hôte, dit-elle.

Les invités levèrent leur verre. Gaiement. Sans penser que ce champagne avait pour Malko un goût de sang.

Puis les conversations se lancèrent. Une très jolie femme brune, la comtesse Ninochka Parlinki — de vieille noblesse polonaise — divorcée confortablement d'un industriel allemand qui avait redoré son blason, se tourna vers Malko. Roucoulante.

— Je ne vous ai pas vu à la chasse du comte Tarnowsky, mon cher Malko. Où étiez-vous?

— En Sibérie norvégienne, dit Malko.

Ninochka éclata d'un rire frais et chatouillé.

— Comme c'est amusant. Et que chasse-t-on là-bas?

Malko échangea un regard avec Alexandra. Elle lui souriait. Il se tourna vers Ninochka avec une lueur ironique dans ses yeux dorés...

— C'est assez ouvert, dit-il énigmatiquement. Mais c'est une chasse très dangereuse.

— Par exemple!

Sous la table, la cuisse de la comtesse s'appuyait contre le smoking de Malko. Involontairement, sûrement.

Alexandra l'observait, pincée.

Malko n'eut pas le temps de donner de précisions. Krisantem surgit de l'office, le visage sombre. Malko se raidit, pressentant une catastrophe. Le Turc vint se pencher à son oreille et murmura quelque chose. Intrigués, les invités avaient arrêté leurs conversations. Krisantem s'éclipsa et Malko annonça d'une voix grave :

— Mon maître d'hôtel vient de m'annoncer que

les armées égyptiennes et syriennes viennent d'envahir Israël.

Il y eut un court silence, tandis que l'ombre de la guerre planait sur la salle à manger. Puis, le baron Dieter, qui avait une grand-mère juive, leva sa coupe et cria gaiement :

— David vaincra Goliath!

Malko leva son verre distraitement. Il n'était revenu que deux jours plus tôt. Voilà pourquoi Valeri Leonid Oganian avait pris tant de risques... On ne saurait jamais ce qu'il voulait apprendre aux Soviétiques.

Sans le savoir Malko avait peut-être modifié le cours de la guerre qui commençait.

La comtesse Ninochka, qui avait parfois une cervelle d'oiseau, se pencha vers lui.

— Mais quel rapport y a-t-il entre votre chasse en Scandinavie et cette guerre stupide?

Les yeux dorés de Malko souriaient.

— Aucun, chère Ninochka, dit-il. Aucun.

Gérard De Villiers

PRESENTE

BENNETT

par Elliot Lewis

Le plus anticonformiste des "privés"
Un tendre incompris
avec des problèmes jusqu'au cou.
Seul contre tous, il a peur
mais ne renonce jamais.
Fred Bennett : *un détective invivable,*
mauvais comme une teigne,
le plus fort de tous.

Déjà Parus

Nº 1 DEUX TÊTES VALENT MIEUX QU'UNE
Nº 2 PILULES AMÈRES
Nº 3 LA PROIE POUR L'OMBRE
Nº 4 COMME DEUX GOUTTES DE SANG

GÉRARD DE VILLIERS

PRÉSENTE

LUIS

par ROGER MAUGE

Luis de Assis Kammembley est le héros d'une nouvelle saga extraordinaire, faite d'aventures, d'amour et de coups d'éclats fantastiques. Ce chevalier moderne va partout dans le monde et, là où il va, rien n'est plus comme avant...

Déjà parus :

1. **LUIS** CONTRE LA REINE D'ANGLETERRE
2. **LUIS** AVEC LES BRIGADES ROUGES
3. **LUIS** AU SECOURS DES BOAT PEOPLE
4. **LUIS** PUNIT LES KHMERS ROUGES

« Composition réalisé en ordinateur par INFORMATYPE SERVICE »

IMPRIMÉ EN FRANCE PAR BRODARD ET TAUPIN
7, bd Romain-Rolland - Montrouge.
Usine de La Flèche, le 24-11-1981.
6357-5 - N° d'Editeur 10036, 1er trimestre 1974.